A BORDA

tao

A BORDA

Marco Antonio Leonel Caetano

A Borda

TAO Editora Ltda.

Imagem da capa: iStockPhoto

Publisher Edgard Blücher
Editor Eduardo Blücher
Coordenação editorial Jonatas Eliakim
Produção editorial Villa d'Artes
Preparação de texto Lilia Nunes
Diagramação Villa d'Artes
Revisão de texto Vânia Cavalcanti
Capa Laércio Flenic

tao

Rua Pedroso Alvarenga, 1245, 4º andar
04531-934 – São Paulo – SP – Brasil
Tel.: 55 11 3078-5366
contato@taoeditora.com.br
www.taoeditora.com.br

Segundo o Novo Acordo Ortográfico, conforme 5. ed. do *Vocabulário Ortográfico da Língua Portuguesa*, Academia Brasileira de Letras, março de 2009.

Dados Internacionais de Catalogação
na Publicação (CIP)
Angélica Ilacqua CRB-8/7057

Caetano, Marco Antonio Leonel

A borda / Marco Antonio Leonel Caetano.
-- São Paulo : TAO Editora, 2022.

288 p.

ISBN 978-65-89913-10-8

1. Ficção brasileira I. Título

21-4710 CDD B869.3

Índice para catálogo sistemático:
1. Ficção brasileira

À minha amada esposa Vera,

nunca com menos, sempre com mais

amor, respeito e carinho

pela grande mulher e exemplar mãe que sempre é.

Conteúdo

Agradecimentos 9

Apresentação 11

Prefácio 13

1. Lembranças 17

2. A infância de Ker 23

3. O castigo 35

4. Algoritmos 43

5. A frustação de Louis Bachelier 53

6. Contatos imediatos com o mercado 59

7. Conhecendo a mecânica do mercado 73

8. A fórmula de Midas 91

9. Mundo pequeno 101

10. De volta ao laboratório 107

11. A sedução do mercado 117

12. O mundo eletrônico-financeiro 125
13. O novo emprego no ACI 133
14. Primeiras operações 139
15. A turbulência dos mercados 149
16. A grande queda 157
17. A suspeita 167
18. O flash crash 173
19. A perseguição 185
20. Trágicos desfechos 201
21. Tramas mortais 211
22. O encontro 217
23. Computação quântica 233
24. Muito grande para falir 239
25. Armagedom financeiro 251
26. A leveza da consciência 281

Agradecimentos

A resiliência frente aos problemas, a forma correta de atuar com as outras pessoas, a educação e respeito ao próximo são mais do que conselhos ou lição de vida que os pais nos deixam, são regras indispensáveis para a evolução da vida em sociedade. Além de tudo isso e dos ensinamentos sobre profissionalismo, meus pais ainda me deram carinho e incentivo aos estudos. Sou grato por tudo oferecido pelos meus pais Izidoro (*In Memorian*) e Cida.

Apresentação

Após mais de 30 anos como professor universitário, calculo que algo em torno de 8 mil alunos passaram pelo meu quadro negro. Após anos de ensino, a partir de 1998 comecei estudos sobre investimentos financeiros, sobre uso de Estatística como forma de previsão para a tendência nos preços das ações, sobre como prever *crash* e claro, comecei investimentos pessoais mais arrojados.

Após trabalhar 12 anos em universidade pública, ingressei em universidades particulares no Brasil e com isso, comecei a prestar consultorias para corretoras e fundos de investimentos, e elaborar cursos para profissionais do mercado financeiro. Nunca abandonei minha formação em assuntos científicos e acadêmicos, nem o desejo de estudar e publicar artigos relevantes nas áreas técnicas e de pesquisa. Essa ligação entre os assuntos teóricos e acadêmicos, e a relação com pessoas ligadas ao mundo financeiro, me permitiu visualizar muitos erros conceituais de profissionais que atuam tanto na vida acadêmica quanto na área de finanças. As participações nesses dois mundos, acadêmico e financeiro, me permitiram entender os jargões, as técnicas, as hipóteses erradas e as falácias discorridas por profissionais em universidades e empresas.

Esse é um livro de ficção, com personagens totalmente fictícios e lugares criados por mim, para resumir problemas reais os quais eu assisti, problemas os quais me foram contados por alunos e em alguns casos, problemas que vivenciei. As caricaturas dos personagens envolvem histórias relatadas por diversas pessoas ao longo desses anos, inclusive algumas delas reais, descritas por professores que ministram aulas no ensino fundamental e médio na rede pública, as quais abordo nos capítulos iniciais.

Todo jargão financeiro e as discussões entre os personagens é um resumo diário do que ocorre no mundo acadêmico e dos negócios, com palavras e gestos bastante comuns nesses dois mundos. Frases tais como "muito grande para falir", "o mundo acadêmico está longe do financeiro", "somos os melhores do mundo", "nossa estratégia é infalível", são constantemente pronunciadas para uma autopromoção de profissionais dessas áreas.

A estória do livro ainda aborda duas crises financeiras reais, a de 2008 e o *flash crash* de 2010, mas com olhar diferente e causas fictícias de forma a permitir uma abordagem aos problemas computacionais existentes e aos algoritmos utilizados de forma perigosa por alguns profissionais com a intenção de manipular o mercado financeiro.

As intrigas e as discussões entre os personagens tentam resumir as reuniões acaloradas que sempre ocorrem tanto no ambiente acadêmico quanto financeiro, e em alguns momentos, o livro as recria até de forma pitoresca e caricata para divertir o leitor. Para possibilitar que leigos em Computação, Matemática e Finanças entendam a trama do livro, em alguns capítulos introduzi textos explicativos de técnicas elaboradas pelos personagens.

A Borda é um livro de ficção com aspectos reais e tramas que podem, em tese, realmente gerar os problemas financeiros reais como os abordados no enredo. Espero que o leitor se divirta ao ler o livro e aprenda um pouco sobre esses dois mundos, o acadêmico e financeiro.

Prefácio

O futuro da Informática será construído com algoritmos voltados para os computadores quânticos, proporcionando velocidade de processamento muito superiores aos tradicionais computadores. Com a ideia concebida nos anos 1980 pelo Físico e prêmio Nobel Richard Feynman, a computação quântica foi ganhando espaço e hoje já é uma realidade, com empresas construindo computadores que buscam cada vez maior capacidade de armazenamento e velocidade baseada na oscilações de átomos e nos fenômenos quânticos.

Aprender Matemática e Computação é mais do que apenas um estudo, é uma arte que consiste na elaboração de lógicas complexas na busca pela melhor solução de problemas. Para o Brasil, infelizmente, diversos índices e medidas de desempenho educacional apontam grande defasagem entre nossos alunos do ensino básico comparado aos de outros países. O pequeno Ker, apelido do principal personagem do livro, tinha tudo para se tornar um garoto desprovido de educação e provavelmente assassinado ainda cedo, morando numa comunidade pobre e controlada pelo crime organizado na cidade de São Paulo.

Numa guinada que a vida nos prepara, Ker conseguiu seguir uma boa carreira acadêmica, formando-se em Ciência da Computação na USP e conseguindo um ótimo emprego num fundo de investimentos estrangeiro. A trama entre Ker e os demais personagens aumenta a medida que crises financeiras vão acontecendo ao redor do mundo. Enquanto o mundo todo se desesperava e se preocupava com a crise de 2008, o fundo de investimento onde Ker trabalhava vivia dias calmos e tranquilos.

No *crash* financeiro mais rápido do mundo, conhecido como *flash crash* em 2010, Ker descobriu estratégias computacionais bastante comprometedoras que envolviam sua área de trabalho e as finanças internacionais. Envolvido profundamente na construção de algoritmos para o fundo de investimentos, ele busca a compreensão da dimensão dos eventos que poderiam estar sendo provocados por sua equipe ao redor do mundo.

A vida de Ker novamente tem uma reviravolta, com sua descoberta de parte de programas e algoritmos complexos, elaborados secretamente pelo fundo de investimentos. Obrigado a se mudar para os EUA, para trabalhar na central do fundo de investimentos, apesar de estar entre os melhores profissionais do mundo, Ker não é feliz, e se vê programando com algoritmos de Computação Quântica bastante suspeitos e perigosos.

O que causa uma crise financeira mundial? Existem bancos e empresas grande demais para falir? Em 2008 o mundo viu que não existem empresas grandes demais para falir, onde um dos principais bancos de investimentos dos EUA faliu levando com ele outros bancos grandes, inclusive do Reino Unido. Quando perguntados sobre o que causa uma grande quebra financeira mundial, os economistas apontam diversas causas estruturais, as ligações entre diversos ativos do mercado financeiro, as expectativas frustradas dos investidores, os déficits e os baixos níveis dos PIB para segurar os impactos de crescentes problemas fiscais.

Quando o descontrole toma conta dos ativos financeiros e os investidores fogem do mercado financeiro, controladores de bancos e fundos de investimentos procuram seus governos como colchão auxiliar para evitar a quebra de todo país. Foi assim em 2008 quando todos os bancos centrais do mundo acabaram ajudando os bancos locais para evitar um colapso total do sistema financeiro.

Mas qual a relação entre os algoritmos computacionais, as estratégias de grandes bancos e os problemas financeiros decorrentes de operações erradas? Desde a ampla utilização de informática por parte do mundo financeiro, muitos *crashes* e ameaças de grande crise internacional permeavam o mundo até 2008, quando realmente a grande crise apareceu.

Essas ameaças ocorreram no crash de 1987 no Dow Jones, depois reapareceu com a crise dos títulos russos no final dos anos 1990, depois novamente com o "pouso suave" indicando queda nas taxas de juros dos EUA no início dos anos 2000 e o estouro da bolha das empresas de internet. O golpe final veio, no entanto, na crise das hipotecas das casas nos EUA, com créditos oferecidos acima do permitido normalmente a pessoas e empresas, baseados em notas compostas por índices construídos longe da realidade financeira.

A questão central do livro é, a próxima crise financeira mundial, será mesmo apenas em termos de estrutura financeira, ou poderá advir de programas computacionais e algoritmos maliciosos elaborados por grandes empresas do mercado financeiro aliados a grupos de informática?

O livro A Borda apresenta discussões reais envolvendo a vida acadêmica de Ker e o ambiente de banco onde ele trabalha, com personagens e jargões totalmente fictícios, mas abordando temas reais e do cotidiano financeiro. Além de ficção, o livro ainda passa ao leitor informação real e fidedigna a respeito de técnicas de programação, algoritmos, computação quântica e investimentos em ações e Opções financeiras. Isso é colocado de forma a permitir que pessoas não ligadas ao mundo acadêmico e financeiro possam se divertir e aprender ao mesmo tempo em sua leitura.

Com texto curto e objetivo, o autor espera abrir os horizontes de aprendizado das pessoas sobre o mundo computacional, o mundo de pesquisa acadêmica e sobre o mundo financeiro, além de horas divertidas e agradáveis que um texto de ficção deve proporcionar. Boa leitura e divertimento!

1. Lembranças

Doutor Ker, assim como é chamado, mesmo não sendo doutor de fato, chegara como de costume de sua saída matinal. Comprou o jornal do dia, adentrou o edifício na 5ª Avenida, em Manhattan, e educadamente cumprimentou o porteiro.

O porteiro, "seu" João, viera do Brasil para trabalhar nos Estados Unidos a pedido de Ker, que convenceu os condôminos sobre sua boa índole. Era um velho conhecido seu, lá da comunidade em que passara sua infância no Brasil. Ele soube que João estava em dificuldades e passando pelos mesmos problemas que Ker e sua família sofreram.

João era negro, um pouco mais jovem que Ker, por volta de 70 anos, medindo 1,80 m de altura, com o bom vigor físico de quem tinha trabalhado duro como pedreiro em obras no Brasil.

Mesmo João sendo de idade avançada, para os padrões americanos sua idade ainda era vista como produtiva. E como Ker sabia disso, preparou um bom plano de saúde, arrumou um apartamento de fácil localização para João e assim o tinha perto de si, como alguém com quem podia matar a saudade da língua.

Ao chegar à sua cobertura, Ker vestiu, como de costume, seu roupão branco, bem-passado, estampado com uma letra K em vermelho e foi para sua piscina climatizada, com teto de vidro, num dia de sol e céu azul, completamente sem nuvens. A área era grande, com cadeiras e espreguiçadeiras ao redor da piscina. Na realidade, Ker gostava mesmo era de nadar à noite, para ver a Lua enquanto nadava.

Mas naquelas noites, como não tinha Lua e como as manhãs estavam ensolaradas, Ker passava a dar algumas braçadas pela manhã.

A piscina sempre limpa, com 20 metros de comprimento, exibia em seu fundo a letra K escrita num mosaico de azulejos. Ker gostava de nadar e passar pela letra no fundo da piscina. Isso realçava seu orgulho de ter vencido a tudo e a todos na vida.

Uma braçada após a outra e, entre cada uma, ele se lembrava de sua infância; às vezes, se pegava rindo sozinho das peraltices que fizera. Outras vezes, seus olhos se enchiam de lágrimas quando ele se lembrava de sua mãe.

Agora, ele, com 83 anos, em nada se parecia com aquele menino pequeno e desnutrido. Tinha cabelos brancos, barriga pronunciada em razão das boas refeições e dos vinhos importados de que desfrutava; usava lentes de contato azuis, enfim, após todos esses anos, se dava ao luxo de gastar consigo mesmo para ficar mais próximo da fisionomia dos cidadãos de Nova York. No pensamento de Ker, com todo dinheiro que possuía, ele queria se parecer com Frank Sinatra.

Mais uma braçada, mais uma lembrança.

Às vezes, as más lembranças também vinham, com sentimentos de raiva e de ódio, que logo se desfaziam. Ele não se tornara uma pessoa rancorosa nem má. Disso ele se orgulhava muito.

Sendo um bilionário com cidadania brasileira e americana, sempre refletiu sobre como poderia ajudar pessoas que estavam passando pelas mesmas dificuldades que ele passara. Assim, de forma anônima, Ker ajudava hospitais, asilos, organizações que combatiam desigualdades sociais e raciais.

E ajudava em todos os lugares do mundo, não apenas nos Estados Unidos. A Europa era beneficiada por ele, a África, a Ásia e também o Brasil. Sempre de forma anônima, para cada país ele usava um pseudônimo diferente. Ninguém sabia quem era o ilustre colaborador de vultosas doações.

Ker tinha dinheiro o suficiente para criar organizações humanitárias em todos os países do mundo e viver sem a ajuda de governos. Mas preferiu se manter no anonimato e apenas acompanhar se realmente a ajuda chegava aa quem necessitava dela.

Também para escolas, Ker ajudava com doações, sempre por intermédio de organizações não governamentais. Na ONU, certa vez, ele tentou ajudar participando de um conselho para crianças pobres na África. Mas percebeu muito mais política do que ação verdadeira. Na sua visão, havia burocracia e demora demais para o dinheiro chegar até os necessitados.

Ker não tinha esposa ou filhos, mas considerava seus sobrinhos como seus filhos. Todos se formaram e conseguiram excelentes empregos, nem sequer passando de perto pela pobreza extrema dos pais deles . Claro que Ker teve muitos casos amorosos, mas todos passageiros, mais com intuito de ter companhia para conversas do que para morarem juntos e compromissados no tradicional contrato de casamento.

Seu apartamento, na verdade, já era um bom lar, com as confusões que toda família tem. Quando seus sobrinhos retornaram dos estudos na Europa financiados por ele, moravam próximo ao seu apartamento, apartamento este sempre lotado com os almoços de fins de semana.

Os sobrinhos sempre passavam para lancharem com o tio no fim de tarde, ou mesmo usufruir da piscina. A casa do tio sempre tinha boa comida e bebida, além claro, da boa carne para churrasco que Ker nunca deixava faltar.

Quando estava completando a terceira volta na piscina, Ker começou a sentir uma incomum falta de ar. Ele tinha passado alguns dias sem se exercitar e talvez essa fosse a razão do incômodo. Os seus problemas de saúde eram os mesmos de todas as pessoas idosas, com pressão alta, diabetes já controlado com medicamentos e um pequeno e incômodo início de artrose, razão pela qual seu médico sempre recomendava esportes aquáticos.

Ker resolveu acelerar as braçadas, puxando um pouco mais o ritmo, achando que o desconforto era momentâneo. Uma dor súbita no braço apareceu tornando o incômodo algo mais preocupante.

Continuou tentando bater as pernas, puxando o ar para respirar quando a dor irradiou rápido para o peito. Foi muito forte, intensa, insuportável. Sua cabeça começou a girar, fazendo Ker perder a noção de espaço dentro d'água. A luz se tornou apenas um ponto luminoso tênue, como se afunilasse num túnel. A distância cada vez maior desse ponto de luz que parecia se extinguir impedia que Ker continuasse a enxergar.

Sentiu, então, a água entrando nos pulmões, provocando uma imensa vontade de tossir, de gritar, mas cada vez mais engolia água e, com a dor insuportável, ele apenas afundou. Agitou os braços e buscou o fundo da piscina com os pés, mas a dor era muito intensa. Em seus últimos instantes, Ker viu todo o seu passado se tornar presente, todas as lembranças corriam na velocidade da luz.

Então tudo acabou. O ataque cardíaco foi fulminante, sem chances de qualquer tipo de salvamento.

Passaram-se duas horas até aparecer alguém. Foi quando o rapaz que limpava a piscina chegou até o local e viu o roupão branco de Ker e procurou o patrão, chamando-o por todo canto.

Quando percebeu, o corpo estava no fundo da piscina, bem em cima da letra K, repousando inerte com os olhos abertos. Ker morreu solitário, sozinho, sem ninguém para ajudar, apesar da vida agitada que sempre teve.

Talvez agora o mundo começasse a decifrar os segredos desse senhor enigmático, bilionário com um passado secreto e sem biografia conhecida apesar de toda a tecnologia e das redes sociais existentes hoje.

2. A infância de Ker

A infância de Antonio Carlos da Silva foi feliz, apesar dos infortúnios que aconteciam ao seu redor. Não se podia afirmar que Antonio vivia em São Paulo, pois no bairro em que ele morava faltava toda a infraestrutura que uma cidade poderia oferecer. O bairro de Heliópolis tinha vida própria, independente das ações do Estado; sem rede elétrica decente, sem água encanada ou esgoto na grande maioria das casas. O calçamento era precário e, ainda assim, alcança poucas ruas.

As ruas asfaltadas, em épocas de chuvas, ficavam tomadas por buracos e alagamentos. Era comum a água correndo pela rua, com cheiro insuportável depois de chuvas torrenciais ou esgotos a céu aberto.

Apesar disso, as pessoas de Heliópolis tinham orgulho de sua comunidade e gostavam do bairro, fazendo-o crescer. As casas apresentavam os famosos "puxadinhos" para cima. O casario era do tipo sem acabamento, em que muitas casas eram do tipo sobrado cujas paredes não eram pintadas, ficando os tijolos aparentes. Num exemplo do alheamento ao notório problema do tráfico de droga, muitas ruas tinham nomes singelos tais como "Rua da Alegria", "Rua do Pacificador" e "Rua Primavera" que foram inscritos na formação do bairro anos atrás pelo governo municipal.

Andando pelas ruelas, percebia-se um comércio movimentado com diversas lojas e oferecimento de serviços como oficinas mecânicas, além de muitos bares. As ruas apertadas ainda dividiam espaço com automóveis e pedestres, transformando o trânsito de automóveis e pedestres quase caótico , em que muitos caminhões de pequeno porte iam e vinham com mercadorias. A vida sempre foi complicada para os moradores do bairro, praticamente desprezados pelo Estado, com a desigualdade social ser possível de se ver em certos lugares com o mar de edifícios com pessoas de alta renda da cidade de São Paulo ao redor do bairro.

Mas a vida não parecia ser tão complicada assim para Antonio, que, aliás, não era conhecido por esse nome, e sim pelo seu apelido "Ker". Mesmo agora, aos seus 13 anos de idade, praticamente ninguém lembrava por que o apelido de Antonio era Ker. Talvez, mesmo forçando a memória, nem o próprio Ker lembraria.

Quando tinha 8 anos, o menino Antonio viu chegarem ao seu bairro os primeiros computadores. João Paulo convenceu o pai, cujo nome era Carlos, a investir nessa nova tecnologia e oferecer serviços de informática na comunidade. Carlão, como era conhecido, tinha uma barriga imensa, estava sempre com a camisa aberta e fora do calção palitando os dentes.

Mascar palitos de fósforo era um de seus vícios, além da bebida tipo água ardente. O bairro sabia, mas ninguém comentava, que seu dinheiro e patrimônio eram reflexos de sua ligação com o tráfico de drogas e o crime organizado.

O apelido de João Paulo era "Palito", pois, ao contrário do pai, era muito magro. Chegava a dar dó do rapaz de 21 anos, em que a magreza deixava seus ossos visíveis. A ideia de Palito era implantar uma *lan house* no bairro, para vender serviços de e-mail, internet e fax via internet. Pelo intermédio de algumas amizades de garotos que montavam computadores em outros bairros, Palito comprou os primeiros computadores e instalou todos rapidamente no estabelecimento.

O negócio deu tão certo que Carlão reformou o imóvel para aumentar o andar de cima e, assim, colocar ainda mais baias com computadores plugados na internet. Os games dominaram de tal forma a *lan house* que os serviços originais praticamente quase não eram solicitados. Claro que Carlão não pagava pelo sinal de internet; o estabelecimento era cheio de "gatos" - como são chamadas as ligações clandestinas de internet ou de luz elétrica - e de tudo que possibilitasse roubar o sinal original da empresa de comunicação que passava os primeiros cabos pelo bairro.

E Ker descobriu a loja de Palito. Ficou fascinado com esse tal computador que todos comentavam. Ficou viciado nessa máquina a ponto de não mais frequentar as aulas; mentia para a mãe e a avó, dizendo que ia à escola quando, na realidade, estava faltando com bastante frequência. Ele sempre se desviava do caminho da escola e, quando Palito estava abrindo a *lan house*, Ker já estava lá. A mãe de Ker, dona Juliana, de 52 anos, era viúva; perdera Abreu, seu marido, repentinamente numa enchente na cidade.

Ao sair correndo do trabalho, Abreu tentou atravessar a Avenida do Estado, no centro da cidade de São Paulo, num dia de tempestade, para pegar o último ônibus para casa. O rio Tamanduateí, um afluente do rio Tietê, sempre teve transbordamentos em dias chuvosos, provocados pelo excesso de lixo, pelos esgotos clandestinos e pela proximidade de sua foz no rio Tietê que também é acometido por volumes expressivos em tempestades de verão. No momento em que Abreu corria, o Tamanduateí subiu rapidamente e arrastou Abreu três quilômetros, jogando seu corpo no rio Tietê. A vida, que já era difícil para dona Juliana, se tornou um martírio.

Ela precisava agora sustentar a própria mãe, "vó Tiana", e os quatro filhos: Ker de quatro anos na época; Bento, de seis; Pedro, de doze; e Maria, de quinze anos.

Os nomes dos filhos vieram da forte religiosidade de dona Juliana, devota de Santo Antônio. Além de uma imagem do santo no chaveiro de casa, a moradia humilde abrigava ainda mais três réplicas em diferentes tamanhos. Apesar da dificuldade, dona Juliana prezava muito pelo ensino dos filhos.

O grande sonho dela era ver todos estudando na USP, a Universidade de São Paulo. Isso porque dona Juliana era faxineira no Instituto de Matemática e Estatística da USP e achava bonito como os alunos se vestiam, os computadores que carregavam em suas mochilas, os laboratórios de computação e o cheiro de livro da biblioteca. Sempre que podia fazer sua sesta depois do almoço, em vez de cochilar como algumas colegas de faxina, dona Juliana preferia ficar na biblioteca lendo algumas palavras das revistas com fotos. Ela não era completamente alfabetizada, por isso sempre procurava revistas com muitas fotos, aproveitando seu tempo livre para, de algum modo, se atualizar com as modernidades tecnológicas que passavam longe de sua realidade financeira. O serviço era terceirizado por uma firma de limpeza, e dona Juliana acordava às três e meia da manhã para se arrumar, deixar o almoço pronto para vó Tiana e os filhos . Maria sempre insistia para ajudar dona Juliana, que relutava em fazer tudo sozinha, preferindo que a filha dormisse mais para ir à escola e tirasse notas boas. Era impossível para dona Juliana acompanhar o crescimento e os problemas de todos os filhos. Vó Tiana, com 79 anos, não tinha mais forças nem saúde para levar Ker para a escola ou mesmo vigiá-lo. Com sérios problemas de hipertensão e diabetes, vó Tiana conseguiu se estabilizar na saúde graças à ajuda dos vizinhos na compra dos medicamentos e consultas com uma boa rotina no hospital da universidade onde dona Juliana trabalhava.

Quando Palito abria a *lan house* e dava de frente com Ker, logo ia avisando:

— Hoje não moleque! Não tem ficha de graça pra game hoje.

— Só vim olhar, dizia Ker.

— Vou contar pra sua mãe.

— Ela sabe que tô a qui — resmungava Ker com um grande bico.

— Sei, sim. Cê acha que me engana?

— Só vou olhar, pô!

E Ker ia ficando e ficando o dia todo, sempre saindo correndo perto do horário do final da aula para enganar vó Tiana e dizer que estudara muito. Na parte da tarde, o ritual era o mesmo. Sempre estava na *lan house* de Palito.

De tanto ficar olhando os clientes de Palito, Ker conseguia que alguns deles até lhe dessem uns trocados para ele entrar no sistema e brincar nos games. Ker brincava como qualquer garoto de sua idade e, com 9 anos, já tinha alguns segredos.

Por exemplo, ele sabia quais clientes eram mais relapsos e deixavam o sistema aberto. De outros, ele facilmente descobria a senha utilizada na conta privada que tinham na lan house.

Um fato interessante chamou a atenção de Ker certo dia. Sem querer, ao entrar no sistema, ele clicou uma conjunção de teclas e o fundo da tela ficou preto. Havia letras em branco piscando e nada se parecia com a tela azul do Windows. O que ele fizera? Que novidade era aquela? Nossa, pensou ele, o Palito vai me matar!

Um calor tomou conta de seu corpo. Como ia pagar o conserto da máquina? Como ia explicar para dona Juliana que não estava indo na escola? Ele já perdera o ano passado, mas conseguira enganar a família, falsificando a assinatura da mãe e resolvendo a situação para que dona Juliana não soubesse que fora reprovado. Mas não ia poder ser sempre assim.

O fato é que Palito descobriu que Ker tinha entrado no sistema de redes. E de longe gritou:

— Cê nem tenta mexer nisso moleque!

— Mas não fiz nada, foi sem querer.

— Cê que toca em algo e destrói minha rede que eu mando te matar!

Como assim? Pensou Ker. Isso pode destruir todos os computadores? E, arriscando, perguntou a Palito o que era aquilo. Palito não era nenhum especialista em computação e muito menos em proteção de redes de computadores. Mas um pouquinho ele sabia. E começou a querer aparecer, mostrando para Ker a pouca inteligência que tinha.

Explicou a Ker que este acessara os comandos de Windows para controle da rede. O que Ker estava vendo era como a rede funcionava, com comandos mais complicados do que eles conheciam no Windows, para acessar contas de outros computadores. Eram comandos esquisitos para Ker, mas também para Palito. Por isso Palito nem mexeu em mais nada e desligou o computador com medo de estragar a configuração dos games online.

Ker ficou muito intrigado com aquilo. Poder invadir os outros computadores e descobrir o que as pessoas estavam fazendo era demais. Era sensacional! Como ou onde ele descobriria aquilo? Claro, a biblioteca da escola!

No dia seguinte, ele acordou afoito e animado para ir à escola, mas não para assistir às aulas, e sim visitar a biblioteca. Deveria haver algo sobre essa tal rede. Que surpresa! Na biblioteca não existiam livros sobre esse assunto; lá, na verdade, não havia quase nenhum livro; os poucos disponíveis eram sobre as matérias das aulas ou de estorinhas infantis.

Ele se lembrou do professor Ubiratã, o Bira. Claro, Bira era professor de Matemática, com certeza ele conheceria aqueles mistérios sobre os computadores, imaginou Ker.

Bira era um professor cuca fresca, amigo de todo mundo. De todo mundo mesmo. Logo que passou no concurso da prefeitura para dar aulas na região, sofreu o primeiro baque na escola. Assim que chegou, um grupo de estudantes se aproximou de Bira e falou:

— Ô novo fessor!

— Sim? — Respondeu Bira.

— Aqui o negócio é assim. Caguetou, morre! Entendeu?

Bira conhecia bem o termo "caguetar". Deduziu que os garotos eram viciados ou faziam parte de alguma facção criminosa. Se ele contasse para a polícia ou para a direção da escola sobre esse envolvimento, a próxima aula seria com São Pedro. Ele respondeu:

— Claro, fiquem tranquilos, não vou caguetar nada, só vou ensinar Matemática.

O professor Bira foi se acostumando com tudo, com o bairro, com os alunos e, de certa forma, o pessoal do crime o respeitava. Certa vez, Bira estava no ônibus para ir até a escola onde dava aula. Dentro do ônibus, um grupo de sujeitos de repente sacou armas e anunciou:

— Certo, cambada. Isso aqui no buzão é assalto. Pode ir tirando os sapatos, relógios, carteiras e celulares. Nem pensa em olhar pra gente.

Bira foi tirando os sapatos, ele estava num banco de costas para os assaltantes. Tirou o relógio e quando foi tirar a carteira, um dos garotos que estava recolhendo os pertences gritou:

— Ei, gente, é o fessor Bira!

O outro, então, gritou:

— Biraaa! Uhuu! Cê não, fessor, cê tá limpo. É só o resto!

O carisma de Bira não foi fácil de conseguir. Sua reputação entre o pessoal do crime cresceu depois que ele notou a falta de um aluno num dia de prova. No dia seguinte, o garoto faltou novamente. Então, no dia em que ele apareceu, Bira perguntou o que tinha acontecido. O garoto respondeu:

— Tem uns problemas lá em casa.

— Que raios de problemas, garoto?

— Os omi apareceram lá em casa.

— Por quê? — Perguntou Bira sobre a batida policial em sua casa.

— Porque meu pai roubou a perua de cigarros.

Sabendo que era verdade, Bira aplicou uma prova para o menino depois da aula, ficando com ele até mais tarde e acompanhando-o até em casa. Ao saber disso, o crime organizado deu ordem para ninguém mexer com o "fessor" Bira.

Esta era a esperança de Ker. Bira tinha de saber de computador, ele sabia tudo de Matemática, era o professor mais inteligente da escola. Quando o encontrou, Ker lhe explicou o que desejava saber sobre esse negócio de redes, como ela funcionava.

O pobre Bira não tinha nem ideia de como era isso. Para ele, esse negócio de rede era para pescador. Mas resolveu pesquisar na internet, nos computadores de um curso de reciclagem que estava frequentando na diretoria de ensino da região. Leu algumas coisas e salvou muitas informações num disquete para levar até Ker. Bira não tinha a menor noção do que a maioria delas significava.

Quando encontrou Ker, Bira passou os disquetes, algumas folhas impressas e explicou o que entendeu do que lera. Para surpresa de Bira, Ker disse que já tinha visto aqueles símbolos estranhos e alguns comandos. "Esse menino só pode estar brincando comigo", pensou Bira.

Como um ávido caçador, Ker começou a se dedicar ao estudo do conteúdo do disquete que Bira lhe dera. Na *lan house*, ele colocou o disquete e leu, leu muito, espantando até mesmo Palito.

O que esse moleque está fazendo, que não cogita nem jogar mais? Pedindo dinheiro para a mãe, para a avó e emprestando da irmã mais velha, ele começou a usar a *lan house* com mais frequência ainda, mas agora para estudar. Sempre escolhia o computador no canto mais escondido, onde Palito não visse seu conteúdo.

Usando teclas alternativas do Windows, comandos do Windows Net e diversas informações sobre funcionamento de redes, Ker descobriu o que fazia um *ping* na rede. Descobriu como vasculhar um IP, o chamado "RG" da máquina e, lendo mais, conseguiu na internet alguns *softwares* para invasão de redes. Naquelas semanas, parecia que se acendeu uma chama no cérebro de Ker, e o garoto rapidamente começou a descobrir conteúdos de e-mails das pessoas que usavam a *lan house*.

Isso estava ficando muito divertido para Ker. Saber os segredos dos outros sem que ninguém o descobrisse aumentava a adrenalina do seu corpo. Tomado por esse prazer, o garoto foi cada vez mais fundo nas espionagens do bairro.

Mesmo os usuários da *lan house* apagando as mensagens, Ker descobrira como recuperará-las a distância e como enganar o servidor que controlava os computadores. Passou a ser, então, o cara que mais sabia das coisas em Heliópolis. Mas como um qualquer moleque de 9 anos, ele não conseguia guardar segredos.

De posse das informações que conseguira, começou a cobrar por elas. Por exemplo, descobriu que a namorada de Palito o traía com o irmão dele. Sem revelar a fonte, vendeu a informação para Palito mediante uns trocados.

Na rua próxima a sua casa, todo mundo ficava intrigado se perguntando como ele sabia de tudo. Pelas janelas das casas, as mulheres perguntavam a ele quais eram as fofocas das vizinhas. Sempre ele sabia quem ganhava mais, quem perdia mais, que presente uma ia dar ou receber, quem falava mal de quem, enfim, tudo. E a coisa fugiu de controle.

Ele falou demais ao contar sobre um assalto que o crime organizado estava planejando fazer a um carro forte que passaria perto do bairro. Foi quando o pessoal do crime se encontrou com dona Juliana e a ameaçou sobre seu filho fofoqueiro. Dona Juliana ficou muito brava e proibiu o filho de ficar andando na rua. Mas suas escapadas, apesar de diminutas, ainda aconteciam para ir até a *lan house*.

Quando chegou à *lan house* de Palito, este o expulsou de imediato, pegando o menino pelo braço e jogando-o na rua dizendo:

— Cê quer morrer ou me matar?

— Por quê? — Perguntou Ker.

— Cê fica fofocando igual um *hacker* sobre o que os outros escrevem!

— Rá o que?

— Hac-ker! — disse Palito com espaço entre as sílabas. — Hac-ker! — Repetiu muito bravo e cada vez mais alto com as veias saltando sob a pele de seu pescoço magrela. Vou contar pra sua mãe que cê é um *hacker*.

— O que é isso que cê tá me chamando?

Então Palito explicou:

— Hac-ker é quem fica invadindo a conta dos outros pra pegar informações. Descobri tudo sobre o que você estava fazendo, seu hac ...ker!

Como a sílaba "ker" saiu muito mais alta do que a primeira, com a garganta estufada de Palito, todo mundo na rua ouviu mais "ker" do que "hac". E, assim, achando engraçado, daquele dia em diante, por onde Antonio passava, todos os outros moleques lhe chamava de Ker.

Mas o pior não foi o apelido. O pior é que Palito cumpriu o que prometera e contou à dona Juliana que Ker nunca estivera numa sala de aula nos últimos 18 meses. Tudo estava acabado para o pequeno reinado de Ker.

3. O castigo

— Moleeeequeee! Safado! Mentiroso! Eu te pego!

Ker nunca viu sua mãe daquele jeito. Ela entrou pela casa adentro e ele imaginou: "tô morto".

O problema se tornou sério demais porque Palito estava muito ameaçado pelo crime organizado em razão do fato de diversas informações sobre as ações dos criminosos estarem circulando no bairro em decorrência exatamente das fofocas de Ker. O pior de tudo é que algumas das ações comentadas só foram tratadas via e-mail pela bandidagem, tais como convocação para roubos de carro-forte, sequestros relâmpagos, sequestros de grandes empresários.

A facção sabia que vazavam informações sobre assaltos simples ou roubos com mortes no próprio bairro. Mas era quase impossível alguém de fora do círculo criminoso descobrir os planos sobre os grandes roubos graças à restrita rede de informações e logística que a facção mantinha.

Então, rastreando as informações, chegaram ao estabelecimento de propriedade do Carlão. A princípio, desconfiaram de Carlão e fizeram uma "entrevista" com ele a sós. Depois da tortura, em que Carlão não morreu de tanto apanhar por sorte, os chefes do crime se convenceram de que realmente ele não sabia de nada.

Vendo o pai todo ensanguentado e inchado da tortura, Palito imediatamente relacionou o estado de Carlão às fofocas vindas da rua com a participação de Ker e, então, do uso constante de seus computadores. Carlão ficou muitos dias de cama, com o corpo coberto de hematomas.

Para confirmar suas suspeitas, Palito chamou os colegas que montaram a rede de games e entendiam um pouco mais do sistema do que ele. Eles viram diversos rastros deixados por Ker, invadindo diversos e-mails de quase todos os usuários, incluindo os dos chefes do crime organizado em Heliópolis. Vendo o que acontecera com seu pai, Palito avisou a mãe de Ker, pois a sabia que facção mataria todos.

Dona Juliana ficou atônita e ao mesmo tempo não se continha de raiva do que Ker aprontara. Ela se lembrara da conversa que já tivera com o pessoal do crime sobre as fofocas de rua que seu filho espalhava, fofocas essas que na realidade eram informações verdadeiras sobre planos de roubos, ou mesmo de vidas íntimas de pessoas ligadas às facções criminosas. .

Palito tranquilizou dona Juliana dizendo que ainda teriam tempo de fugir, pois ninguém sabia que Ker tinha invadido o sistema da *lan house*. Mas era só uma questão de tempo. A solução seria sumir com Ker da comunidade o mais rápido possível.

Foi uma semana terrível para dona Juliana, que ficou sem saber o que fazer naquela situação. Fugir para onde? Dona Juliana se perguntava.

Comentando com Ruth, sua melhor colega do trabalho, esta recomendou dona Juliana para trabalhar para um professor americano que dava aulas na USP. O doutor Keller era um americano, que, a princípio viera a São Paulo para passar apenas um ano, mas gostou tanto do Brasil que resolveu ficar mais tempo.

Era um senhor bondoso, segundo Ruth, viúvo, que parecia ter muito dinheiro. Na visão de Ruth, Keller era diferente dos professores da USP que ela conhecia, com diferente jeito de se comunicar e sobre como lidava com dinheiro , aparentando nunca reclamar da situação financeira, nunca reclamar de políticos, e sempre pensar o tempo todo em trabalho. Ela já tinha percebido em outras ocasiões que quando algum professor começava a conversar sobre política ou situação financeira, Keller dava um tapa nas costas do colega e saía para sua sala. Ao terminar a limpeza de seu escritório, Ruth sempre ganhava um dinheiro extra da parte dele.

Keller morava no Brasil há 15 anos e tinha sua residência no bairro do Morumbi, um bairro de classe alta da cidade. A casa era muito grande, e no momento ele precisava de um caseiro ou de uma caseira para cuidar da propriedade, fazer compras e tocar tudo que fosse possível. Foi fácil para Keller fazer amizade no Brasil com seu jeito em concordar com tudo, sobre qualquer assunto.

De estatura mais alta do que a média dos outros colegas do departamento, Keller sempre usava suspensórios para segurar suas calças largas, camisas xadrez estilo fazendeiro ou azuis, com mangas longas arregaçadas até o cotovelo. Tinha olhos azuis e cabelos brancos e era gordo; o que chamava sempre a atenção eram suas rechonchudas bochechas vermelhas e suas sobrancelhas brancas e peludas.

Dona Juliana procurou a sala do doutor Keller, que, por sinal era no mesmo instituto em que ela trabalhava, o mesmo lugar onde ela fazia limpeza pela empresa privada. Mas a sala estava fechada logo pela manhã, quando dona Juliana chegou à USP. Então ela foi até as salas de aula e o viu no meio de uma delas.

Ficou por alguns momentos esperando o doutor Keller e percebeu que, embora ele residisse no Brasil há muitos anos, ainda arrastava bastante o som do "r" e também falava algumas frases que soavam engraçadas para ela, tal como "eu não entender o que você falar". Quanto à aula, para ela era uma fala de outro mundo, pois não entendia nem o que ele escrevia e nem o que ele falava para os alunos. Ela sabia que era sobre computação, mas não compreendia o conteúdo.

Quando a aula terminou, dona Juliana meio sem jeito se apresentou e perguntou sobre o emprego. Explicou sua função na empresa de limpeza, falou sobre suas habilidades na cozinha e sobre tudo o que poderia fazer na casa. Keller gostou da simpatia e realmente ele estava precisando de uma mulher assim para cuidar de sua casa, que era grande demais. Rapidamente, contou a ela que, nos Estados Unidos, além de professor, era consultor de um grande banco, mas que se viu desiludido depois da morte da esposa. Por isso, mudar de seu país para o Brasil lhe fizera bem.

O problema é que dona Juliana não sabia como abordar o fato de ter de morar na casa, pois ainda havia sua mãe e seus filhos e, principalmente, tinha receio de contar o caso do caçula Ker. Mas criou coragem e resolveu ser honesta com o professor contando-lhe tudo, ao mesmo tempo em que chorava porque teria de mudar de emprego. Doutor Keller entendeu, disse que tinha lugar para ela, sua mãe e para o caçula Ker, mas ele não tinha como colocar os demais na casa de empregados.

Dona Juliana pensou muito e também se doeu muito pela decisão, mas precisava aceitar essa condição. Era vida ou morte para Ker. Ela decidiu espalhar os outros filhos na casa de parentes e amigos de outras comunidades. Ela, com sua mãe e Ker, se mudou para trabalhar com doutor Keller. Foi uma dura decisão, anunciada numa reunião em sua modesta casa, de onde vó Tiana se recusou a mudar.

Depois de muita briga, discussão e acusação pelo que Ker causara, no final da noite em prantos, a família concordou em se dividir e sair do bairro. Em dois dias, tudo estava acabado, com todos já alocados em diversos lugares. Dona Juliana, Ker e vó Tiana foram para a residência do doutor Keller.

O castigo para Ker, além da separação da família, era, depois de frequentar as aulas numa escola perto do novo emprego de sua mãe, estudar o resto do dia e ajudar dona Juliana nos afazeres da casa do doutor Keller. Era um tédio para um garoto que tinha agora mais de 10 anos; sem chance de brincar, sem seus computadores. Mas ele aceitou a tristeza e compreendeu que tudo foi erro dele.

Doutor Keller percebeu que o garoto gostava de computador, pois sempre ficava com os olhos vidrados, sem piscar, quando Keller digitava algo em seu *notebook*. Ao saber do caso todo com mais calma nos meses seguintes, Keller começou a comprar revistas especializadas de computação voltadas para iniciantes.

Elas explicavam desde como se montava um computador, o que era um *hardware* até como se construíam alguns *softwares* básicos. Toda semana havia uma publicação diferente, já se tornando rotina o famoso grito do doutor de dentro da casa: "Ker, sua revista nova estar aqui"!

Até os 13 anos de Ker, a rotina do garoto era esta de trabalho, leituras e estudos. E o fortalecimento e amizade, além de confiança entre o professor e dona Juliana com sua família, só aumentavam. O salário de dona Juliana era melhor do que na empresa de limpeza, a vida era mais tranquila, a família se reunia nos fins de semana para matar a saudade e, o melhor, Ker estava sempre por perto sendo vigiado.

Às vezes Ker brincava com alguns garotos de sua idade, filhos de outros professores amigos do doutor Keller. Mas também não brincava muito, visto que, quando sua mãe percebia da cozinha, ela só olhava com repreensão para ele, que imediatamente inventava alguma desculpa para os meninos e ia para sua casa.

Certo dia, doutor Keller repreendeu dona Juliana, dizendo que ela deveria dar mais liberdade ao pobre garoto. Era muito duro, em sua visão, um garoto agora com 13 anos ser privado de uma porção de coisas interessantes. Ele falou duramente com ela, dizendo que os dias com o crime organizado já tinham ficado para trás. Por sorte eles nunca mais viram a família e, além de terem esquecido Ker, nem mesmo o reconheceriam, pois ele mudou muito.

Sendo assim, convenceu dona Juliana a deixar Ker ir até a USP alguns dias da semana depois das aulas, acompanhando-o no departamento onde o professor trabalhava.

— O quê? O que esse menino vai fazer lá ? — Retrucou ela.

— Ele poder aprender a fazer coisas comigo no computador. — Disse ele com a conjugação verbal errada na língua portuguesa e puxando bastante o "r" da palavra computador.—- Ele é um risco com essa maldita máquina. — Não sei, não. — Disse a não convencida dona Juliana.

— Vamos fazer testar, se tudo correr certo e eu entender que coisa funcionar bem, continuamos. Se ele causar problemas, ele voltar para ficar sempre aqui com você. — Afirmou doutor Keller com seus erros tradicionais da língua portuguesa.

Dona Juliana pediu tempo para pensar. Chegou à casa dos fundos onde morava e ficou olhando o filho que já dormia em seu beliche. Fez carinho nele, ficou com os olhos cheios de lágrimas relembrando os tempos em que ele era pequeno. Ela fez uma reflexão sobre o passado, constatando que o tempo passou tão depressa e que não viu seu bebê crescer. Seria ela tão rude assim, repassando para seus filhos a rigidez e a grossura que seus pais lhe transferiram? Quanto mais lembrava, mais as lágrimas escorriam.

Dona Juliana se lembrou do marido, dos filhos pequenos, do bairro de Heliópolis do qual ela tinha muita saudade. Era tudo muito pobre, mas eles sempre foram felizes, do jeito deles, muito felizes. Ou não?

Foi quando Ker acordou e assustou-se com as lágrimas da mãe:

— Mãe —. Disse ele. — Cê tá chorando? Por quê? Eu fiz algo errado?

— Não. — Respondeu ela. — Eu estava vendo como você cresceu e agora já tá jovem.

— Num tô, não, mãe!

— Tá sim, e, como prova de que você já é quase adulto, doutor Keller tá te convidando para ajudar na universidade e mexer no tal computador. Você quer?

— Nossa! Claro que quero!

O menino nem dormiu o resto da noite. Ficou eufórico demais a ponto de imaginar uma porção de coisas. Mas ao mesmo tempo, ele se lembrou do que aprontara e teve medo. Será que não era arriscado? E se os bandidos fossem até a universidade e conseguissem achá-lo? Não, a maioria deles já deve até estar morta, pensou ele.

No dia seguinte, depois que voltou da escola junto com sua mãe, enquanto almoçava, doutor Keller o chamou: "Ker, vamos meu garoto, eu ter muito que fazer na universidade. *Go, go, go...*".

4. Algoritmos

O laboratório do doutor Keller era grande demais aos olhos de Ker. Nunca o rapaz vira tantas máquinas, com monitores novinhos, modernos, de marcas tão diferentes, ar-condicionado. Tudo era muito diferente do que sua memória registrara da *lan house* de Palito.

Keller tinha uma sólida reputação em computação, sobretudo na área conhecida como "inteligência artificial". Conseguira a verba para o laboratório junto a diversas entidades particulares americanas, bem como de alguns órgãos de financiamento em pesquisa no Brasil. Era perfeccionista a ponto de pensar num projeto desde a construção da sala, passando pelas instalações elétricas até a capacidade de memória a ser adquirida para cada computador. Era de sua formação otimizar a utilização e o dinheiro para ter computadores básicos, avançados e de última geração para estudos de ponta na Ciência.

A parte acadêmica do doutor Keller vinha do prestigiado MIT, e a parte prática com desdobramentos financeiros veio de suas consultorias nos fundos de investimentos americanos. Keller sempre foi requisitado para ajudar a criar sistemas de operações de fundos de investimentos, de forma a automatizar diversos tipos de operações.

Ele quase não falava aos colegas brasileiros sobre os detalhes dessa fase de consultoria, pois era bastante reservado sobre aquilo que não era do interesse da universidade. Mas, com jeitinho, durante esses anos todos, os professores brasileiros foram "abrasileirando" Keller o ponto de ele narrar alguns acontecimentos.

O fato é que o laboratório onde Keller conseguiu uma vaga para Ker atuar como ajudante era realmente muito bom para os padrões brasileiros. Bastante seletivo, Keller sabia pescar os melhores estudantes. Na verdade, ele nunca procurava chamar estudantes com notas 10, mas estudantes que vibravam sobre algum tipo de informação nova que ele explicava nas aulas.

Apesar de os estudantes procurarem a iniciação científica para ter um dinheiro extra no orçamento, a fama de Keller era mais importante do que a própria bolsa. Em seu laboratório, havia estudantes de graduação, mestrandos e doutorandos. Além das bancadas convencionais com computadores, existiam baias para os grupos mais avançados, com lousas brancas todas rabiscadas com fórmulas que Ker nem imaginava o que significavam.

Para Ker, era como se estivesse em outro país, com impressoras a *laser* e papel à vontade. Por um breve momento, ele se lembrou de ter visto uma impressora como as do laboratório na *lan house* de Palito, mas nunca na quantidade que havia ali. "Uau!", ele pensou. "Quanto não valeria aquele laboratório!". Então, Ker caiu na realidade quando Keller o chamou:

— Venha, meu rapaz, ter aqui muito trabalho para você aprender!

— Nossa! Mas é muito legal aqui, prof. Keller! Vou poder mexer em tudo?

— Ir com calma, meu garoto, isso aqui ser parque de diversão de adulto. Precisa ter muito cuidado, pois as vidas de muitos alunos e suas formaturas dependerão de você.

Ker não entendeu o que isso queria dizer. Acabara de chegar e já estava colocando a vida dos alunos em risco? Seria uma piada do doutor Keller? Mas Ker achou melhor ficar quieto e só concordar, pois era apenas o primeiro dia.

Com o passar dos dias, das semanas, Ker entendeu o que Keller dissera. A bolsa dos alunos exigia que, no final do período, fosse entregue algum produto acabado e funcionando. Algum tipo de robô que utilizasse programas para, por exemplo, ajustar determinadas engrenagens, para tomar decisões e até mesmo para jogar e enxergar. O que chamava mais a atenção de Ker era o projeto de um brasileiro descendente de japoneses, de nome Yamatsu. O japonesinho parecia nem ter casa, praticamente dormia no laboratório, ao lado de seu projeto.

O robô de Yamatsu tinha uma câmera de visão noturna e o estudante trabalhava no software de reconhecimento de padrão noturno de obstáculos. Seu robô começava a rodar somente à noite nas ruas mais escuras da USP, desviando-se de alguns obstáculos naturais e artificiais. Yamatsu gravava todos os experimentos noturnos para mostrar ao doutor Keller duas vezes por semana.

Nessas demonstrações, Ker ficava muito atento, prestando atenção em tudo e imaginando se algum dia teria sua chance. Tinha também o lado triste, por exemplo, quando, numa tempestade, acontecimento comum em São Paulo, um raio atingiu uma parte da rede do laboratório e o experimento de Nika queimou.

Nika era uma bela garota, com cabelos cor de fogo, descendente de armênios. Sua tese de mestrado era sobre simular colmeias artificiais com algoritmos bioinspirados. Ker adorava esse experimento de Nika, pois os bichinhos de alumínio andavam em bandos, desviando-se uns dos outros, apenas seguros por algumas cordinhas em alças quase invisíveis presas no teto.

Naquele dia de tempestade, o para-raios não segurou tudo que podia de voltagem e parte dela se dirigiu para o laboratório. Apesar de o laboratório ter várias fases , e a maioria estar desligada, a parte do laboratório em que Nika estava atuando no momento da tempestade não estava bem aterrada contra raios. Mesmo com a tempestade se formando, ela teimosamente resolveu correr o risco, pois tinha prazo praticamente esgotado para defesa de tese. Tudo ficou torrado quando um raio atingiu em cheio seu experimento. Ela desabou em prantos e Ker ficou com muita pena da garota com cabelo vermelho e com pele quase transparente de tão branca.

Ele tentou consolá-la, dizendo-lhe que a ajudaria a montar o experimento novamente.

— Você não está entendendo, Ker. — Disse Nika.

— Eu venho fim de semana e te ajudo. Retrucou Ker.

— Acontece que isso é importado e a minha verba terminou. Não existe nada parecido no Brasil.

— Nós vamos na rua Santa Ifigênia, eu te ajudo a comprar tudo de novo. — Ker sugeriu, referindo-se à rua de eletrônicos de São Paulo onde se encontra de tudo.

— Não, Ker, isso não existe na Santa Ifigênia. E mesmo que achasse, o pior é que eu só escrevi metade da tese e não cataloguei todos os experimentos que já tinha feito. Acabou, — disse ela — minha vida acabou!

E tornou a chorar.

Outro caso foi de Maria do Socorro, uma garota que todos chamavam carinhosamente de "Mary Help". Ela era uma nordestina arretada, forte e de personalidade sem igual. Tornou-se aluna de Keller depois de um bate-boca com ele na sala de aula sobre um algoritmo que caíra na prova de avaliação final do curso.

Ela convenceu Keller de que estava correta de três maneiras diferentes. A última maneira é que ela iria "sentar a mão nele", pois ele não ouvia o que ela estava falando. Keller deu uma boa gargalhada, ficando ainda mais vermelho do que de costume e reconheceu que estava sendo severo demais com Mary. Ponderando com calma, percebeu que a exposição dela tinha algumas passagens corretas.

Já quase no fim de sua tese, Mary Help corria para pegar um ônibus que passava num ponto do Viaduto do Chá, logo após o almoço, quando um malandro esbarrou nela achando que sua mala continha algo valioso. O malandro viu aquela mala preta volumosa e logo imaginou que poderia haver algo dentro dela para roubar e vender.

Mary Help não pensou duas vezes e deu uma surra nele. Com todo o ódio de quem poderia perder três anos de estudo no laboratório, ela nem pensou no perigo de se atracar com o bandido e usou forças que nem tinha para salvar sua tese.

Quando chegou ao laboratório chorando, todos a rodearam para acalmar. Depois de contar sua história deixando alguns atônitos e outros rindo de como deveria ter ficado a cara do bandido, Ker passou a entender o que era a vida no laboratório. Ele realmente entendeu que aquele lugar era muito importante para aqueles alunos.

A mãe de Ker era uma mistura de felicidade e nervosismo, pois novamente o filho estava o dia inteiro no laboratório mexendo com os terríveis computadores que já lhe tinham dado problemas na família. Será que novamente ele aprontaria como fizera na *lan house* de Palito?

Keller a tranquilizou diversas vezes, dizendo que, pelo contrário, Ker era muito querido e valioso para os estudantes. Muitos até estavam ensinando Ker a fazer alguns programas e ele estava aprendendo coisas novas e desafiadoras, como as linguagens de programação.

O tempo passou depressa e depois de muitos estudantes indo e vindo ao longo dos anos, Ker já tinha dezessete anos. Esta era a parte triste para ele: muitos vinham e iam, e ele ainda continuava com a mesma rotina. Não que ele achasse ruim, mas era triste ver partir as pessoas com as quais ele convivia. Muitas até mudavam de país, ganhando bolsas de doutorado ou pós-doutorado e nunca mais ele ouvira falar delas. Isso era muito estranho para Ker.

Mas então Ker lembrou que também ele fizera isso. Quantos amigos ele deixou em Heliópolis sem voltar para ver como estavam? Jurado de morte pelo crime organizado, hoje em outro mundo que ele ainda não considerava seu, pensava como estaria Palito. Estaria ainda bravo? E o pai de Palito? Será que ainda seria o dono de Heliópolis?

O que Ker não sabia, porque sua mãe achou melhor não lhe contar, é que Carlão morreu pelo comando dos bandidos. Palito foi confundido com um traficante depois de ser investigado constantemente por policiais civis e, numa grande batida policial, foi morto quando corria para se proteger. Na verdade, quase todos que Ker conhecia, naquela rua onde moravam, ou morreram ou fugiram para não morrer, exatamente como ele, sua mãe e sua vó fizeram.

Percebendo que Ker andava meio desanimado, Keller o convidou para assistir a uma aula na turma do primeiro ano da computação:

— Você vem comigo e "assistir" algumas aulas, disse Keller. Se você gostar, pode ficar até o fim do ano e, se gostar ainda mais, vou pagar para você um cursinho para estudar.

— E se eu não gostar?

— Você vai gostar, disse Keller.

— Mas se eu não gostar? Terei de ir embora do seu laboratório?

— Não tem esse risco, você "gostar" do curso, "confiar" em mim. — Disse Keller, sempre puxando mais o "r".

Ker considerava doutor Keller como o avô que ele não conhecera, uma pessoa sempre bondosa e sorridente. Mesmo quando ocorriam problemas no laboratório, Keller sempre os resolvia com calma impressionante, deixando todos sempre satisfeitos com sua solução. Era um verdadeiro pai para seus pupilos, sempre tão gratos que lhe traziam presentes no final do ano. No dia do seu aniversário, o laboratório era preenchido com balões coloridos, bolos e refrigerantes. Doutor Keller sempre ria dessas festas planejadas pelos estudantes.

A confiança de Keller em Ker era muito grande, e o rapaz não o surpreendeu quando começou a assistir às aulas. No início, Ker ficou tímido e quieto, só observando os outros alunos e a lousa de Keller. A lousa era muito boa, com divisões coloridas entre as partes, em letra de forma, grande, bem visível e sempre com quadrados desenhados com giz coloridos para chamar atenção para algum resultado importante.

Ker fez sua grande aparição numa aula sobre os primeiros algoritmos com *loop* e iteração. Ao explicar a função de *loop* para a programação, Keller deu diversos exemplos e aplicações para o exemplo mais fundamental deles.

Keller explicava a aplicação da sequência de Fibonacci, como nasceu e como ela era capaz de representar diversos fenômenos da natureza. A sequência é:

0 1 1 2 3 5 8 13 21 34 ....

e Keller perguntou:

— Existe uma regra nesta sequência, um padrão. Qual é?

— O termo seguinte é sempre a soma dos dois anteriores. — Respondeu um aluno.

— Muito bem, é isso mesmo. Sendo assim, o que vem depois do 34? — Perguntou Keller.

— Cinquenta e cinco — Respondeu outro aluno.

— Excelente! Disse Keller.

Ele mostrou que as galáxias seguiam a razão da sequência de Fibonacci, o Partenon grego em sua construção tinha dimensões que respeitavam a razão de Fibonacci, a cóclea do ouvido interno seguia a razão de Fibonacci, as conchas e...

— Mas o que é essa razão? — Perguntou um terceiro aluno.

"Essa era uma boa pergunta", pensou Ker, pois nem ele entendera aonde o professor Keller queria chegar.

Keller então disse:

— Dividam sempre o termo da frente pelo termo anterior começando por 2. Dois dividido por 1 dá 2, 3 dividido por 2 dá 1,5, 5 dividido por 3 é 1,66. Se continuarem, vocês "chegar" em 1,62...

"Incrível", pensou Ker. É mesmo! Rapidamente ele foi fazendo as operações e verificou que elas não mudavam depois de 13.

Keller, então, fez a pergunta mais difícil:

— Como o computador "resolver" esse problema? Como vocês "ensinar" o computador a calcular essa sequência?

— É fácil. — Disse Ker. Ele se empolgou tanto que nem reparou que todos olhavam, esquecendo-se de que não era um aluno da turma. E continuou:

— Você dá como constante os dois primeiros, chama o *loop* e coloca a soma logo no início. Para o computador voltar, você diz para ele que o primeiro é o segundo, o segundo é a soma e faz o computador voltar ao *loop*. — Explicou o ofegante e empolgado Ker.

Ninguém entendeu nada e todo mundo esperava uma boa piada sobre isso vinda do doutor Keller. Quando Keller não gostava de alguma solução ridícula, fazia uma piada levando todos a gargalharem. Era tradição nas aulas Keller levantar as sobrancelhas e fazer os outros alunos rirem de suas piadas sobre as soluções erradas. Mas nesse caso, mesmo Keller ficou surpreso.

A resposta estava corretíssima! Não que isso fosse algo de outro mundo, mas não era comum um aluno que, pela primeira vez estava vendo programação da série de Fibonacci, falar algo correto com tanta certeza e segurança.

Normalmente, aluno de primeiro ano da uma resposta incompleta a essa pergunta e, ainda assim, sem convicção. No entanto, Ker mostrou um domínio que só se vê em alunos familiarizados com a matéria!

Keller fez o que ninguém esperava: bateu palmas, pausadamente, que ecoaram na sala, atônito e feliz. Surpreso, reconheceu naquele instante que pescara um peixe dos grandes e que precisava alimentar bem esse peixe para ele crescer e render mais. A sala, um tanto timidamente, sorriu e parabenizou Ker, querendo saber quem era ele, de onde vinha, com quem trabalhava, entre outras informações.

Só então caiu a ficha de Ker e ele pensou: "Caramba, o que eu fiz?".

É que tudo lhe parecera tão claro, era como se sua mente tivesse se desligado do real e o quadro negro se estreitasse deixando os comandos com a letra do doutor Keller nas linhas corretas para o computador obedecê-las. Ele ainda pensou: " Acho que estou ficando louco".

Keller chamou Ker para conversar em sua sala depois da aula. O jovem pensou que estragara tudo outra vez. Enquanto caminhava no corredor pensando o que falaria, se pediria desculpas para Keller, se avisaria que ficaria calado nas aulas e assim por diante, quando o professor o chamou.

— Garoto, você não vai vir mais nas minhas aulas, disse Keller.

— Eu sei, me desculpe. Não mande minha mãe embora, ela não tem nada a ver com isso.

— Mandar sua mãe embora? Do que você está falando? — Keller se espantou com o menino e levantou as enormes sobrancelhas brancas, coçando a barriga.

— Eu não deveria atrapalhar a aula, eu nem sou aluno! — Disse Ker abaixou a cabeça tristemente.

— Sim, você já é aluno... — Corrigiu Keller soltando um suspiro com emoção, que fez seus lábios tremerem. Você é aluno do cursinho, não pode perder mais tempo, você tem dom para computação, vai ter de estudar computação. Amanhã já começa no cursinho, levando a sério para não ser mais intruso. Vou pagar pra você!

— Mas o senhor não está bravo? — Ker se assustou e até esboçou um pequeno sorriso.

— Estou sim, comigo mesmo. Deveria ter notado seu potencial há muito tempo.

— Mas o senhor não está exagerando? Foi só uma resposta de um algoritmo simples e...

— Quieto. Vamos para casa e amanhã você não vem mais aqui, vai estudar para o vestibular. — Disse Keller apressando Ker.

5. A frustação de Louis Bachelier

La belle époch! Era isso que se dizia sobre a Paris de 1900. O século XX começa exuberante com a enorme torre de ferro do engenheiro Eiffel, ainda ironizada nos cafés da cidade. Muitos eram contra aquela agulha de aço que não se encaixava na cidade luz. A Torre Eiffel deixava a cidade mais feia e deveria ser desmontada o mais rápido possível. Pelo menos é o que a maioria pensava.

Santos Dumont já voava com seus balões e preparava-se para o grande prêmio sobre voar com motor numa máquina mais pesada do que o ar. Em 1901, Santos Dumont contornou a Torre Eiffel com o Dirigível Número 6 e impressionou o mundo todo por realizar o primeiro voo dirigido da história.

No campo da Física, a palavra "relatividade" já era pronunciada, mas ninguém ainda sabia quem era Albert Einstein. O telégrafo já era corriqueiro e comum, mas o telefone estava ainda começando a tomar seus espaços. A eletricidade começava a ser instalada ainda timidamente, trocando as lâmpadas a gás pela lâmpada incandescente de Thomas Edison.

A primeira aparição da lâmpada incandescente em Paris se deu na Exposição Internacional da Eletricidade, em 1881. Todos faziam fila para ver a novidade da feira, que atraía também empresários com vistas a grandes negócios. E foi nessa atmosfera que, no ano de 1900, com 30 anos, Louis Bachelier resolveu fazer a ligação entre o mundo das Ciências Extas e o das Ciências Sociais. Ele foi o primeiro a tratar o mercado financeiro como um jogo. Seu orientador era o mais famoso matemático da França, Henri Poincaré.

Naquela época, para conseguir grandes salários e emprego com boa carreira, a tese de doutorado deveria receber o título de *trés honorable.* Mas Louis Bachelier cometeu o erro de defender sua tese para uma banca de matemáticos, que foram muito rigorosos.

Por que tão rigorosos?

Os matemáticos do século XIX estavam sob pressão, pois teoremas fracos estavam caindo, discussões acaloradas sobre a realidade e a realidade dos matemáticos tomavam grandes debates. E, sob essa pressão, quem pagou caro foi Bachelier.

Sua tese de doutorado recebeu o título de *honorable* (honrosa), mas não *trés honorable* (muito honrosa). O seu próprio orientador, Henri Poincaré, escreveu que faltou a teorização dos resultados encontrados, o que enfraqueceu a tese. Bachelier, por exemplo, usou pela primeira vez o movimento sob o ponto de vista de aleatoriedade. O movimento chamado de "browniano", amplamente utilizado nas mesas atuais de negócios em todas as bolsas do mundo, foi criado por Bachelier.

Mas ele ficou ofuscado por Einstein, que, em 1905, usou o mesmo método em sua tese revolucionária sobre a teoria da relatividade. E também, hoje, parte da teoria quântica de Einstein é usada nos estudos sobre a tendência do mercado.

Louis Bachelier queria fazer parte da Grande École, em Paris, a mais importante universidade na época. Mas acabou conseguindo emprego apenas na Universidade de Paris, tendo ele trabalhado um bom tempo na La Bourse de Commerce, a mais importante bolsa de valores da Europa de então. O ostentoso prédio tinha sido um dos palácios do governo de Napoleão Bonaparte.

E a tese de Bachelier... morreu.

Ficou no esquecimento, empoeirada nas prateleiras da Universidade de Paris. Foi quando apareceu Paul Samuelson, economista do *Massachusetts* Institute of Technology, o MIT (em Boston, nos Estados Unidos),em 1955. Um amigo da França lhe enviou uma carta com o título da tese e descrevendo em poucas palavras o que ela dizia.

Samuelson ficou se perguntando quem era Bachelier. Como se pronunciava aquele nome francês, "Bachalor", "Bachaler"? Perguntou para outros colegas do MIT, mas ninguém sabia, nem tinha ouvido falar de Louis Bachelier. Samuelson pediu um exemplar para a biblioteca do MIT, mas eles não tinham.

Quando, enfim, uma cópia lhe chegou às mãos, Samuelson ficou atônito com as maravilhas que a tese de Bachelier oferecia. Movimentos brownianos, estimativas de preços, volatilidades, enfim, coisas que o mercado ainda estava testando. Como era possível um francês de 1900 já pensar nessa matemática em que só agora Samuelson e seus colegas estavam trabalhando?

Foi Samuelson, por sua aplicabilidade no trabalho e responsável por adaptar a tese de Bachelier ao mercado, quem introduziu a probabilidade, a estatística das estimativas e a matemática para o mercado financeiro. Por esse tento, além obviamente de outras interpretações sobre modelos dinâmicos aplicados ao mercado, Samuelson recebeu o prêmio Nobel de Economia, em 1970.

Na divulgação do prêmio, a Academia escreveu: "... recebeu o prêmio pelo trabalho científico por meio do qual desenvolveu teoria nos campos de economia estática e dinâmica...", ou seja, em modelos matemáticos. Samuelson morreu em 2009, aos 94 anos.

Graças a todo esse trabalho, outros imitaram e sucederam-se no mercado financeiro. Outros três economistas de nome Fischer Black, Myron Scholes e Robert Merton criaram o que chegaram a chamar a "fórmula mágica" do mercado. A fórmula conhecida como *Black-Scholes* caiu no gosto popular do mercado porque conseguia colocar uma noção de preço atual em um contrato que venceria algum tempo no futuro.

Esse tipo de contrato é conhecido no mercado financeiro como "Opção", que pode ser exercido ou não pelo comprador e pelo vendedor. Esse é um contrato que pode permitir a compra de uma *Opção de Compra* e a compra de uma *Opção de Venda.*

Como se fosse a fórmula de Midas, o mercado começou a colocá-la primeiro em calculadoras eletrônicas. Diante do enorme sucesso, empresas maiores e, sobretudo, bancos de investimentos, programaram a fórmula de *Black-Scholes* nos enormes computadores das décadas de 1970 e 1980. Ela era perfeita, diziam os entendidos.

As fórmulas matemáticas começaram a ganhar espaço no mercado financeiro mundial e, depois, dentro das disciplinas dos cursos de Economia e Administração. Todo curso na área de Negócios era obrigado a contemplar em seu currículo os ensinamentos sobre a fórmula de *Black-Scholes* e os conceitos de Samuelson sobre o uso de Estatística na economia, sendo inclusive amplamente difundida a área de Econometria nas escolas de Negócios.

E, se os negociadores (também conhecidos como *traders*, em inglês) precisavam de programas para cálculo rápido das novas técnicas de uso do mercado, precisavam das pessoas de computação. Os chamados "analistas de sistemas" começaram, desde os anos de 1950, a cada vez mais serem requisitados pelo mercado financeiro. No início, uma área de destaque era a área de Banco de Dados. Todos os grandes bancos precisavam armazenar dados de clientes, corretoras, preços, negócios, taxas de juros e uma infinidade de variações dessas medidas.

Depois da área de Banco de Dados, a função de programador se tornou o suprassumo da informática. Os bancos não precisavam mais apenas de analistas para colocar a casa em funcionamento, mas também de pessoas que programavam a casa. E a área de *software* começou a crescer, exigindo cada vez mais programadores aptos e melhores.

Muitos programadores migraram das áreas de Matemática, Física e Engenharia para trabalhar como programadores de *softwares* específicos para os bancos. Nas décadas de 1950 a 1970, ainda não existiam cursos específicos de computação. Os requisitados eram sempre pesquisadores que sabiam programar, principalmente nas linguagens de programação conhecidas como FORTRAN e COBOL.

Quem migrou para o mercado financeiro retornava para a área de origem contando maravilhas sobre bilhões de dólares de um lado para o outro. Essas quantias eram impensáveis nas áreas mais cientificas. Quando alguém de Matemática ou Física poderia pensar em fazer um *software* que negociasse cifras de dinheiro tão elevadas? E as universidades começaram a perceber a necessidade de criar linhas específicas de estudo para atrair os "donos" do mercado para estudos mais avançados.

Por exemplo, que tal prever os preços das ações? Se os pesquisadores eram capazes de prever deslocamento de moléculas, enviar homem à Lua, criar bomba atômica, desenvolver a telefonia, entre tantas outras maravilhas, então prever preços deveria ser simples.

Mas os dias mostraram que não.

Para prever o preço de algo, logo os pesquisadores perceberam, deveriam entender as pessoas. Ao participar do mercado, cada pessoa mudaria de atitude assim que determinado caminho fosse percebido. Pessoas não são como átomos ou molas, que podem ser medidos e, na média, seus comportamentos são previsíveis. As pessoas alteram os rumos, assim como se fosse possível uma mola parar de se esticar ao perceber que estava sendo monitorada.

Áreas conhecidas como "Inteligência Artificial" ou "Bioinspiradas" começaram a se desenvolver para estudos em que não apenas a Matemática fosse necessária, mas também Psicologia, Biologia, Filosofia deveriam ser incorporadas nos modelos.

Os bancos adoraram esses conhecimentos, sobretudo e além de tudo, os bancos gostaram muito dos *softwares* produzidos pelas áreas de programação da computação. E como a mão de obra não existia fartamente, muitas pessoas que ingressaram no mercado financeiro fizeram o caminho inverso, ou seja, foram para Computação para aprender a programar.

Entre os que estavam no time que saíram da Ciência da Computação e foram para o mercado financeiro, estava o doutor Keller. Todavia, por algum motivo que Ker ainda não sabia, doutor Keller foi para o mercado financeiro, mas voltou para a Ciência da Computação e nunca mais quis saber de bancos, mercados, ações ou algo parecido. Essa ainda era uma incógnita para o jovem Ker.

6. Contatos imediatos com o mercado

Que garota linda!

Quem seria ela?

Apesar de Ker não querer olhar, seus olhos e pescoço não paravam de girar para olhar a beleza da garota. Ela era diferente, bem vestida, bem maquiada, com tailleur justo azul cujas mangas não iam até quase os pulsos. Elas iam afinando e paravam logo depois dos cotovelos, com unhas onde os esmaltes vermelhos escuros davam o destaque . O decote em "v" na gola, descendo até os seios chamava ainda mais a atenção de Ker. Mas o tailleur não era escandaloso, pelo contrário, a saia parava no joelho, estreitando-se a partir do quadril perfeito.

A festa era como tantas outras de que Ker já havia participado na USP, com muita gente desconhecida e esquisita para ele. Sua turma de computação não ligava muito para festas. Seus amigos até iam às festas, bebiam como todos os outros, mas os assuntos deles deixavam Ker entediado. Eram sempre conversas sobre algoritmos, soluções de problemas e velocidades de processamentos dos computadores. Não que Ker não gostasse, ele apreciava muito o assunto, só não em festas.

Mas aquela garota tinha estilo, muito estilo. Não era aluna da Computação, com certeza não, pois nunca a tinha visto entre os veteranos ou alunos de pós-graduação. E de tanto olhar, a moça percebeu e Ker começou a sentir um calor por dentro e a sensação de ficar vermelho, com a pele quente.

"Ai meu Deus, ela percebeu e está vindo", pensou alto Ker. Ele estava com 20 anos, no terceiro ano de Ciência da Computação da USP. Os estudos pagos no cursinho pré-vestibular pelo prof. Keller deram certo e Ker tinha de provar que era capaz de corresponder. Passou no vestibular, começou a cursar com 18 anos o curso de Ciência da Computação na USP conciliando o estudo e o trabalho no laboratório do doutor Keller.

Ker tinha ido muito longe e, no momento, estava desenvolvendo iniciação científica na área que sempre sonhou. Ele programava algoritmos chamados "bioinspirados", algoritmos que tinham certa "inteligência". Muitas áreas estavam envolvidas e exigiam o tempo todo de sua dedicação em Matemática, Física e Engenharia. Suas ideias sempre deixavam doutor Keller cheio de orgulho. Os colegas de Keller observavam Ker o tempo todo e, como em todo lugar, assediavam-no para mudar de linha de estudo com novas bolsas, às vezes até com valores mais altos do que a bolsa que Ker recebia.

Contudo, Ker ainda não estava pensando em dinheiro, mas em aprender mais e apreciar muito seus experimentos funcionando no laboratório de Keller. Ele desenvolvia programas de computador com extrema facilidade, às vezes até mesmo brincando nas horas vagas. Suas soluções inclusive ajudavam outros colegas do laboratório do doutor Keller. O ano era 2006 e Ker estava no penúltimo ano de seu curso de Ciência da Computação.

E a moça estava chegando. Nesses casos, infelizmente para Ker, ele não tinha algoritmo para processar sobre o que falar com ela, como falar ou ainda quando falar.

E a moça estava mais próxima. "Quem sabe se eu perguntasse seu nome? Ou então se eu dissesse 'Oi eu sou o Ker, sabe que faço computação?'", pensou ele. Mas que bobeira, isso ia ser ridículo, fez ele uma autocrítica naquela situação.

E ela chegou.

— Uma cerveja, por favor! Pediu a moça em alto e bom tom, pois a música estava muito alta.

"Hã?", perguntou-se Ker.

Só então reparou que ela não sorria para ele, nem mesmo o tinha visto. É que ele estava na frente da bancada em que se vendiam as cervejas e o rapaz que servia as bebidas também fazia malabarismos engraçados com as latinhas. Jogava-as para cima, batia-as no ombro com tal habilidade que a cerveja ia direto para as mãos de quem pedia.

A moça pegou a cerveja e dirigiu-se para o outro lado da festa. Ker ficou, então, desolado e com vergonha de si mesmo. Mas ficou olhando a moça, dançando com charme e segurando a latinha de cerveja na mão. A música de fundo nem interessava a ele, na verdade ele nem a ouvia.

"Linda, muito linda essa garota", pensou ele.

— Um charme ela, não?

Ker levou um susto antes de ver que era Samuel, seu colega de turma da Computação apelidado de "Cookie". O apelido veio de um aluno veterano que, no dia da matrícula, viu o garoto pequeno, o menor da turma de ingressantes, e logo sacou o apelido:

— Ei pessoal, esse cara não parece um *cookie*?

E Samuel então perguntou:

— De onde você tirou isso, meu?

— *Cookie*, meu chapa, é um algoritmo pequeno, sem utilidade, que enche o saco pra caramba e só atrapalha a vida da gente. Bicho, é igualzinho você!

Todos deram risada. No início, até mesmo Samuel achou graça, pois ele pensou que não ia durar muito essa bobeira de apelido. Mas durou para sempre e Samuel ficava irritado quando o chamavam pelo apelido.

— É, Cookie, ela é uma gata, mas é muita areia pro meu caminhão. — Disse Ker.

— Que é isso, Ker? É só mais uma garota que está esperando pra ser chamada.

— Nunca. — Retrucou Ker. — Essa menina já tem um cara que vai chegar daqui a pouco e eu vou ficar com cara de bobo. Tô fora!

— Para de bobeira, vai lá, começa dançando com ela, puxa um papo bem simples, se possível, faz ela rir. — Falou Cookie.

— Não, nem pensar. — Ker retrucou.

— Então, eu vou. — Ameaçou Cookie.

Ker se calou, pois duvidava que o amigo tivesse essa coragem. Mas se surpreendeu quando o viu indo na direção da moça. E não é que o baixinho estava arrancando sorrisos da linda menina?

"Que crápula!", pensou Ker. "O que ele está fazendo?"

De repente, a moça vem na direção de Ker, olhando fixamente para ele e sorrindo. "Ai, meu Deus!", pensou Ker. "O que o safado do Cookie fez?"

— Oi, gato, vamos transar? — Falou a moça. E depois da garota falar, Ker observou que ela estava olhando para seu órgão genital. Ele ficou pálido. Estaria com a braguilha aberta?

— Hã, o quê?

A moça não parava de olhar para sua calça. Depois de alguns segundos que pareceram horas, ela disparou a soltar uma sonora gargalhada. Quanto mais ela olhava para Ker, mais ela ria.

— O que está acontecendo? Você é louca?

E, depois de rir até doer o diafragma, a moça ainda com os olhos lacrimejando da gargalhada incontrolável, apresentou-se para Ker:

— Me desculpa, prazer, meu nome é Gisele. É que seu amigo é uma figura muito engraçada. Fiz uma aposta com ele, e ele perdeu.

— Aposta? Que aposta? — Perguntou o espantado Ker.

— Ele me disse que sempre ganhava apostas com mulheres e eu disse que eu nunca perdia uma. Ele me contou de seu problema.

— Que problema? Não tenho problema nenhum.

A essa altura, Ker estava muito bravo com Cookie. “Baixinho sacana, o que ele aprontou?”, pensou Ker. “Vou destruir aquele cabeção dele”, imaginou Ker com muita raiva. Voltando a rir, Gisele afirmou:

— Ele também me disse que você desmentiria.

— Mas desmentir o que?

— Que você tem problema de incontinência urinária. Ele apostou comigo que quando qualquer garota chega perto de você, você não se contém e começa a molhar as calças. A aposta foi que se você não molhasse as calças eu ganharia, caso contrário ele ganharia.

— Mas é mentira!

— Mentira ou não, não me importa. O fato é que ganhei a aposta. E foi alta, viu?

— Quanto por essa mentira? — Perguntou Ker.

— Seu amigo disse que ia ficar só de cuecas no centro da pista dançando.

E uma gritaria começou de repente. Quando Ker olhou, caramba! O maluco do Cookie estava sem calças, no meio da turma, dançando.

— Esse cara bebeu muito, não é possível. — Disse alto Ker.

— Ou ele é seu amigo demais, ou bebeu demais, ou então você pela primeira vez conseguiu segurar sua torneira.

E Gisele voltou a rir muito.

"Sorrindo, essa garota era maravilhosa, uma pintura francesa", pensou Ker. A raiva de Ker se transformou em arrependimento pelo que Cookie fizera. Essa história maluca foi inventada para que ele realizasse seu desejo de falar com a garota. Mas o que esse cara vai querer em troca? "Ai, meu Deus, tenho até medo", pensou consigo mesmo Ker.

O show de Cookie estava rolando e Gisele retomou a conversa com Ker, para não ser deselegante com quem a tinha feito se divertir.

— Você não bebe? — Perguntou Gisele.

— Hoje não, minha garganta está doendo e estou tomando remédio.

Obviamente, era mentira de Ker. Sua mãe o proibira de tomar qualquer bebida alcoólica por lembrar sempre que ele morava na casa do doutor Keller e tinha que manter sua reputação de bom garoto.

— Qual o seu nome mesmo? — Emendou Ker.

— Gisele.

— O meu é Ker.

— Ker com K ou com Q?

— Com a letra K.

— Que diferente esse nome. Ou é um apelido?

— É um apelido, mas a história é muito longa. Sou apenas Ker.

— Mas eu gosto de histórias longas, tenho muito tempo para ouvir a sua.

"Opa, opa, opa!", pensou Ker. Será que ela está me cantando? Não, muito difícil. E Ker resolveu se fingir de bobo.

— Vamos ali para fora, aqui o barulho está muito alto com seu amigo animador. — Disse Gisele.

Ker e Gisele andaram por duzentos metros e sentaram-se no gramado próximo à praça onde a festa estava acontecendo. Gisele ficou vidrada na história de Ker, era impressionante.

Na verdade Ker nem lembrava o menino pobre que fora. Nesses anos todos morando na casa do doutor Keller, sua mãe fez um excelente pé-de-meia e tratou de cuidar para o filho ficar bonito. As roupas não eram de grife, ou de marca, mas eram quase da moda dos outros garotos da sua idade.

Cabelos sempre aparados, com calças jeans e cintos combinando com o calçado faziam de Ker um garoto da classe média. Barba sempre aparada até diminuía sua idade, fazendo-o parecer menor de 18 anos.

O que era para ser só uma conversa e educada, levou Gisele a se concentrar mais e mais nessa história impressionante e inacreditável de Ker. Ele tinha boa eloquência, boa didática na exposição, o que fazia Gisele se encantar ainda mais pelo relato.

Alternando momentos engraçados e tristes de sua vida em Heliópolis, Ker percebeu que Gisele estava mais próxima dele e olhando fixamente em seus olhos. Sentada no chão com seu *tailleur*, Gisele nem parecia tão alta assim. Seus seios saltavam ainda mais aos olhos de Ker, que vez ou outra tinha de se concentrar para não perder o fio da história de sua vida.

E então Ker se deu conta de que Gisele estava um pouco alta, com a fala não meio enrolada. "Ela deve ter bebido muito", pensou Ker. "Ou o meu papo está dando sono nela", pensou ainda.

Os dois se olharam muito nos olhos, fixamente, parecendo filme romântico. Gisele chegou perto de Ker, muito perto, e então veio um... vômito. Sim, Gisele deu um soluço e vomitou forte na camisa de Ker, deixando seu hálito alcóolico em Ker.

"Que azar!", pensou Ker. "Só acontece comigo! Garota linda, tudo ia maravilhosamente bem, quando ela passa mal e vomita em cima de mim! E agora, o que eu faço?", ele se perguntava.

Gisele parecia estar inconsciente, não falando coisa com coisa e chorando ao mesmo tempo em que passava mal. Seus cabelos ficaram sujos, até mesmo o lindo *tailleur* estava sujo. Ker precisava dar um jeito na situação. Lembrou-se de ouvir que quando uma pessoa passa mal por bebedeira, é melhor segurar a cabeça dela para baixo, forçando a nuca.

Nada mudava a situação. Gisele continuava mal. Então Ker decidiu levá-la para se lavar em algum banheiro ou torneira fora do recinto da festa. Achou uma torneira de jardim e começou a lavá-la, primeiro seu rosto, depois sua boca, com calma e tranquilidade, depois as pontas do cabelo.

Ker tirou sua camisa e a lavou-a também, torcendo-a e, então, usou-a para limpar o tailleur Gisele. Depois de sentar e amparar Gisele na parede, Ker começou a abanar a moça, fazendo um vento fresco em seu rosto. Pareceu dar certo, pois a cor da menina estava mudando, e ela começou a lhe agradecer. Depois de quase uma hora nisso, finalmente a garota pronuncia algo melhor:

— Obrigada, Ker. Obrigada pela sua ajuda, você me salvou de um vexame histórico.

— Não, isso não foi nada. Afinal todo mundo passa mal um dia, ainda mais nessas nossas festinhas.

— Não, não posso passar vexames. Tenho um estágio e emprego que não me permitem baixarias como essa. Como o mundo inteiro está ligado, um comentário qualquer que chegasse ao meu chefe ou diretor, eu perderia o emprego. Eles já me alertaram sobre isso. Valeu mesmo, de coração.

Ker não imaginaria, nunca, que jogar água no rosto e abanar uma pessoa, além de andar alguns metros para limpá-la, poderia ser tão importante. Mas ele agradeceu . E então veio algo ainda mais inesperado.

— Ker — disse Gisele —, preciso de um café forte. Meu apartamento é aqui perto da universidade, do outro lado do rio Pinheiros, próximo à avenida Faria Lima. Você me leva até lá? Assim, eu me troco e faço um café para nós dois.

— Claro que sim — Mais que depressa respondeu Ker.

— Mais uma vez, sou muito grata a você.

Ao sair da universidade, Ker sugeriu pegarem um ônibus, mas Gisele recusou.

— Não, vamos de taxi, disse Gisele.

Ker gelou. Taxi em São Paulo é muito caro . Como ele pagaria a corrida? Tentou novamente convencer Gisele a pegarem um ônibus. Mas ela insistiu em recusar e, fazendo um aceno com a mão, parou um taxi no meio da rua, na saída da universidade. "Ferrou", pensou Ker.

Quando o taxi chegou ao edifício onde Gisele morava, Ker pensou novamente, "Ferrou ainda mais". Era inacreditável que aquela garota morasse numa república de estudantes naquele prédio.

O edifício tinha câmeras por todos os lados, entrada majestosa, com sacadas com vidro em tom verde escuro. A corrida ficara extremamente cara, como Ker imaginara, mas quando ele tentou pegar a carteira para pagá-la, Gisele se adiantou e pagou o taxi deixando o cartão de crédito visível quando abriu a carteira.

"Uau! Ela tem cartão de crédito internacional", exclamou Ker para si mesmo. O apartamento era de um luxo muito parecido com o da casa principal do doutor Keller. Estofados brancos em couro legítimo, cozinha moderna e bancadas viradas para a sala de estar, forno de micro-ondas na cor preta, combinando com o acabamento dos armários da cozinha no mesmo tom. O piso frio era branco e reluzente, refletindo a luz das luminárias do tipo *spot* centralizadas na bancada e sob o fogão elétrico.

Quando Ker chegou à sacada... fantástica! A vista da grande porta de vidro propiciava como cenário o Jockey Club de São Paulo, que, visto do trigésimo quarto andar, parecia até pequeno. Ker não gostava muito de alturas, por isso não ficou muito tempo na sacada.

— Onde estão as outras meninas? — Perguntou Ker.

— Que outras meninas? — Perguntou Gisele de volta, com expressão de quem não tinha entendido.

— As garotas que dividem a república com você?

— Mas este é meu apartamento, não uma república. Moro sozinha. Meu pai me ajudou com uma parte e eu entrei com minhas reservas e bônus do trabalho.

— E que trabalho realmente você faz para ganhar bônus? Nunca ouvi falar nisso! — Exclamou Ker ainda sem entender que tipo de trabalho era o de Gisele.

Enquanto preparava o café em sua cafeteira, Gisele começou a explicar com o que trabalhava e o que fazia.

— Ker, eu trabalho num fundo de investimento estrangeiro, aqui, no Brasil. Sou estagiária na área de estratégia do fundo. No final do ano, os rendimentos do fundo, claro que não tudo, mas uma parcela bem interessante é dividida entre os funcionários. Respeitando-se o peso de cada área, somos bem remunerados no final do ano. Mesmo eu sendo estagiária, já assinei um pré-contrato e sou tratada como uma funcionária. Espero me efetivar dentro de dois ou três meses.

— Me explica uma coisa, sim? Ainda sem entender nada, pergunta Ker. — Esse tal fundo de investimento deve ganhar muito para pagar bem todo mundo, mas ele produz o quê?

— Produz dinheiro, Ker, *money*, rendimentos expressivos aos milionários. Respondeu Gisele ainda preparando o café.

Ker, então, caminhou novamente até a porta de vidro da sacada e reparou nos raios de Sol que estavam começando a despontar na cidade.

— Ainda não entendo o que você faz, me desculpe. Mas, na minha área, estagiário ganha muito pouco. Talvez numa grande empresa, o salário não passe de dois mil reais para um bom programador estagiando. Mas é o que tenho escutado de meus colegas sobre o máximo que se ganha como estagiário na nossa área.

— Ker — disse Gisele já começando a servir o café —, a firma em que trabalho se chama ACI ou, em inglês, *Associate Capital Investment*. Esse fundo gerencia duzentos bilhões de dólares investidos por clientes no mundo todo. No Brasil, a parcela é pequena, em torno de dois bilhões de dólares.

— Pequena? — Espantou-se Ker.

— Sim, comparado ao resto do mundo, dois bi não são nada. Qualquer crise financeira leva embora algo em torno de trilhões de dólares.

— Não faço nem ideia de quantos zeros isso dá numa carteira. — Disse Ker sorrindo. Obviamente ele sabia, e muito bem, pois era um dos melhores alunos da turma nas disciplinas e especialmente em Matemática.

Gisele percebeu que Ker realmente não sabia nada sobre dinheiro, mercado, crises, absolutamente nada sobre finanças. E continuou explicando.

— Olhe — falou ela tomando seu café —, a coisa funciona assim: o investidor chega, procura seu gerente de conta do fundo e diz que quer aplicar x milhões. O gerente da conta do ACI busca uma tabela em nosso sistema que recomenda para aquela semana uma carteira de investimentos.

E Gisele continuou:

— Se o cliente gostar da carteira, o gerente da conta abre outro sistema chamado de ST, que vem do inglês *Strategy Tool*, o qual ajudo elaborar. Esse sistema diz quanto o cliente deve investir em cada ação, até quando deve ficar comprado nesses papéis e assim por diante. Esta é minha função toda semana. Garimpar ações atraentes, simular estratégias e apresenta-las toda sexta-feira para meu chefe e outros colegas. Muitas vezes, eles não concordam e, depois de muito debate, tenho de voltar e simular novamente, até eles ficarem satisfeitos.

— Esse negócio de garimpar, de carteira, é muito engraçado. Você fala de um jeito muito estranho. Mas se entendi, você programa também, e entende de programação, certo?

— Nada disso, Ker. Você deve estar com sono. Eu te dei muito trabalho com minha bebedeira. Não sei nada de programação. Os programas já estão implementados nos computadores, na verdade em planilhas Excel. Entro com os parâmetros das ações, tais como média, desvio padrão etc. O programa calcula a relação risco e retorno ótimos. Então, coloco o programa para rodar mil vezes, usando uma técnica chamada simulação de "Monte Carlo" e, então... pimba! A planilha é preenchida com as estimativas para ganhos, perdas, riscos etc. da carteira que o ACI montou.

— Ah, sim, claro — continuou Gisele —, a carteira de que eu falo é uma matriz com diversas linhas e colunas compostas de ações, opções, derivativos, moedas, e assim por diante.

— Ufa, até que enfim eu reconheci algo que entendo! Matriz, média, desvio padrão, este, sim, é meu campo.

O sol estava ficando mais forte e Ker lembrou que precisava ir para casa. Sua mãe ficaria nervosa ao acordar e não vê-lo na cama. Mas o papo estava tão agradável e ele estava absurdamente entretido com a beleza de Gisele. Então, ele pegou o celular e ligou para dona Juliana, mentindo que estava com seu colega Cookie. Explicou que a festa foi ótima e que ficaria mais um tempo.

Então, pedindo desculpas para Gisele ele argumentou:

— Eu estou indo embora. É que para chegar aonde moro ainda vai demorar, e não quero deixar minha mãe nervosa. A distância não era tão grande assim, mas Ker resolveu inventar a estória para poder sair com uma boa justificativa para sua agradável companhia. Além do mais, se demorasse, sua mãe começaria a ficar mais nervosa do que o de costume.

— Mas você precisa ir? Você nem dormiu. Por que não descansa no sofá? É confortável. Pelo menos você chegará à sua casa descansado. Fica à vontade, preciso tomar um banho, pois entro às dez no ACI.

Gisele virou de costas e saiu desabotoando o *tailleur*, tirando sem constrangimento na frente de Ker, expondo seu sutiã.

Ker não acreditou naquilo que viu. Ela era linda, muito linda e perfeita. Mas seria assim tão despojada com todos? E agora, ele deveria deitar e dormir, ou ir atrás dela? Seria apenas uma dica para ele a seguir, ou era normal para o tipo de pessoa que ela era?

O fato é que ele ficou tão atônito e perdido que não fez nada. Resolveu se sentar no sofá e esperar Gisele sair do banho para ver que atitude tomaria. Mas ele adormeceu e, então, acordou com um empurrãozinho de Gisele.

— Vamos rapaz, preciso trabalhar.

— Hã? Que horas são? — Perguntou Ker.

— Passam das 9h30. Eu te deixo num ponto de ônibus, respondeu Gisele.

"Que azar", pensou Ker. "Por que eu fui dormir? Mas que droga!"

No ponto de ônibus, eles se despediram, cada um seguindo para seu canto e a cabeça de Ker fervilhando de perguntas. Que trabalho seria esse dessa garota? Será que ela ganha mesmo tudo isso que lhe contou? Existirá mesmo estágios com esse tipo de remuneração tão acima dos demais?

Quando o ônibus chegou, Ker voltou à realidade, agora em pé, abarrotado de gente se empurrando e ele mesmo se lembrou de que a vida real é bem mais dura.

7. Conhecendo a mecânica do mercado

— Mas você é muito burro, cara! — Disse inconformado Cookie a Ker. — Eu pago o maior mico e você na hora H vai dormir?

— Eu sei, Cookie, foi mal. Pode debochar, foi mancada mesmo.

— Mancada, não, foi trapalhada. A garota caidinha por você, ela sai tirando a roupa e você vai dormir?

— Eu estava muito cansado, dormi por acaso, sem nem perceber.

Mas na mente de Ker, pelo menos um bom contato fora estabelecido com uma menina incrível. Ele já tivera namoros em Heliópolis, se é que se pode chamar de namoro o que ele fez. As transas mais malucas com meninas em ruelas, becos escuros, até mesmo no meio de córrego poluído. Eram mais brincadeiras e descobrimento do corpo do que namoro. Agora era diferente, apesar de ele não estar namorando ninguém.

O ponto que o intrigara era o padrão de Gisele, que, para uma estudante de último ano estagiando, era pra lá do que Ker já tinha presenciado. Sempre as meninas da universidade, com quem ele tinha amizade e contato, moravam em repúblicas, às vezes seis em apartamentos com dois quartos próximos da universidade. Ou mesmo do outro lado da cidade. Mas a categoria de Gisele era fora do comum.

— *Money... money... money, brother.* — Disse Cookie. — Ela já te falou que tudo é dinheiro, trabalha com dinheiro, dorme com dinheiro, come dinheiro, isso é mercado financeiro.

— E o que você entende de dinheiro ou de mercado? Nem pagar seu aluguel direito você está conseguindo! — Respondeu Ker.

— Olhe, ainda não tenho dinheiro porque minha condição inicial foi zero, como nas equações matemáticas. Mas estou me preparando para quando tiver um início, vou saber o que fazer. Vem cá, vou te passar uns sites interessantes pra você estudar e não ficar de fora do papo da mina, *brother*.

E Cookie abriu diversas *webpages* na internet, no laboratório onde conversavam.

— Vou deixar adicionado como favorito esse aqui, que é bem elaborado pra um cabeça de bagre igual a você. — Falou Cookie para Ker, dando risada e caçoando.

E continuou mostrando outros sites.

— Este também é legal; este aqui ensina análise grafista, muito bacana; este outro é de análise fundamentalista; e tem este em que até professores nossos da Física publicam alguma coisa. Esta é a área de Econofísica.

— Você tá louco, Cookie! Você acha que vou estudar essas coisas chatas só para conversar com a Gisele?

— Então joga o telefone dela fora, na verdade, joga no meu lixinho aqui que eu pego e sei o que fazer. Prometo que não vou dormir.

E Cookie caiu em gargalhada novamente.

— Putz! Vou pensar, vou pensar.

E Ker saiu resmungando bravo com Cookie e quando estava na porta para sair ouviu:

— Não pensa, não, deixa que eu penso por você! — Gritou Cookie lá atrás no fundo do laboratório.

Passados alguns dias, o trabalho de iniciação científica de Ker não andou nada. Ele não conseguia tirar Gisele da cabeça. A visão daquela linda garota, os momentos no apartamento não saíam de sua cabeça. E também não saíam as palavras do chato Cookie. No fundo, o amigo tinha razão, não havia como Ker manter um papo legal com Gisele se não entendesse o mínimo do que ela estava falando.

Ker resolveu, então, estudar como funcionam compras e vendas de ações nos sites recomendados por Cookie. No começo era meio complicado, maçante e sem graça, com nomenclaturas e definições bem diferentes daquelas a que Ker estava acostumado. Noções de balanço, fluxo de caixa, relatórios trimestrais, juros, dividendos. "Credo ! Que coisa chata!", pensou Ker.

Mas à medida que os dias passavam, ele foi se aprofundando, aproveitando para estudar mais, e descobriu que as coisas que estudara no seu curso de computação eram utilizadas pelos métodos de mercado. A princípio, ele descobriu que Cookie tinha razão, a área grafista era muito interessante. Existiam muitas estratégias que dependiam dos gráficos e Ker achou muito legais coisas como média móvel, Fibonacci, índice de força relativa e outros métodos que foi acompanhando.

Não demorou muito para doutor Keller perceber que havia algo de errado. Em conversas sobre o andamento do projeto, o experiente Keller reparou que o assunto estava travado. Ker não mostrava avanço nos experimentos há alguns dias. Mas o professor também percebeu que Ker vivia no computador. E foi conversar com o rapaz.

— O que acontece, meu rapaz?

— Nada, doutor Keller.

— Mas há dias que nosso assunto anda meio esvaziado.

— Vai andar sim, estou estudando uns métodos diferentes.

— Que métodos? Temos prazos e você não pode ficar buscando métodos e batendo sua cabeça sozinho. Para isso, estou aqui, para ajudar. Essa é minha função como seu orientador e mentor do trabalho.

— Não tem problema, vai sair sim. Em breve.

— Então, está bem. Até logo. — Despediu-se o sorridente doutor Keller.

Ker sentiu que estava faltando com sua obrigação para com o professor, uma pessoa tão bondosa, um verdadeiro avô para ele. Keller, sempre que passava em frente ao laboratório, entrava para conversar com todos seus orientandos, brincava com eles, acalmava-os, ou mesmo resolvia problemas de bolsas de estudo em atraso para os casos de iniciação científica, mestrado ou doutorado. Todos dependiam dessas bolsas para pagamento de suas despesas mensais e para ajudarem as famílias, o que preocupava diariamente Keller.

Muitas vezes, Keller colocou dinheiro do próprio bolso para alunos pagarem suas moradias ou mesmo comer no restaurante dos estudantes da universidade. Ele era muito querido por seus orientandos e, por isso, todos trabalhavam com muito afinco nos projetos.

Mas a garota do banco mexeu com Ker. Ele percebeu que ficar apenas lendo os métodos não fazia muito sentido. Começou, então, a acordar mais cedo para, antes de ir à universidade de manhã, programar algumas coisas no computador. Baixou alguns preços de fechamento de ações e resolveu testar os métodos.

Sem discriminação, programou métodos grafistas e sensores de fundamentos das empresas.

"Hum", pensou ele, "parece fazer sentido esse negócio de sensor baseado em gráfico". No caso da média móvel, parecia mesmo que o preço da ação voltava para cima de sua média depois de cair muito. E também regredia para baixo da média quando estava muito alto. Interessado, Ker ficou estudando. Mas por que muita gente ainda perdia dinheiro, como ele tinha visto nas histórias de internet?

Já fazia mais de um mês que ele conhecera Gisele e achava-se preparado para ligar para seu celular e começar um relacionamento mais profundo. A conversa poderia agora fluir melhor.

— Oi Gisele, aqui é o Ker. Você se lembra de mim?

— Olá Ker, claro que sim, fofo.

"Fofo? Ela me chamou de fofo? Uau! Parece que o caminho está correto mesmo", pensou quase em voz alta Ker.

— Eu queria saber se você tem algo para fazer nesse sábado? Pensei se a gente não poderia sair, tomar alguma coisa, conversar, essas coisas.

— Claro que sim, mas se você não se importar, uns amigos combinaram de ir ao bistrô, aqui perto de casa. Você não quer vir também? Vamos começar tomando alguma coisa em casa e depois vamos pra lá. Vem até aqui em casa, OK?

— Certo, tudo bem. Passo aí a que horas?

— Vem às 22h00 para o aquecimento. — Respondeu Gisele, rindo ao telefone.

Caramba! Não era bem isso que ele tinha pensado. Mas fazer novas amizades e reciclar o grupo de amigos poderia lhe fazer bem.

Ker ficou ainda programando alguns métodos, estudando diversos sites e materiais até o encontro combinado com Gisele. A mãe de Ker também viu diferença nas atitudes do filho. Estava mais quieto, sempre em frente ao computador com o qual o doutor Keller o presenteara alguns anos atrás, e o filho quase não falava mais com ela.

— Está tudo bem, mãe, não tem problema nenhum. — Disse Ker à dona Juliana.

— Filho, o doutor Keller também veio me dizer que você está estranho. Você está mexendo com drogas? Com mulheres? O que está acontecendo?

— Nada mãe, nada.

Ker fechou o computador, deu um beijo em dona Juliana e saiu correndo para vestir sua melhor roupa. Aflita e receosa, dona Juliana ficou olhando e tentando imaginar o que o filho estava aprontando.

Quando chegou ao apartamento de Gisele, Ker percebeu que ele fizera mau negócio. O apartamento estava cheio de gente, todos muito bem vestidos. Rapazes com cabelos penteados para trás, paletós e sapatos brilhantes. As moças todas lindas como Gisele e elegantes, de vestidos, calças com botas de couro em estilo *country*, algumas de jaquetas de couro, enfim, o ambiente não era legal para Ker. A vontade dele era virar e sair correndo. Nos encontros com seus amigos, Ker se encontrava em repúblicas onde a cachaça era a bebida predileta, alguns usavam bermudas, outros calças desfiadas, chinelos, enfim, o grupo de Gisele era bem mais formal do que os universitários.

Gisele, então, apresentou a Ker seus amigos, um por um, e novamente ele reparou que ela era a gentileza em pessoa. Todos estavam ao redor da mesa de centro da sala, alguns segurando copos de uísque com gelo, outros tomavam espumantes e outros ainda uma bebida transparente que poderia ser vodca. Uma música de fundo, animada, mas em volume baixo, tocava no enorme e moderno aparelho de som de Gisele, conectado à televisão, em que se podia assistir ao videoclipe do artista da vez.

Depois das apresentações, retomaram o assunto, e Ker realmente se sentiu um peixe fora d'água. Nada do que ele estudou estava ajudando. Era um tal de *spread* numa fala, *short selling* em outra, *long term* em outra e assim por diante. Ele ficou o mais calado que poderia. Não tinha nem como participar. Achava que Cookie ensinou tudo errado e que o amigo estava mais por fora do que ele.

Então, um amigo de Gisele resolveu colocar Ker na conversa.

— E o que você acha, Ker? O FED deve deixar os juros onde estão ou não?

"Caramba, do que esse cara tá falando? O que é isso, FED?", pensou Ker.

Para sua sorte, antes que ele respondesse, outro amigo de Gisele interveio:

— Claro que não, depois dos próximos IPO, o FED deveria subir os juros, pois o S&P500 vai às alturas e a taxa de desemprego vai cair ainda mais, provocando aumento na inflação americana, não é mesmo Ker?

— É... é... é... acho que sim. — Ker nem sabia o que tinha respondido. Além de não saber o que era FED, agora veio esse tal de IPO e depois S&P500? Ker estava se sentindo muito desconfortável, quase indo embora. Pensou em alguma desculpa interessante, mas resolveu esperar mais alguns minutos.

A discussão recomeçou em tom mais alto, com discordâncias de parte a parte, parecendo que educação não era algo que existia no grupo. Apesar de bem vestidos, palavrões surgiam a todo momento, sempre uma pessoa interrompendo a outra, tirando sarro, fazendo piadas; enfim, muito chato e diferente do que Ker via em sua turma.

Depois de meia hora, Gisele percebeu que Ker estava desconcertado naquele ambiente e resolveu pôr todo mundo para andar.

— Vamos, pessoal, nossa reserva das mesas começa às 23h00. Tá quase na hora, até para estacionar vai ser demorado no bistrô.

O bistrô era mais do que cinco estrelas, se é que isso existia. Ker teve vontade de pular ainda com o carro em movimento. Como ele ia pagar essa festa toda num restaurante fino? O pessoal deixou o carro num estacionamento *vip*, com manobristas usando luvas brancas. Um calor interno tomou conta de Ker, aquele calor de quem se mete numa situação inadvertidamente e não sabe como sair dela.

A noite foi passando, a conversa sempre a mesma; uma vez ou outra, os amigos de Gisele permitiam algum comentário de Ker, mas sempre que ele tentava falar um pouco mais já era interrompido por outro e, assim, a conversa desandava . Existia uma música de fundo, muita comida, muita bebida, mas Ker estava a ponto de ir embora. Só não sabia como. Ele não se sentia à vontade ao ponto de interromper alguém falando e propor um novo assunto, até porque, o que ele iria propor? Algoritmos? Programas de computador novos e mais rápidos para a internet? Ker não tinha segurança e tinha uma certa vergonha de colocar esse assunto na mesa e ninguém prestar a atenção, ficando ele sozinho falando para pessoas que não estão interessadas.

E então, a conversa entrou na área de Ker. Alguém falou de um robô que estava começando a operar nas bolsas dos Estados

Unidos. “Opa!”, pensou Ker. “De robô, eu entendo. Agora é minha vez”. E a conversa ficou ainda melhor quando apareceu a palavra “algoritmo”. “Aí, sim”, pensou Ker, “agora é comigo, a noite vai começar agora”.

Naquele ano de 2006, as bolsas do mundo estavam começando a operar com os chamados algoritmos de *trader*. Os chamados *robô-trader* eram algoritmos para compra e venda de ações, opções e derivativos nas bolsas de valores, com transações em alta frequência. Compras e vendas eram quase instantâneas na Europa e nos Estados Unidos.

Pelo que Ker perceba, Nova York e Londres estavam conectadas por cabos que transmitiam as primeiras informações em milissegundos. Era impossível operadores comuns comprarem e venderem ações nesse tempo. Por isso, algoritmos automáticos estavam sendo introduzidos para decidir no lugar dos *traders* a melhor hora de comprar e vender.

— Qual a segurança desse algoritmo? — Indagou Ker a Felipe, um dos amigos de Gisele que era o mais animado com o assunto.

— Total, meu! Esses são os ares do século XXI, segurança total e automatização nas tomadas de decisões. — Falou Felipe com uma segurança incrível que mexeu com os brios de Ker.

— Como total? Quem faz esses algoritmos? Quem garante que um *loop* com uma tarefa lógica não terá um desvio?

— Balela técnica, meu caro. Esses algoritmos são de empresas do mercado, testados pelos mais renomados bancos e com 100% de segurança.

— Impossível. — Retrucou Ker e continuou:

— Nada é 100% seguro em informática. Se você utiliza, por exemplo, algoritmos com recursividade de fundo, até mesmo para acompanhar os passos que o computador toma, fica muito difícil saber possíveis caminhos erráticos. Muitas vezes, já vi erros bem simples causarem tragédias em nossos experimentos.

— Cara, você não quer comparar sua teoria tosca de universidade com o mercado. A inteligência está no mercado e não na porra da universidade. — Felipe estava exaltado como se estivesse na mesa de operações do banco.

Quando Ker ia responder no mesmo tom, Gisele interrompeu:

— Ei,ei, ei... hoje é sábado, aqui não é a empresa e ninguém opera com dinheiro, a não ser para pagar nossa conta. Podem parar com essa bobeira.

Mas Felipe continuou:

— Não aguento esses merdinhas de universidades querendo nos ensinar como se programa, ou qual a melhor maneira de operarmos só porque na teoria eles erram o tempo todo.

— Chega, Felipe! — Gritou Gisele. — Não transforme um papo de sábado em briga de trabalho.

O ambiente ficou tenso e todo mundo parou de falar, apenas ouvindo, ao fundo, a música do bistrô.

— Hora de pagar a conta, estou cansada. — Quebrou o gelo Gisele, que sussurrou para Ker:

— Não se preocupe, você é meu convidado, quem paga sua parte sou eu.

— De jeito nenhum, eu pago. — Retrucou Ker.

— Não estou pedindo sua autorização, estou afirmando que quem vai pagar sou eu, e pronto! Perceba que eu sempre ganho, você se lembra do seu amigo Cookie? — Disse ela com aquele sorriso que Ker achava lindo.

E continuou falando baixo para Ker:

— Não ligue para o Felipe. Ninguém o leva a sério. Se você ficar quieto, ele para também; só não dá mais corda, pois ele é ignorante e parte para a briga. É coisa de quem trabalha nesta área, nervos à flor da pele.

Enquanto falava, Gisele balançava as mãos balançando de um lado para o outro, imitando os movimentos de ondas como se os nervos oscilassem como elas.

Na saída, todos se despediram, e, sendo educado Ker cumprimentou Felipe, que apenas disse "Tchau" sem olhar para Ker. Felipe realmente estava muito irritado.

No carro, Gisele não pegou o caminho para levar Ker para a casa dele, mas para a casa dela. Entraram no estacionamento e, antes de desligar o motor, Gisele virou-se para Ker, puxou sua cabeça e beijou-o com intensidade. Ker ficou parado, sem reação. Gisele disse:

— Já te falei que faço aquilo que eu quero, e não o que os outros querem. Hoje eu quero passar o resto da noite com você, na minha cama.

Já saíram do carro se beijando loucamente, o que continuou no elevador, entraram no apartamento sem nem mesmo fechar a porta direito. Foi bonito, lindo, maravilhoso para os olhos e sentimentos de Ker. Quando o dia amanheceu, um domingo ensolarado em São Paulo, Ker acordou e não viu Gisele na cama. Levantou-se intrigado e foi procura-la. Gisele estava na cozinha, de camisola, tomando um café, lendo o jornal do dia, em pé, na frente da janela.

— Bom dia, dorminhoco. — Disse a linda Gisele.

— Oi, querida, você é linda até quando acorda.

— Hora de você ir! — Destacou ela.

— Como? Ah, claro, sim, hora de ir.

Ker não entendeu nada. O que deu de errado?

— Meus pais estão vindo me visitar e você não poderá ficar aqui. Tome seu café, um banho se quiser, mas saia rápido. Eles me ligaram dizendo que já estão perto.

Ker nem questionou, foi em direção à Gisele para beijá-la, mas ela virou o rosto.

— Já te disse que faço aquilo que quero, quando quero e onde quero. Sempre. Se quiser nosso relacionamento desse jeito, será ótimo para nós dois. Agora, eu não estou a fim.

— Por que tem de ser assim? Foi fantástico ontem à noite, não foi?

— Ker, não viva do passado, apenas do presente. Foi ótimo, passou. Não posso ter relacionamento sério com ninguém, pois almejo carreira internacional e a qualquer momento vou para o exterior e não quero ficar presa a ninguém, a amores. Gosto de você, mas será desse jeito. Agora apresse-se, o tempo voa.

E, beijando Ker no rosto, foi empurrando-o com certo carinho para ele se trocar. Gisele enxergava Ker como um passatempo para aliviar o estresse do serviço do banco. Ela achava até curioso como os garotos se atraíam por ela, sempre amorosamente, enquanto ela só queria dar vazão à dimensão química dos relacionamentos. E esse garoto era mais um, novamente o mesmo caso dos outros. Mas como ele tinha uma história de vida interessante, ficar mais tempo com ele não seria assim tão ruim.

— Ela é pirada, já vi muito dessas. — Disse Cookie para Ker. — Cara, eu me arrependo de ter te colocado nessa fria. Já testou a mina, agora zarpa fora cara. Você vai se dar mal. E a culpa será minha.

— Não, ela é linda, foi tudo ótimo. Acho que consigo mudá-la. — Afirmou Ker.

— Você tá louco? Pela noite que você me contou, você está na cova de leões e a garota é uma leoa dominadora. Vai ser orgia o tempo todo. Isso é legal, mas não fica nessa bobeira de amor, de coisa linda, de coisa fofa, para com isso, seu babaca! Ela não quer amor, ela quer passar tempo. Passa o tempo com ela, mas não vai achando que é a mina da tua vida, você vai se dar mal, ô, cabeçudo.

— Agora quem está louco é você Cookie. Ela também não é assim. Se ela me conhecer melhor, as coisas vão se acertar. Vou continuar com meu plano de estudar o mercado financeiro e debater com aqueles caras idiotas de igual para igual.

— Quer se enterrar? A cova é sua, vá em frente! Eu sei onde tem uma grande pá para jogar terra em cima do seu cadáver. — Disse Cookie esnobando Ker.

Nas semanas que se seguiram, Ker continuou se dedicando a programar e estudar os métodos grafistas e fundamentalistas do mercado. No entanto, para sentir o mercado, precisava colocar em prática, precisa lidar com dinheiro de verdade. Não tinha muito, mas, escondido de sua mãe, retirou um dinheiro de poupança que ela reservara para sua festa de formatura e começou a operar no mercado.

Em 2006, o mercado financeiro estava em alta no Brasil, com a descoberta do pré-sal pela Petrobras, com o bom grau de investimento do Brasil atribuído pelas agências de risco comentado em fóruns e papos de cafezinho. Era colocar dinheiro e ganhar bastante em pouco tempo.

Ker começou a sentir isso à medida que ganhava mais dinheiro com os métodos e sensores de compra e venda. Dois meses se passaram desde a noite com Gisele, e ela não mais ligara para ele. Agora, no entanto, ele estava bem mais familiarizado com o conteúdo das conversas que o pessoal dela teve no último encontro.

Ker aprendeu sobre "*short selling*", "*long term*", juros, "*spread*" e já operava com certa confiança na bolsa de valores. Até mesmo sabia agora que FED era a sigla do banco central dos Estados Unidos. Perdia dinheiro numa semana, mas às vezes o recuperava num único dia. E o melhor: sua mãe não desconfiara de nada.

Certo dia, toca o telefone celular e uma voz conhecida fala:

— E aí, boy? — Era Gisele.

— Oi, tudo bem?

— Sim, você sumiu. Algum ressentimento? — Questionou Gisele.

— Não, nenhum.

— Quero te ver. Vamos sair?

— Com seus amigos, não!

— Não, vamos somente você e eu.

— Mas quem paga dessa vez sou seu, e eu escolho o bar, retrucou Ker.

— Hum, tudo bem. Vou aceitar a proposta.

— OK, passo na sua casa hoje às 21h00, tudo bem?

— Certo, estou esperando.

Quando chegou ao apartamento de Gisele, ela o esperava, linda, com um vestido vermelho de alças, que ia até a altura do joelho, os cabelos presos com lindas e reluzentes presilhas destacando sua orelha esquerda que tinha um longo e brilhante brinco, combinando com seu vestido. As alças iam até a altura próxima aos seios, realçando-os. O sorriso da garota derretia Ker, que pensava o tempo todo em como ela era linda.

Ker a levou para um bar bem mais simples do que aquele em que estivera com os amigos dela. No bar desta noite, uma banda tocava música ao vivo. A bebida era a mais barata e popular cerveja. Ker não bebia, começou a fazê-lo para acompanhar a linda dama. E ele começou uma longa conversa com ela:

— Estou estudando mercado de ações.

— Verdade?

— Sim, e colocando meu próprio dinheiro. Estou conseguindo ganhar um pouco.

— Com ações ou com opções?

— Com ações à vista mesmo.

— Estou gostando de ver sua desenvoltura. — Afirmou muito sorridente Gisele. — Maravilha! E mercado futuro?

— Não, não sei bem como isso funciona.

— É simples.

Gisele começou a lhe explicar sobre outro tipo de aplicação na bolsa de valores.

— Quando você acha que o índice da bolsa, no caso do Brasil o Ibovespa, vai virar para baixo você entra "vendido". Se o Ibovespa cair, como você entrou na modalidade do futuro vendido, você ganha. Se você achar que o Ibovespa vai subir, você compra no mercado futuro na modalidade "comprado". Cada ponto que o Ibovespa à vista sobe, você ganha no seu contrato do futuro. Claro que é um pouco mais profundo, mas para simplificar, seria isso.

— Mas tenho de esperar o vencimento? — Perguntou Ker.

— De jeito nenhum. Você pode fazer o que chamamos de *day-trade*, comprar e vender no mesmo dia. Mas, no seu caso, você pode perder muito, pois a corretagem pode comer seu lucro.

— Então, quer dizer, que, se eu entrar vendido no Ibovespa futuro, quanto mais tragédia tiver na bolsa, despencando dia após dia, mais eu ganho?

— Sim, é assim que tostão vira milhão!

— Mas isso não pode ser manipulado? Grandes fundos com bilhões não podem provocar uma queda ou crise de propósito para, ao mesmo tempo, estarem no mercado futuro na modalidade "vendido"?

— Muito bem, meu *boy*! Você está aprendendo mesmo. Sim, grandes fundos podem fazer isso. Não é muito ético, mas é comum. — Responde Gisele, tomando a cerveja já um pouco quente na mesa do barzinho.

— Isso não tem risco de causar uma grande crise? Por exemplo, eles começam a vender, espalham um terror e, então, perdem o controle e tudo pode cair sem parar?

— Sim, mas se eles estiverem "vendidos" no mercado futuro, não estão nem ligando para crises.

— E quem garante que isso sempre funciona?

— O velho e bom Bachelier, desde os anos 1900.

Então, Gisele emendou na história sobre Bachelier e sua tese esquecida na França sobre o uso de números aleatórios para representar variações dos preços nas bolsas de valores.

Ker se encantou pela história, ainda mais vindo de lábios tão belos, carnudos e molhados como os de Gisele. Graças a Bachelier e Osborne, o mercado financeiro acreditava cegamente que a distribuição de probabilidade normal comandava os investidores. A curva de sino perfeita, como é conhecida essa distribuição, segundo Bachelier, poderia descrever o vaivém dos preços. Era possível, pela primeira vez desde 1900, calcular como os fatores envolvidos variavam, com o bonito nome de "volatilidade". A volatilidade era o que descrevia todo o risco de um investimento.

— Mas vocês calculam esse risco? — Perguntou ker.

— Ele é o que vocês da área de Exatas chamam de "desvio padrão".

— Nossa, mas isso é muito simples! E tem gente ganhando dinheiro com desvio padrão?

— Sim, bilhões. Muitos só operam olhando para a volatilidade e deduzem a hora de comprar ou vender conforme esse desvio padrão aumente ou diminua.

— Mas então não tem risco nenhum? Porque se você sabe como calcular o desvio padrão, todo mundo calcula e todo mundo ganha. — Disse Ker com ironia.

— Teoricamente sim, mas já achei muitos erros no ACI porque as pessoas tentam, na pressa, calcular essas coisas nas planilhas e calculam errado. Existe outra medida muito interessante conhecida como *value at risk*.

— Puxa vida, de novo uma palavra que não conheço no mercado! — Resmungou sorrindo Ker.

— É um método de cálculo de risco, que em língua portuguesa significa "valor em risco". Conseguimos calcular o montante em dólar, em reais e assim por diante, de perdas dos clientes. E podemos até dizer qual a chance de ocorrerem grandes perdas , pois é tudo tabelado na curva Normal, ou como é conhecida curva de sino.

— Muito interessante fazer um programa para isso. Vocês têm programas no banco?

— Claro, o ACI compra diversos *softwares* e planilhas já programadas para analisar e operar. Eles são velhos conhecidos no mercado financeiro, desde os tempos de Black, Scholes e Melton, em 1973. A fórmula de Midas foi a revolução do mercado financeiro.

Não sei nada sobre isso.

— Vou te contar. — Disse Gisele com toda doçura.

— Tudo começou em 1900, com um acadêmico francês que trabalhava na bolsa de valores de Paris...

Gisele retomou a história sobre Bachelier e como sua ideia de atrelar o mercado financeiro aos números aleatórios chegou até os tempos modernos.

Ao fundo, a música alta e barulhenta fazia as pessoas nas mesas em volta dançarem, mas para os dois a conversa parecia transcorrer na beira de uma praia sem ninguém por perto. Ao terminar de falar da vida de Bachelier e de sua dificuldade em ser compreendido e em conseguir reconhecimento, Gisele deu uma pausa para tomar uma bebida.

— Mas onde entra a fórmula mágica que você mencionou? — Perguntou Ker.

— O resto da história será em casa, tomando uma bebida mais agradável e sem essa música. Aí você entenderá por que a fórmula é de Midas.

Gisele pediu a conta e, depois que Ker insistiu em pagar, ambos foram para o apartamento dela.

8. A fórmula de Midas

Quando entrou no apartamento, Gisele se encaminhou para a geladeira da cozinha e tirou um espumante do congelador. Pediu a Ker que o abrisse enquanto ela buscava os copos apropriados.

— Você sempre deixa espumante no congelador?

— Só quando estou má intencionada! — Disse sorrindo Gisele.

— E hoje você está má intencionada?

— Ainda não sei, vai depender do final da história de Osborne!

— Quem? Quem é esse "ossorne".

Rindo, Gisele corrige Ker:

Osborne!

Gisele continuou a história que começara a contar para Ker no bar para explicar como as coisas nasceram no moderno mercado de ações. Antes, ela falou sobre o americano Mattew Fontaine Maury Osborne.

Ele nasceu em dezembro de 1916 e faleceu em 2003, aos 86 anos de idade. Considerado um menino prodígio, desde cedo desenhava e projetava aviõezinhos de madeira, lançando-os usando elásticos. A humanidade ainda nem usava direito os aviões de verdade. Essa era uma brincadeira um tanto estranha para os outros garotos da época.

Osborne formou-se em Astronomia, mais especificamente em Astrofísica. Ele calculava muito bem órbitas de planetas e de cometas. Entendia bem a teoria sobre as galáxias. Assim que terminou a faculdade, entrou para o Laboratório de Pesquisa Naval dos Estados Unidos (Naval Research Lab) e trabalhava com ondas de som e explosões.

Quando começou o trabalho no Laboratório Naval, os Estados Unidos ainda não estavam em guerra e o trabalho de Osborne era muito tranquilo. Ele tinha tempo para desenvolver e testar diversos modelos sobre diversos experimentos diferentes. Por exemplo, em 1944 escreveu um artigo científico sobre a aerodinâmica das asas dos insetos. Nos anos de 1940, os entomologistas nem sequer faziam ideia de como os insetos voavam, mas Osborne, por meio da observação, conseguiu perceber as manobras das asas dos insetos e descrevê-las com perfeição.

Valendo-se de sua reputação no laboratório, Osborne pediu, certo dia, ao seu chefe, permissão para trabalhar duas horas diárias em suas próprias ideias que nada tinham a ver com o Laboratório. Para sua surpresa, seu chefe disse: "Vai em frente". E ele foi mesmo, trabalhando em suas ideias e modelos pelos 30 anos seguintes.

Exemplo de um trabalho importante que ele desenvolveu é o estudo sobre as correntes marítimas de alta profundidade. O detalhe é que Osborne explicou como as correntes funcionavam usando a teoria da relatividade geral e a mecânica quântica.

Mas a maior surpresa veio em 1959, com um artigo em que ele tentava explicar o mercado financeiro: "Movimento Browniano no

Mercado de Ações" (*Brownian Motion in the Stock Market*), publicado numa revista da área de Pesquisa Operacional.

Osborne, em 1955, ainda não conhecia a tese de Bachelier e e abordou o tema de modo um pouco diferente. Em vez de usar movimento browniano para os preços das ações, Osborne resolveu observar os retornos (lucros ou prejuízos) e tentar explicá-los pelo movimento browniano. Escreveu no início do artigo a seguinte proposta:"(...) este artigo mostra que logaritmos dos preços das ações (...) variam no tempo e têm uma proximidade e analogia com o conjunto de coordenadas de um grande número de moléculas (...)".

Osborne pode ser considerado o primeiro econofísico do mercado financeiro contemporâneo, pois usava analogia de diversas teorias da Biologia e da Física para tentar explicar o mercado financeiro. Alheio a todo tipo de crítica de analistas leigos em Física e modelos, Osborne foi em frente e construiu uma abordagem que hoje, no século XXI, é aceita pelos mesmos analistas que inicialmente criticavam os físicos, engenheiros e matemáticos por trabalharem no mercado financeiro.

Mesmo sem ter computador veloz naquela época, Osborne já observava que a função de distribuição dos preços tem cauda longa, e não cauda fina, como na distribuição da curva de sino. Ele mostrou que a distribuição log-normal dos retornos era mais bem aplicada e até calculou uma banda de *spread* para exemplos de preços de ações.- O que forçou Osborne a entrar no estudo do mercado financeiro? Perguntou Ker.

— O nascimento de seu nono filho. Respondeu Gisele.

Ele foi até a banca de jornal e comprou o *Wall Street Journal* para começar a trabalhar com a estatística das ações. Com nove filhos, ele imaginou ganhar dinheiro na bolsa para aumentar a renda da família. Para um astrofísico estatístico, manipular os dados do Dow Jones era tarefa fácil para as diversas páginas de preços do *Wall Street Journal*. E assim ele fez, por diversas semanas.

Quando Osborne publicou seu artigo, muitos economistas o criticaram por ter um lacunas e falta de originalidade. Então, ele foi forçado a publicar um segundo artigo, citando Bachelier, mas mostrando os erros deste e as modificações que ele, Osborne, fizera para melhorar o estudo de Bachelier.

Anos mais tarde, o prêmio Nobel em Economia, Samuelson, deu crédito a Osborne por direcionar melhor o mercado no uso do movimento browniano com as distribuições de probabilidades voltadas para os retornos, e não para os preços das ações.

Ker estava atônito com o conhecimento de Gisele, com suas detalhadas explicações e não esperou a história continuar para a interromper curioso:

— Como você sabe de tudo isso? Como você encontra tempo para estudar sobre tudo isso?

— Além de ter tido na faculdade algumas disciplinas sobre história da Economia e Finanças, eu gosto muito de saber como foram criadas as ferramentas que estou usando. Parece que consigo até conversar com seu inventor.

— Mas ainda não vi relação entre o francês Bachalaier, Bachenlier ou algo parecido, nem sei pronunciar o nome desse francês esquisito de 1900.

— Bachelier!

— Pois é, isso aí que você falou. O que esse francês e o tal do Osborne têm a ver com a tal fórmula de Midas?

Gisele continuou com suas conexões. Falou sobre a descoberta da tese de Bachelier, que também começou por alguém que não sabia pronunciar seu nome em francês. Um amigo de Paul Samuelson chamado Leonard Jimmie Savage, professor de estatística da Universidade de Chicago, que estava escrevendo um livro sobre probabilidades.

Savage se deparou com a tese de Bachelier cujo título era *Théorie de la spéculation*, um assunto que ele nunca ouvira alguém comentar fora dos círculos de Chicago. Escreveu, então, para Paul Samuelson, perguntando se ele conhecia Bachelier ou seu trabalho.

Samuelson não sabia nem como se pronunciava o nome de Bachelier, mas ficou interessadíssimo e sentiu seu coração bater mais forte, pois era exatamente a área que ele estava estudando. Precisava dessa tese de qualquer jeito, e traduzida para o inglês.

Então Samuelson começou a divulgar a tese de Bachelier em seus estudos, o que acabou chegando até as pesquisas de Osborne. Mas Samuelson não animou muito o mercado financeiro com os conceitos tão complicados e ainda não bem digeridos. Na verdade, também o texto de Samuelson estava à frente de seu tempo.

Foi então que apareceu Fisher Black. Ele tentava usar as ideias de Bachelier, Osborne e Samuelson e relacionar retorno e risco, mostrando quanto valeria um contrato de Opção no futuro. Junto com Myron Scholes, criou a formulação necessária, relacionou o risco e as incertezas sobre o futuro de uma Opção, mas obteve uma solução que, apesar de correta, ainda era muito complicada.

Na verdade, Black estava trabalhando na formulação de relacionar o preço da ação com a Opção há alguns meses, quando Scholes foi até a sala de Black e mencionou que estava tentando relacionar incertezas entre ações e opções.

Black, então, retirou de sua mesa a formulação, dizendo que ele também pensara no assunto e esbarrara em equações com derivadas parciais de resolução complicada.

E, então, no verão de 1970, ambos encontraram a solução da formulação. Mais tarde, Scholes apresentou a Black um colega de doutoramento chamado Robert Merton, do MIT. Merton chegara à mesma equação e formulação entre risco, ação e Opção, mas com uma solução diferente.

Black e Scholes tentaram publicar sua formulação na mais renomada revista cientifica da época, *Journal of Political Economy*. A crítica do editor afirmava que o artigo não era sério o bastante para ser considerado. Depois, os dois colegas tentaram publicar o trabalho na *Review of Economics and Statistics*. Novamente o artigo fora recusado.

Quando Black e Scholes estavam achando que sua fórmula mágica ficaria na obscuridade, receberam ajuda dos economistas Eugene Fama e Merton Miller junto aos editores da primeira revista.

Assim, o artigo com a fórmula que aparentemente solucionava o problema da incerteza e risco entre ação e Opção foi publicado. Quase ao mesmo tempo, foi aprovada pelos órgãos reguladores dos Estados Unidos a regra que autorizava a bolsa de valores de Chicago a operar Opções.

Opções eram transacionadas há muitos séculos, mas sempre fora das bolsas de valores, sempre com contratos firmados diretamente entre compradores e vendedores. Com o aval para a bolsa de Chicago operar Opções das empresas, a fórmula de Black-Scholes e Merton estourou entre os *traders*. Rapidamente, programas de automatização dos cálculos foram feitos pelas empresas e vendidos aos profissionais de mercado.

— Mas como funciona essa fórmula? — Perguntou Ker.

— Você faz estatística das oscilações do preço da ação, coloca a taxa de juros, os dias que faltam para o vencimento do contrato (o *strike*) e ela te diz quanto vai valer no futuro o preço da Opção.

Então você usa de estratégia específica se ela agora está cara ou barata para você operar, ou melhor, especular.

Gisele explicou tudo isso tomando uma taça de espumante, já sem os sapatos e com as pernas no encosto do sofá. Ela se deleitava sobre esse assunto, poderia ficar a noite inteira falando sobre os protagonistas do mercado financeiro.

— Você ainda não me falou por que essa fórmula é de Midas. — Cobrou ainda o encantado Ker.

— Porque instantaneamente muita gente ganhou muito dinheiro operando Opções. Muitos fundos foram criados especificamente para usar a fórmula de Black-Scholes e em diversos tipos de mercado.

Gisele continuou contando como Scholes e Robert Merton quase quebraram o mercado mundial. Merton e Scholes decidiram em 1994 que estava na hora de ganhar dinheiro com sua fórmula, mas de uma maneira diferente. Eles começaram a operar com títulos da dívida pública, avaliando e operando títulos mais arriscados com menos arriscados para, em teoria, zerar os riscos.

No início, tudo andou muito bem e eles fizeram 21% de lucro no primeiro ano, 41% no segundo e 43% no terceiro ano de funcionamento de seu fundo, conhecido como LCTM. Como eram famosos em virtude de sua fórmula já bastante difundida e do Prêmio Nobel que ganharam, Merton e Scholes tinham como grandes clientes bancos internacionais.

Em 1998, estavam milionários, com uma vida regada a champanhe, jogos de golfe todos os dias, clubes, carros caros, palestras; enfim, eram os astros dos Estados Unidos. Eles tinham 4,72 bilhões de dólares em caixa, mas tinham ações adquiridas com empréstimos da ordem de 129 bilhões de dólares. Entretanto, em Opções a situação era mais séria, pois eles tinham algo em torno de 1,25 trilhões de dólares.

Foi então que o governo russo resolveu não pagar os títulos vencidos e uma onda de calotes começou a assolar o mundo, fazendo a volatilidade dos títulos disparar e a fórmula de Black-Scholes, que tinha funcionado sempre para o tipo de estratégia que eles criaram, começou a dar recomendações equivocadas.

Num único dia, eles perderam 500 milhões de dólares, convulsionando o mercado. O Banco Central dos Estados Unidos (FED) resolveu intervir e liquidar o fundo antes que os efeitos sobre o mercado fossem ainda maiores. No fim, a perda do LCTM foi de 4,6 bilhões de dólares.

— Ker, você está me ouvindo?

— Sim, estou engasgado com as cifras e a ganância.

— O mercado sempre cria uma nova metodologia, uma nova técnica e sempre está inventando mercados paralelos para colocar e tirar dinheiro. Sempre foi assim.

— Como alguém que já possui bilhões empresta trilhões?

— Não é pelo dinheiro. Chega um momento que o jogo fica sério e você tem de vencer um concorrente bilionário após o outro para mostrar que você é melhor. Isso é assim no mercado.

— Mas se você já tem tanto, por que se arriscar? — Pergunta ainda espantado Ker.

— Ora, pelo gosto da adrenalina. O pessoal chama de "calorzinho interno", aquele negócio que parece te queimar por dentro, mas que, quando no final dá certo, você se sente Deus, todo-poderoso, o grandioso, o imbatível! É assim que funciona. O dinheiro é o de menos, o melhor é derrotar seu oponente.

— O mais engraçado é que sempre há físicos e matemáticos nessas suas histórias!

— Não são minhas histórias, é a realidade. — Respondeu Gisele, tomando mais um gole de espumante. — E de tanto físicos e matemáticos presentes nessas histórias, no final o mercado testou suas técnicas e elas falharam. É por isso que muitos analistas não podem nem ouvir falar em matemáticos e físicos.

— Igual a seu amigo Felipe?

— Você não se esqueceu dele, não é mesmo? Ele é bobão. Os melhores não são como ele.

— E são como quem?

— Como você, só que você ainda não sabe!

Pulando em cima de Ker, Gisele começou a enchê-lo de beijos e abraços, carícias mais sérias até ambos seguirem para o quarto. Ker levou Gisele nos braços, praticamente nua, ainda segurando sua taça com espumante, rindo e parecendo feliz.

Quando o dia amanheceu, novamente Ker está sozinho na cama. Ele se levanta sonolento, vai à cozinha, e lá está sua deusa outra vez. Já de banho tomado, vestindo um roupão e finalizando uma farta mesa.

— Bom dia, minha deusa!

— Bom dia, meu rapaz! — Responde Gisele meio fria, pelo menos foi o que achou Ker.

— Algo errado?

— Pelo contrário, está tudo ótimo. Novo dia, novos desafios! — Exclamou Gisele.

Lendo o jornal enquanto tomava café, ela lhe perguntou:

— O que você faz naquele laboratório?

— Pra falar a verdade, desde que te conheci, meu trabalho anda meio parado. — Ker respondeu olhando para Gisele e servindo-se de um pouco de café.

— Por quê?

— Porque ando pensando muito em você, em seus assuntos e até mesmo investindo minhas economias em ações.

— Quanto a mim, já te disse pra não se empolgar! — Afirmou Gielse erguendo o olhar. — Viva um dia após o outro. Já para as ações, isso é ótimo, vai deixar você mais vivo para a vida.

— Não sei se estou fazendo a coisa correta.

— Se você nunca tentar, nunca vai saber. — Disse Gisele com ar superior.

— Já estou tentando com você, mas parece não dar certo.

— Não seja tolo, tome seu café que tenho de me trocar pra pegar no trampo mais cedo hoje. Eu te ligo.

"Que garota mais estranha", pensou Ker. Por alguns instantes, ele pensou nas palavras de Cookie, e novamente acha que o amigo pode estar certo. Ker trocou de roupa, foi até Gisele que já estava quase pronta, deu um beijo rápido e saiu pela porta dizendo um simples "nos vemos". Ela bateu a mão na dele, como no cumprimento de *boy* e respondeu um "com certeza, nos vemos".

9. Mundo pequeno

No ano de 1967, o psicólogo Stanley Milgram teve a ideia de descobrir o quanto o mundo era realmente grande do ponto de vista sociológico. A frase bastante conhecida quando duas pessoas quaisquer encontram um elo comum: "Nossa, que mundo pequeno!". Esse era o principal objetivo de Milgram. Seu experimento foi bastante inovador e rendeu diversas publicações e citações.

Milgram elaborou uma metodologia inovadora para descobrir laços e conexões entre pessoas. Ele imaginou o mundo como uma rede, onde os nodos de conexões eram pessoas, e as ligações, os laços de proximidade que definem uma amizade.

Milgram enviou algumas centenas de cartas para pessoas aleatoriamente selecionadas em duas cidades dos Estados Unidos, Boston e Omaha. Essas pessoas tinham de enviar as cartas de volta com o objetivo de que estas chegassem a um corretor em Boston.

Mas essas pessoas não poderiam enviar as cartas diretamente para o corretor. Elas tinham de enviar sua carta para um amigo que supostamente poderia conhecer esse corretor de bolsa de valores em Boston. Milgram pensara, na época, que essas cartas passariam em centenas, ou milhares de mãos até retornar a Boston.

No final do experimento, depois de fazer averiguações sobre o caminho percorrido pelas cartas, Milgram teve a surpresa de reparar que o número médio de pessoas pelo qual as cartas passaram era seis. Em outras palavras, em média cada pessoa enviou para um amigo, que enviou para seu amigo, e assim sucessivamente até chegar a Boston, no número final de seis caminhos.

Esse fato surpreendente fez Milgram denominar seu estudo de "Problema do Mundo Pequeno". Muitos estudos derivaram desses resultados, estabelecendo que havia seis graus de separação, no mundo, entre as pessoas. Não importa se se trata de uma celebridade, de uma pessoa importante distante ou mesmo desconhecida, com apenas seis pessoas separando umas das outras; tal como o amigo, do amigo, do amigo e assim por diante seis vezes, e o último amigo conhecerá essa celebridade.

A tese dos seis graus de separação se espalhou em diversos artigos e inusitadas comparações começaram a aparecer. Os hoje conhecidos fenômenos das redes sociais na internet mostram de maneira prática como realmente as conexões e as relações entre as pessoas estão próximas, tornando as distâncias entre elas pequenas. Na verdade, a internet apenas mostrou o que já existia no mundo, uma rede de pessoas que se interligavam pela amizade, mas de maneira bem mais lenta e desconhecida.

As redes, com seus nodos e ligações, são estudadas desde 1913 pelo matemático Paul Erdös. Ele e Alfred Rényi criaram e disseminaram a teoria dos grafos aleatórios. Grafos aleatórios são tipos de redes, onde as conexões entre os nodos se dão de forma totalmente imprevisível e, por isso, recebem o nome de "aleatória".

Na época de Milgram, esses estudos sobre redes estavam bem desenvolvidos, mas trabalhos empíricos e com grande volume de dados eram escassos e desconhecidos. Daí a fama de Milgram com seu "pequeno mundo".

Instigados pelos resultados de Milgram, muitos pesquisadores se debruçaram para estudar o mundo e suas conexões do ponto de vista matemático. Medidas matemáticas e estatísticas foram criadas e desenvolvidas para se estabelecerem as características de uma rede. Como se dava o transporte de uma informação de um nodo para outro? Qual a concentração? Como se forma um conglomerado? Qual a importância de se ligar a muitos outros nodos ou de permanecer com poucas ligações?

Medidas como centralidade de informação e graus dos nodos foram paulatinamente discutidas em artigos de revistas científicas. O que é melhor? Um nó central carregado de conexões ou uma rede sem um ponto central?

Nas décadas de 1960 e 1970, a ideia de que centralizar era melhor, fez com que governos e instituições criassem seus centros de processamento de dados para guardar, perto dos analistas e presidentes, todas as informações sobre empresas ou países.

O grau de um nodo, também chamado de "nó", é o número médio de conexões que esse nodo tem com outros. Uma vez disponível a estatística das conexões, é possível saber como essas ligações se distribuem na rede. Assim, se um nodo da rede se conecta com outros dez nodos, afirma-se que ele tem grau dez.

Depois de anos de estudos, descobriu-se que, nas redes publicamente reconhecidas como pequenos mundos, a rede é considerada livre de escala. Em palavras mais simples, significa dizer que poucas pessoas são ligadas a milhões de pessoas, e milhões de pessoas são ligadas a poucas.

Trabalhos acadêmicos abrangendo temas como riquezas de pessoas, por exemplo, mostraram que existem no mundo, independente do país, pouquíssimas pessoas ricas e muitas pessoas pobres.

Outro exemplo de rede livre de escala é o das linhas aéreas. Os voos não são distribuídos uniformemente, e nem poderiam, não há o mesmo número de passageiros em todos os lugares com interesse ou dinheiro para viajar de avião. Assim, existem poucos aeroportos com muitos voos e muitos aeroportos com poucos voos.

Outra linha de estudo foi como viajam as informações pelas redes. Seria melhor e mais rápida uma estruturação de redes na forma livre de escala do que aleatória? O que prefere um *hacker* de internet, uma rede aleatória ou centralizada? Apesar de parecer mais confortável e segura, uma rede centralizada exibe fraquezas, pois se o nó central for atingido, toda a rede se desestabiliza e rompe-se.

Uma perturbação que atinge um nó é transportada de que forma para outros nós? Esse tipo de pergunta gerou trabalhos e mais trabalhos acadêmicos, criando um novo campo de estudo, denominado "dinâmica de redes".

Percebeu-se que as informações não viajam de forma contínua e homogênea pelas redes, indo de forma mais dinâmica e mais rápida quando as ligações entre os nodos são mais fortes e mais lentas, quando essas conexões são fracas.

Daí a estatística se tornou aliada das redes, visto que a medida de correlação se tornou parte importante para saber o que acontece com um nodo quando algo aconteceu com sua ligação forte a outro nodo perturbado. Se as ligações são fracas, a perturbação pode morrer onde começou. Caso contrário, pode ser espalhada de forma rápida e perigosa.

Essas redes de escala livre foram descobertas por Lászlo Barabási, físico da Universidade de Notre Dame e seu aluno Réka Albert, entre 1999 e 2001. Redes livre de escala se confundiram, fundiram-se com os nomes Barabási e Albert e são amplamente usadas nos dias de internet.

Gripes e pandemias ficaram mais fáceis de controlar e o isolamento se mostrou o melhor combate para os agentes de saúde no mundo todo. Essas redes livres de escala indicam que, para conter doenças altamente contagiosas, deve-se isolar o nodo de suas conexões, ou seja, isolar o doente ou grupo de doente dos outros grupos ainda não afetados. Daí a quarentena se tornou a melhor forma, apesar de antiga, de combate às pandemias virais.

Para esse estudo chegar ao mercado financeiro, sobretudo à bolsa de valores, não demorou muito. Como as crises se propagam? Qual o grau ideal de ligação entre ações, firmas, empresas, bancos ou corretoras pelo mundo todo? Qual a melhor configuração que seria segura? Existiria segurança na rede financeira mundial?

10. De volta ao laboratório

O ano de 2007 começou e Ker finalmente conseguiu colocar sua cabeça no lugar e voltar à rotina do laboratório do doutor Keller. Afinal, era o ano em que ele se formava na universidade, tinha de terminar o trabalho e cumprir seu compromisso com Keller. Além disso, precisa conseguir estágio e tentar fazer alguma empresa achar seu trabalho interessante.

— Como você teve essa ideia? — Perguntou abismado a Ker o doutor Keller.

— Estudei um artigo sobre redes de escala livre e tentei fazer conexões com nossos algoritmos bioinspirados.

Keller achou estranho, porém fantástico, um aluno que ainda não terminara a graduação buscar por conta própria fazer conexões entre diversas áreas de estudo na Ciência. Continuou animado quando lhe perguntou:

— Mas como você ligou áreas tão diferentes?

— Quando nossos robôs-abelhas voam seguindo nosso algoritmo de enxame de partículas, eles precisam de um bom coeficiente de cognição ajustado e de um bom coeficiente de relacionamento social, certo? — Perguntou por educação o jovem entusiasmado para engatilhar a explicação.

— Sim. — Concorda Keller que toma a direção da conversa para si e continua explicando a Ker o que acontece:

— O que acontece, meu jovem, é que, com alto poder de cognição em nosso algoritmo de enxame, mas apresentando baixo valor no coeficiente social, os robôs aprendem rápido, só que eles divulgam informações e comunicam-se muito pouco com os demais. No caso em que o coeficiente social é alto, mas o coeficiente de cognição é mais baixo, cada robô gosta de falar tudo o que sabe, mas o que ele sabe ele não consegue aprender de forma correta. Logo, ele passa parâmetros errados aos "amigos" robôs.

Keller levantou as duas mãos avermelhadas e claras com os dois dedos indicadores imitando as aspas na palavra "amigos".

— Sim, doutor Keller, e os robôs ficam circulando em torno da melhor flor, mas não sabem que lá está o melhor néctar. — Concordou Ker rabiscando um gráfico no papel.

— Isso mesmo, e, em termos agora computacionais, se você estiver buscando otimizar alguma função e ela tiver muitos ótimos, o algoritmo vai encontrar o primeiro ótimo, mas não o global ótimo. Isso é muito ruim para qualquer problema de engenharia. — Explicou Keller também rabiscando com lápis muito bem apontado em outro papel de anotações do laboratório.

Ker concordou com Keller e, na frente do computador, com diversas telas grandes interligadas, simulou sua própria metodologia. Continuou explicando:

— O que acontece é que, se em vez de usar apenas um algoritmo bioinspirado como nosso enxame de partículas, se eu implementar uma estratégia de como esses robôs conversam entre si, os resultados são muito melhores do que os da literatura.

E continuou:

— Por exemplo, se eu ensinar ao computador quais robôs preferem como "colegas" e se estes tiverem tradição de acerto maior que os demais, ocorrerão conglomerados, diversos, muitos mesmo, que vão trabalhar melhor do que um único robô à procura do melhor resultado.

Doutor Keller estava um pouco confuso e, sem entender aonde a conversa chegaria, perguntou:

— Mas não vejo como a topologia da rede vai influenciar nosso algoritmo? Como um tipo de rede pode ser melhor do que outro?

— Programei diversos algoritmos, cada um com uma forma diferente de rede. Comecei com a totalmente aleatória, depois em círculo, depois na forma de anel, depois com cluster e, por fim, a rede livre de escala. E pimba!

— Pimba, o quê? — Perguntou Keller ainda sem entender bem a gíria "pimba" usada por Ker.

E o animado Ker continuou:

— A rede livre de escala favorece apenas alguns nodos. Ensinei ao algoritmo que os nodos que deveriam centralizar informações eram aqueles que historicamente tinham alto grau de aprendizagem transformado no coeficiente de cognição. Aconteceu isso aqui.

E, então, Ker começou a colocar o programa para rodar nas quatro telas a que o computador estava ligado. Muitos gráficos coloridos, outros em forma de rede e ainda os robôs em forma de computação gráfica girando na tela.

Eles simulavam o voo real que deveria ser obtido na prática. No centro da simulação, havia uma esfera que emitia sinais como simulação de informação do melhor néctar. Todos os robôs deveriam caminhar para lá. Então, Ker passou a descrever a simulação do computador.

— Aqui está o experimento em nosso algoritmo tradicional. — Ker apontou para os resultados no gráfico de desempenho obtido na otimização e continuou:

— Agora, olhe este, como se nossos robôs trabalhassem em rede de anel. Vou agora ensinar a nossos robôs que se comportem como uma rede em escala livre. Estatisticamente, já tenho um banco de dados de quais dos robôs seriam os melhores, e que deveriam receber e emitir mais informações. Eles seriam uma espécie de líderes.

Keller ficou observando, pensativo e muito impressionado. Na sua visão, o garoto Ker não tinha mais nada daquele garoto assustado que chegara ao seu laboratório no primeiro dia. Ele evoluiu tanto que já estava difícil para o próprio Keller acompanhar o raciocínio dos algoritmos de Ker.

A rapidez com que Ker colocava os programas do computador para rodar e sua habilidade em modificar um algoritmo impressionavam Keller. Ele pensava consigo mesmo: "Fui eu que ensinei tudo isso?".

— Veja aqui a rapidez do algoritmo, a convergência e a consistência do resultado.

— Mas como você ensinou o computador que esses cinco robôs são os melhores? — Perguntou Keller.

— Coloquei uma *função sigmoide* de aprendizado para cada um dos robôs, indicando que, para cada inclinação da curva, cada robô tem certa "aptidão" para aprender mais do que os outros.

E Ker imitou Keller levantando os dois dedos indicadores para cima desenhando aspas na palavra "aptidão".

— Mas apenas um milésimo de segundo de convergência para nossos cem robôs-abelhas voadores? Não acredito que, quando mandar rodar na prática, isso vai acontecer. — Afirmou o atônito Keller.

— Sim, acontece. Sustenta Ker com ar de quem já tinha feito isso diversas vezes e dominava o assunto.

Ker continuou:

— Com o estilo de rede livre de escala, coloquei nossos robôs para testar diversas funções matemáticas. Olhe os tempos obtidos pela *função Rosenbrock*.

A *função Rosenbrock* é conhecida como uma das mais difíceis para se testar eficiência de algoritmos. Ela apareceu na tela do computador com uma forma colorida que lembrava uma montanha com vales e rio percorrendo a função.

— Impressionante. Comentou Keller.

— E veja agora a *função Ackley*. Veja o estrago que nossos robôs fazem.

Keller não acreditava no que observava. A *função Ackley* é complicadíssima, pois parece um colchão de molas, com diversos altos e baixos. Nenhum algoritmo do tipo bioinspirado conseguira velocidade tão alta de convergência. Não que Keller conhecesse ou tivesse lido os artigos científicos.

— Mas nem tudo é perfeito. — Explica o garoto Ker meio sem empolgação.

— Por quê? Para mim está uma maravilha! — Afirma Keller.

— Vou te mostrar então na prática. Vamos colocar os robôs para rodar.

No laboratório do doutor Keller, os computadores ficavam nas baías ao redor da sala. No centro, existia uma espécie de cubo com malhas e redes com magnetos e eletricidade passando para permitir o voo real dos robôs-insetos. No caso do projeto de Ker, ele optou por usar robôs-abelhas em vez de insetos ou lagartos.

Então Ker colocou o computador para rodar com as ordens de permitir o voo dos cerca de cem robôs-abelhas. Quando deu partida, diversas colunas de números começaram a rolar para baixo na tela e foram passando e passando, gerando gráficos, e a rede virtual livre de escala foi formada. Então, os robôs reais começaram a voar.

Os robôs chegaram ao ponto central tão rapidamente que arrancou palmas e um grito eloquente do doutor Keller:

— Bravo! Bravíssimo, isso é mais que fantástico. É perfeito!

Ker sorriu satisfeito, mas reiniciou e rodou várias vezes o experimento, e, por volta da sétima vez que rodava, quando doutor Keller parecia uma criança com brinquedo novo, Ker avisou:

— Olhe o que vai acontecer agora.

Tudo caminhava como até então, perfeito, todos os robôs caminhando para o centro da sala. Mas de repente, todos abandonaram os líderes e foram em direção ao extremo oposto se chocando contra a rede.

— O quê? — Reclamou Keller, levantando-se da cadeira e arregalando os olhos. Insistiu na pergunta:

— O que aconteceu Ker? Por que isso ocorreu?

— Ainda não sei doutor Keller, é isso que eu queria lhe mostrar. Particularmente, chamo isso de... efeito de borda.

Ker fez uma pausa longa, como que decepcionado pelo resultado e por não saber explicar o fenômeno.

E continuou:

— Não sei por quê, mas alguns algoritmos dos robôs que estão mais afastados, mais na borda de toda nuvem que está caminhando unida, se rebelam. E parece que talvez, por alguma inconsistência numérica, as cognições são alteradas e os robôs abandonam a cognição e dão preferência ao parâmetro social. Parece que os robôs sentem "pena" dos colegas que estão atrás, rebelam-se e voltam para trás para buscar os mais atrasados.

— Impossível! — Keller não se contém, dá uma gargalhada que Ker nunca ouvira. Ker se sente envergonhado por ter dito palavras tão bobas e fica cabisbaixo.

— Sim, também acho, mas faz certo sentido, o efeito de borda explica todos esses erros. — afirma Ker. — Na perspectiva da computação, como a rede é de escala livre, a função de probabilidade não vai a zero para grande quantidade de nodos. Se a função de probabilidade fosse a curva de sino, a grande maioria dos nodos teria probabilidade zero. Mas não nesse tipo de rede.

Keller ria tanto que estava com dor no abdômen, contorcendo-se e ficando roxo com uma gargalhada alta e lágrimas nos olhos.

— Desculpe pela risada, meu filho. — Diz Keller, erguendo as sobrancelhas brancas. — Mas foi engraçada a maneira como você tratou o algoritmo, parece até que ele tinha vida própria!

Keller se recompôs, recobrou a postura, respirou, enxugou as lágrimas da risada incontida e começou a expor o seguinte para Ker:

— É verdade, com redes livre de escala, a distribuição de probabilidade é baseada na lei da potência, que cai mais lentamente com sua cauda e nunca vai a zero. Enquanto a curva de sino despenca rapidamente e depois de dois desvios padrões está quase em zero. No caso da lei das potências, isso não é assim. Ou seja, grandes quantidades de nodos, em teoria, poderia, sim, ter um número razoável de ligações, mas nunca ultrapassar os poucos nodos que tinham grande número de ligações.

— Mas como misturei algoritmos bioinspirados, para que tenham certa liberdade para mexer sozinhos na função cognição e aprendizado organizado, eles podem alterar os dados passados à medida que a *função sigmoide* aumenta.

— Só se você fez a programação errada desse *mix*. — Explicou ainda em dúvida Keller.

— Ao usar a *função sigmoide* na cognição dos robôs, inseri alguns cálculos não convencionais, como seu aprendizado dependendo da medida de centralidade de informação da rede. Outra coisa que ponderei foi a vibração nos nodos. A vibração dos nodos permite descobrir quais novos são mais fracos e quais são mais fortes. Assim, mesmo sendo o nodo líder grande conhecedor de causa, se ele tiver forte vibração, significa que se, por alguma probabilidade, um de seus *links* quebrar, toda rede cai.

Agora, doutor Keller não estava mais tão seguro, entre outros motivos, porque ele nunca ouvira sobre esse negócio de vibração.

— Que negócio é esse de vibração de nodos?

— Foi uma medida que li num artigo e, com isso, é possível descobrir o nodo mais perigoso da rede. O nodo mais fraco é aquele que vibra mais, que é mais tensionado por um grande volume de informação que chega até ele.

— Ainda acho que é erro de programação, alguma parte do programa está com erro. — Insistiu Keller. — Esse negócio de vibração não parece atrapalhar em nada. Quantas vezes isso ocorreu?

— Não é sempre.

E continua:

— Demos sorte ou azar, não sei bem, pelo menos você viu isso junto comigo para eu não passar por mentiroso. Vamos testar de novo.

Ker colocou os robôs para rodar e voar diversas vezes, mas o problema não aparecia mais. Keller, então, resolveu solucionar isso de uma vez por todas.

— Faça o seguinte: coloque um comando *if* para não permitir a mudança na cognição dos líderes. Se a convergência estiver abaixo de um parâmetro bem pequeno, não deixe que a cognição seja alterada pela vibração.

Ker seguiu a orientação e começou a mudar o programa, em diversos locais e funções. Ele achava esta solução no mínimo "porca". Ker não gostava de ficar usando o comando *if* sem limites e em grande quantidade em seus programas. Ele era da linha de programação limpa e estruturada. Mas o orientador era Keller, Ker era apenas o estudante. E assim foi feito.

— Agora, faça um teste de estresse. — Pediu Keller.

— Pronto, coloquei para simular mil vezes. — Respondeu Ker.

Começaram a conversar sobre o que Ker faria depois de terminar a faculdade, se já tinha estágio, empresas interessadas, entre outras coisas. Não demorou muito e as mil simulações terminaram.

— Problema resolvido! — Comemora Keller.

— É, parece que o senhor tinha razão. Se em mil vezes não deu nenhum problema como acontecia antes, me parece que aquele comando inibe a interferência da rede na cognição. Eu estava ficando preocupado.

— Não é uma bela solução, mas a melhor solução de todas é aquela que resolve. —Disse Keller.

E continuou:

— Pode comemorar. Isso que você fez foi fantástico, eu não faria tão bem. Escreva tudo isso para seu trabalho final de curso e depois vamos escrever um artigo para alguma revista internacional.

Ker desejava dar pulos, como se comemorasse um gol em final de campeonato. Ele estava todo cheio de si e quis ligar imediatamente para Gisele. Há três semanas não se falavam. Mas resolveu não ligar, ela ficava meio estranha sempre que ele tomava iniciativa.

Encontrou-se com Cookie que estava ocupado com seus experimentos e contou o feito. Comemoraram muito, e Cookie chamou-o para tomar uma cerveja, o evento merecia uma comemoração. Não era sempre que doutor Keller falava em escrever artigos para revistas importantes com alunos de graduação. Na pós-graduação, era normal, mas não com estagiários de iniciação científica.

O telefone celular de Ker toca, ele olha o número que o chamou e surpreende-se ao identificar que é o de Gisele. Que coincidência incrível!

11. A sedução do mercado

— Oi, Ker, é a Gi!

— Oi, Gi, que coincidência!

— Por quê?

— Porque eu queria te contar algo muito legal cerca de duas horas atrás e pensei muito em você.

— Também tenho algo interessante pra te falar. Venha me ver em casa lá pelas dez. Será uma noite daquelas!

— Uhuu! — Exclamou Ker se despedindo e desligando o telefone.

Quando Ker chegou em casa, sua mãe já sabia da façanha do filho e estava orgulhosa. Doutor Keller chegara antes e elogiou Ker para dona Juliana, obviamente não contando detalhes, pois ela não entenderia a façanha. Mas ele fez um belo e longo elogio ao filho.

Realmente Keller gostava dessa família e considerava-a como sua, vivendo bons momentos com todos os integrantes. Quanto à sua verdadeira família, nos Estados Unidos, Keller matava a saudade falando com a filha pelo telefone.

Quando possível, viajava duas vezes por semestre para encontrar a filha e os irmãos no seu país natal. Mas em determinados anos, apenas ia para o Natal, para as festas de fim de ano. Portanto, ele se sentia bastante responsável por Ker e por todos os membros da família do jovem. Keller achava que estava pagando uma dívida social importante. Além do mais, dona Juliana era uma cozinheira de mão-cheia, que preparava pratos incríveis aos domingos para Keller e seus amigos acadêmicos.

Ker e dona Juliana se abraçaram, a mãe o beijava no rosto várias vezes e acariciava sua cabeça. Ela pensava naquele exato momento que seu pai, se vivo fosse, estaria também muito feliz.

Então, no horário marcado, Ker se dirigiu ao apartamento de Gisele. Chegando lá, teve uma surpresa. Não estava apenas Gisele como ele imaginava. Estava com ela um dos amigos do fundo de investimento tomando um uísque. Ker não gostou muito da surpresa, pois imaginou que ele e Gisele estariam a sós. Mas logo entendeu o propósito da reunião.

Ela nem precisou apresentar João Paulo para Ker, pois eles já se conheciam. Na visão de Ker, João Paulo era um sujeito decente, bem-educado e responsável. Não se parecia em nada com o outro amigo de Gisele, Felipe Stretch, com quem ele havia discutido tempos atrás no bistrô.

A conversa aconteceu naturalmente entre os dois:

— Olá, Ker, como vai, tudo bem?

— Beleza, João Paulo, tudo dez. E você? Correria no fundo?

— Como sempre, a mesma loucura de todos os dias, com chefe chato e trabalho à beça. — Respondeu João Paulo erguendo o olhar para o teto.

Então, Gisele entrou na conversa:

— Ker, João Paulo é chefe da divisão de implementação de estratégias inteligentes no fundo, onde desenvolvem programas de computadores, algoritmos avançados para analisar e traçar maneiras de operar no mercado.

— Opa, eu não sabia! — Disse Ker olhando para João Paulo.

— É verdade, Ker. Gisele me falou que você está se formando neste ano de 2007 e vai precisar de um estágio. Muito por alto ela tentou me explicar o que você faz, mas como não é área dela, o assunto ficou meio sem pé nem cabeça. Acho que posso te ajudar com um estágio lá comigo. O que, na verdade, você faz?

Neste momento, João Paulo estava rindo e olhando para Gisele que também sorria, dando de ombros como se quisesse dizer que ela não tinha obrigação de explicar detalhes de um assunto que ignorava.

Ker explicou que programava algoritmos bioinspirados para controlar e direcionar robôs que imitavam animais pequenos da natureza para algum objetivo. No caso dele, especificamente, trabalhava com técnicas de enxames de partículas para adaptar uma rede de abelhas-robôs diretamente para colmeias artificias, com obstáculos imitando flores, árvores e tudo mais ou menos o que se imaginava para o mundo das abelhas.

Como João Paulo era mais próximo da área de computação, Ker pôde dar mais detalhes e mais aprofundados sobre como os algoritmos funcionavam e sobre como ele programava funções e rotinas com recursividade. Explicou que a recursividade aumentava a velocidade de processamento e deixava os *softwares* mais "leves" para rodar operações mais complexas.

Ainda envolto no clima do que acontecera à tarde no laboratório do doutor Keller, Ker resolveu se valorizar um pouco mais, contando do seu trabalho e dos elogios do emérito e importante professor, que era seu orientador de iniciação científica.

E já embarcando para definir a conversa, Ker se pronunciou sobre o estágio oferecido no fundo de investimento:

— Estou muito feliz pela Gisele ter me recomendado a você e ter me colocado em contato. Isso seria fantástico, mas acho que não vou poder aceitar.

— Como não? Perguntaram ao mesmo tempo Gisele e João Paulo quase gritando com ar de espanto.

— Depois de hoje, dos avanços que fizemos, não poderei abandonar o doutor Keller, ele não me perdoaria nunca.

— Não pense assim! — Exclamou Gisele. — Ele vai entender que é um estágio importante, importante para sua vida financeira. Ainda mais nesse momento em que a bolsa de valores está bombando nos negócios com altos lucros. Você receberá um bônus fantástico!

— Eu sei, mas não poderei aceitar sem antes falar calmamente com ele. Além do mais, não entendo muito de bolsa de valores. Faz pouco tempo que estou estudando apenas por curiosidade e somente o tradicional que todo mundo faz, como grafismo e um pouco de análise de fundamentos.

— Isso já está ótimo, pois muitos chegam ao fundo sem saber nada de bolsa de valores e só fazem programas de computador. Pelo menos você poderá fazer programas mais focados e entenderá aonde queremos chegar! — Afirmou João Paulo com alguns goles mais pronunciados no uísque.

A essa altura, a dúvida começava a tomar conta da cabeça de Ker. Ele misturava muitas felicidades ao mesmo tempo. Os avanços que fizera no laboratório, os elogios de Keller e agora um estágio muito lucrativo, dinheiro que ele nunca teve oportunidade de ganhar. A conversa entre os três adentrou a noite, com Gisele e João Paulo relatando os detalhes de como ele trabalharia no fundo.

João Paulo detalhou o tipo de plataforma de computador com que Ker trabalharia, o tipo de programas de análises de que o fundo precisava e, abrindo um notebook de Gisele, acessou a internet para mostrar algumas fotos do ambiente de trabalho, alguns serviços já desenvolvidos e, claro, o salário. Para estagiar, o fundo pagaria a Ker algo em torno de cinco mil reais, mais os bônus de final de ano. No total, seriam quase dez mil reais por mês, pelo menos, teoricamente, em ano de altas nas bolsas de valores.

Ao final de quase quatro horas de conversa, Ker tendia a aceitar, mas decidiu:

— Preciso conversar com o doutor Keller. Só depois aviso vocês.

— Está certo. — Disse João Paulo. — Mas pense com carinho no que lhe dissemos sobre os bônus, o ambiente de trabalho e sua perspectiva de crescimento.

— Claro que ele vai pensar e sei que vai aceitar. — Falou Gisele abraçando e beijando Ker.

Neste dia, Gisele estava especialmente amorosa e feliz, o que fez Ker cogitar abandonar a iniciação científica em prol do estágio muito atraente no ACI.

Ker preferiu ir para casa naquela noite. Sua cabeça fervilhava com tantas coisas num único dia. As tarefas cumpridas com Keller, os elogios recebidos que lhe valiam como um trabalho de ponta em Ciência da Computação e a noite terminar com um estágio de dez mil reais ao mês. Sua mãe ganhava muito menos do que isso na casa do doutor Keller. O que fazer?

O *Associate Capital Investment* ou, como eles preferiam chamar, ACI, era bastante agressivo em seus negócios. Ker descobriu isso depois de procurar informações ao longo de meses entre alguns colegas da faculdade de Economia. Contaram detalhes sobre ganhos estratosféricos do ACI, jogando de um lado e do outro, com programas automáticos que avaliavam *book* de compra e venda.

Um *book* é uma tela de computador em que todas as corretoras e todos os clientes visualizam os preços de compra e venda separados em duas colunas. Abaixo de cada valor, são informados os preços alternativos oferecidos pelos investidores. Quando um preço é realizado, as linhas se movimentam para baixo ou para cima, dependendo da entrada ou saída de investidores da operação com a ação.

Ker conhecia isso de perto, pois investiu no fundo um pouco de sua caderneta de poupança para compreender o mecanismo. Ele até gostou, pois conseguiu bons lucros que, apesar de pequenos em valor monetário, eram grandes quando se fala em porcentagem.

No dia seguinte, ele foi mais cedo para o laboratório esperar Keller para lhe falar sobre o estágio. Mas quando o professor chegou, Ker perdeu a coragem. Keller chegou sorridente e bem disposto a trabalhar na técnica inventada pelo orientando.

— Vamos que vamos, meu garoto! Vamos implementar essa rede agora para todos os nossos robôs e já vou começar a escrever sobre sua ideia num artigo internacional! Vamos enviar para a *IEEE Transactions on Automatic Control* e seu currículo vai dar um salto impressionante.

Ker sabia disso, visto o enorme prestígio da revista científica IEEE, e isso quase lhe garantia uma entrada num mestrado de alta qualidade no Brasil. A bolsa era algo perto de oitocentos reais, nem perto do salário de estágio, mas ainda assim um prestígio considerável.

O dia todo Ker ficou rodeando Keller, ensaiando para expor a proposta de Gisele, João Paulo e ACI e perguntar a opinião do professor. Mas quando Keller aparecia, Ker se atrapalhava todo, derrubando café, deixando a porta bater em seu rosto, trombava com pessoas no corredor e mostrava-se bem nervoso. Keller obviamente percebeu tudo e, no final da tarde, chamou Ker para conversar.

— O que está acontecendo? Você parece disperso hoje. Algo o aflige?

— Sim e não. Não sei se devo falar, mas acho que não devo.

— O que é? Algo grave com sua mãe?

— Não, ela está ótima, o senhor é mais do que um patrão para nós. Eu o considero muito e somos sempre gratos.

— Para nós não. Sou patrão de sua mãe, não seu.

Como Keller deu a deixa, Ker criou coragem e expôs a situação. Doutor Keller ficou mudo, observando e ouvindo Ker. Ora ele erguia as sobrancelhas brancas, ora colocava um dedo no queixo ou então coçava a orelha. Mas ele não parecia alterado como Ker imaginou que ele ficaria. Às vezes, esboçava um sorriso que parecia irônico, mas depois se concentrava novamente nas palavras de Ker.

Quando Ker terminou seu relato, um grande silêncio tomou conta do laboratório onde os dois conversavam. Algo em torno de 30 segundos pareceram dois anos para Ker, que sentiu forte dor no estômago, suor na face e uma vontade imensa de dizer para Keller esquecer tudo.

E, então, Keller falou:

— Tudo bem. Você deve procurar o melhor para você, e não para mim. Apenas não deixe de fazer o relatório final, vou precisar disso como comprovação de seu trabalho aqui comigo. Também preciso de todos os *softwares* explicados e comentados, e que você os repasse para mim. Afinal, de qualquer forma, vou escrever o artigo e claro, incluir seu nome.

— Tudo bem? Tudo bem mesmo?

Ker não acreditou no que ouvira. Ele imaginou Keller aumentando o tom de voz, andando de um lado para o outro, balançando a cabeça em tom negativo, mas nada. Doutor Keller foi um verdadeiro *gentlemen*, uma elegância em pessoa, além de muito compreensivo. Ele afirmou que confiava em Ker e que imaginava o quanto o estudante teria ponderado toda a situação para tomar a decisão.

Ker então afirmou:

— Mas não decidi nada, apenas estou querendo saber o que o senhor acha disso.

— Acho que você já está contratado, e acho também que se você não pegar esse estágio, quem vai ficar mal sou eu. Você deve ir, garoto!

Um peso de um trilhão de toneladas saiu das costas de Ker. O alívio era tão grande que ele tinha a sensação de que voaria. E voou mesmo. Dali para a casa de Gisele, dizer que aceitava o convite.

12. O mundo eletrônico-financeiro

A década de 1970 marcou o mundo moderno das finanças pela entrada dos computadores nas operações. Ainda timidamente, computadores de grande porte auxiliavam bancos nas operações rotineiras do dia a dia, imprimindo boletos, contas a receber, calculando fluxos de caixas e propiciando certa rapidez nas transações bancárias.

Evoluindo ano a ano, o computador chegou aonde não poderia deixar de aparecer, ou seja, nas negociações das bolsas de valores. A técnica criada por Fischer Black e Myron Scholes, que se transformou no modelo de cálculo do mundo financeiro em 1973, começou a ser operada a todo vapor na década de 1980. O modelo matemático de nome "Black-Scholes" se fundiu de tal maneira ao mercado financeiro, que todas as faculdades de finanças do mundo foram praticamente obrigadas a ensiná-lo para seus alunos.

Estagiário que chegasse ao mercado financeiro nos Estados Unidos, na década de 1980, sem o devido conhecimento para operar o modelo Black-Scholes, não era contratado. Diversos cursos de mestrado nos Estados Unidos se associaram com empresas de computadores de grande porte, como a IBM, para montar cursos de treinamento em informática para finanças e moldar os alunos para o mercado financeiro.

As universidades dos Estados Unidos viram os departamentos com seus melhores professores PhD sendo esvaziados para assumirem posição de destaque no mercado. A sigla PhD significa Doctor of Philosophy, um título de doutor, também existente no Brasil. No entanto, em universidades internacionais de grande prestígio, professores PhD possuem verbas anuais bastante significativas para orientações, estudos, apresentações de trabalhos em congressos e desenvolvimento científicos importantes. Físicos, matemáticos e cientistas da computação estavam entre os preferidos do mercado financeiro nos anos 1980 e 1990. Implantar estratégias vencedoras nos computadores dos bancos de investimentos americanos era a palavra de ordem nos anos de 1980.

A automatização do processo de compra e venda de ações também começou a ganhar força e forma nos Estados Unidos para, depois, se alastrar para todos os países. Os algoritmos de compra e venda, bem como o *book de oferta* das ações, estavam entre as novidades dessa automatização.

Um mecanismo conhecido como *stop loss* ou *stop order*, é uma estratégia dos *softwares* de compra e venda de ações para interromper a perda de investimentos em uma posição aberta. Se um investidor compra uma ação e esta começa a despencar, uma ordem vinda do *software* automaticamente vende a ação no valor pré-indicado pelo detentor da ação sem a necessidade de sua atuação.

O investidor coloca os limites desejados para venda e deixa a cargo do *software* a tarefa de vender em caso de pânico no mercado. Mas como todo *software* é feito por humanos, erros de lógica e falhas estarão o tempo todo presentes. E 1987, a primeira crise de origem eletrônica surgiu em Wall Street e espalhou-se pelo mundo.

No pós-Segunda Guerra Mundial, o Japão teve de reconstruir a economia, as cidades e, sobretudo, seu modo de viver. O país começou a renovar sua política econômica baseada em poupança interna, incentivando a população a fazer poupança para poder criar crédito no restabelecimento da ordem.

Após longo período de recessão, o Japão começou a colher frutos de sua poupança interna e sua economia pujante e progressista com ênfase em tecnologias. Se antes essa economia era baseada em agricultura, agora começava a se revigorar com as primeiras indústrias do pós-Guerra. Na década de 1970, principalmente a partir de 1973 com a crise do petróleo, o Japão viveu mais um pequeno período de recessão, tornando o câmbio livre para sua moeda, o Ien e.

Com toda a poupança e política de juros baixos considerando o câmbio livre, os investidores japoneses começaram a aplicar suas economias em ativos mais arriscados na busca de maior retorno. Todos correram para a bolsa de valores do Japão, cujo índice que mede a valorização das ações tem o nome de *Nikkei*.

O resultado foi uma valorização estratosférica do *Nikkei Stock Index* nos anos de 1980, com algo em torno de 300% de retorno em seis anos (1984-1990). Com a especulação financeira, os preços das residências, ações e títulos tiveram altas recordes, o que criou bolhas em toda economia japonesa.

Viver no Japão se tornou sinônimo de custo de vida alto. Mesmo com a aparente bolha de crescimento desenfreada, os bancos japoneses continuavam a emprestar com taxas de 0,1%, incentivando, assim, as pessoas a tomar dinheiro emprestado para colocar no *Nikkei*.

Como em toda bolha e mania, os investidores japoneses começaram a se arriscar ainda mais, investindo em títulos e ações de empresas americanas. O enorme montante aplicado nos Estados Unidos financiou a dívida e déficit americano para manter o *status quo* de potência mundial.

Os investimentos japoneses foram cada vez mais direcionados para as bolsas americanas, tornando o volume negociado enorme para atuar nas formas tradicionais de compra e venda de ações.

Foi incentivado o desenvolvimento de sistemas eletrônicos com programas de computador para tornarem mais rápidos os processos e permitirem maior acessibilidade e liquidez nas negociações das bolsas de valores. O resultado foi uma difusão da ideia de que mais pessoas, mesmo sem conhecimento, poderiam investir em ações de maneira fácil e segura.

Com a bolha de preços praticamente insustentável para a economia japonesa, o governo japonês tentou segurar o crescimento da inflação e segurar o câmbio do Ien e para tornar os produtos japoneses mais competitivos para sua balança comercial. O resultado começou a se tornar tragédia em outubro de 1987. Não que isso freasse de imediato a economia japonesa, que ainda cresceu até o início de 1990, refletindo no *Nikkei*. Mas o resultado foi o estouro da bolha de especulação financeira e imobiliária, que tornou a década de 1990 uma década perdida para o Japão.

O fato é que mercado financeiro inflado e com volumes tão altos deram margem ao aparecimento não de um truque, mas de diversas manias e "mágicas" para a realização de maiores lucros. Com o advento do computador, muitos *traders* inexperientes em computação programavam lógicas de compras e vendas bastante complexas até mesmo para o entendimento de um bom programador.

Muitas histórias e lendas, de *trades* errados e truques para tentar reverter erros nas negociações bilionárias dos fundos de investimentos, surgiram depois da segunda-feira negra de 19 de outubro de 1987.

Uma delas aconteceu com um *trader* de nome Leland O'Brien Rubinstein, ou com apelido das iniciais de seu nome LOR, que operava no mercado financeiro, desde 1980, com índice futuro. Seu sucesso momentâneo atraiu fundos de pensão que colocaram muito dinheiro e tornou sua firma conhecida dos clientes mais importantes de Wall Street.

Em outubro de 1987, LOR gerenciava diretamente 5 bilhões de dólares e licenciou seu *software* para negociações nas bolsas que lhe dava um controle de mais 45 bilhões de dólares. Outros clientes como Goldman Sachs e Morgan Stanley injetaram outros 50 bilhões de dólares na empresa de LOR.

Essa mania criada por LOR teve seu efeito nefasto na manhã de 19 de outubro, quando suas fórmulas "mágicas", todas ao mesmo tempo, deram indicações de venda. E LOR mandou os computadores vender tudo, desovando todas as ações no mercado.

No final do dia, a perda do mercado girava em torno de 500 bilhões de dólares, com queda de 22,6% num único dia para o Dow Jones. O índice caiu de 2.246 pontos para 1.738 pontos, mas se for tomado o seu recorde em 25 de Agosto (2.722 pontos), a queda foi de 36% em pouco mais de um mês.

Na tentativa de segurar crises desse tipo, a crise de 1987 foi responsável pela criação do *circuit break*, mecanismo que interrompe as negociações nas bolsas quando grandes quedas acontecem. Por algum tempo, todos acharam que o problema estaria resolvido quando o pânico chegasse ao mercado. Mas para cada solução, existe um novo problema ainda maior.

Na década de 2000, apareceram os conhecidos *robôss-traders*, operando num canal conhecido como HFT — *High Frequency Trader*. Esses robôs são algoritmos, programas de computadores, que compram e vendem ações segundo estratégias previamente traçadas, com a incrível velocidade de execuções da ordem de 100 milissegundos.

Tamanha velocidade encantou o mundo financeiro com a possibilidade de apertar um botão e, em tempo real, efetuar uma compra e venda com lucro. Claro, sempre todos pensam em lucro, nunca em perdas.

A febre por esse tipo de *software* levou todos os operadores a querer ter o seu próprio programa, implementar sua estratégia sempre vencedora (todos acham que sua estratégia é sempre vencedora) e comprar, pagando o preço que fosse por esse *software* e disponibilizando-o aos clientes.

Clientes que sabem programar computadores? Não, qualquer cliente.

Essa era a política do ACI onde Ker estagiaria e possivelmente trabalhar num futuro próximo. Ou seja, o ACI queria invadir o mercado financeiro e realizar os lucros mais rápidos da história.

Ker ficou sabendo de toda história por parte de Gisele, de João Paulo e dos amigos nas faculdades de Economia e Administração. Amigos que operavam e estagiavam no mercado financeiro contaram muitas coisas sobre o ACI. Juntando partes das histórias desconexas, Ker conseguiu traçar um cenário a respeito do ACI.

O fundo era mais do que um banco, era um destruidor de mercados, operando e especulando o tempo todo pelo mundo afora. Parte da história da crise da Rússia no final da década de 1990 teve a participação ativa do ACI, que comprava e negociava títulos da dívida do país.

Mas o ACI também soltava relatórios com titulação de “secretos” para grandes investidores, dizendo que um país A ou B estava para quebrar. Então, com seus *softwares* avançados para a época e

IP de computadores desconhecidos para os controladores, simulavam com grande rapidez para aqueles anos, clientes vendendo e desovando os títulos de bancos, tais como para os bancos gregos, cada vez mais baratos, quebrando a Grécia, entre tantos outros países, em 2010.

Então, quando despencavam os títulos, os próprios operadores do ACI recompravam e vendiam para seus clientes num pacote fechado, com diversos títulos bons, de países bons, junto com esses títulos que já eram arriscados.

Da Rússia, em 1998, os algoritmos do fundo pularam para a Argentina, inflacionando a moeda, e depois para o Brasil. Com o mecanismo secreto de compra e venda, e com a enganação sobre relatórios para os clientes bilionários pelo mundo afora, bateram no Brasil a ponto de fazer o câmbio ficar livre e a taxa de juros saltar para 50% ao ano. Isso foi logo depois da segunda eleição de Fernando Henrique Cardoso.

Ker ficou sabendo disso, mas tudo no âmbito de boatos e nada oficialmente declarado ou revelado claramente por alguém. Os fatos agora eram claros para Ker, que, como bom universitário, estava horrorizado, mas diante do dilema do emprego, resolveu guardar suas conclusões para si mesmo.

Afinal, pensou ele, Gisele estava lá e gostava do que fazia. Como Gisele era uma pessoa fantástica, alguma coisa de bom poderia existir no ACI. Além do que, quem sabe, ela o assumiria de verdade como namorado.

Gisele fez bem sua parte como anfitriã quando Ker chegou ao ACI, contando a ele grandes coisas e feitos notáveis do ACI. Por exemplo, ela mostrou a Ker catálogos sobre onde o ACI mantinha obras carentes, como na África, mais especificamente na Somália.

Outra atuação nobre era a ajuda para as pesquisas sobre a Aids, outra para os desabrigados da Bósnia e ainda existiam catálogos para a ajuda humanitária no Iraque, para crianças carentes na reconstrução de escolas. Tudo parecia muito bacana mesmo na imaginação de Ker.

No Brasil, o ACI mantinha uma comunidade carente numa região perto de Fortaleza, financiando um local onde as mulheres dos pescadores faziam e comercializavam diretamente com os turistas suas rendas de tricô. Mesmo o mercado local era mantido com ajuda do ACI. Tudo realmente parecia sério e fazia Ker ponderar seu sentimento de raiva ou nojo sobre os negócios e as tramoias.

Depois de um mês da conversa na casa de Gisele com João Paulo, Ker estava se apresentando ao seu novo estágio, sempre vislumbrando receber o mais rápido possível seu primeiro salário de dez mil reais.

13. O novo emprego no ACI

Mármore de Carrara na entrada, vinte andares de vidro espelhado na Avenida Faria Lima, em São Paulo, com pé direito gigante na entrada. O *hall* de entrada amplo, com oito elevadores largos e espelhados, identificação dos frequentadores do edifício era eletrônica, pela íris. Não, nada de cartão magnético ou digital sobre catracas. Em pleno ano de 2007, Ker se encontrava cem anos à frente em pleno Brasil.

Quando desejou saber por que tanta sofisticação em vez do tradicional cartão eletrônico, Gisele afirmou que na matriz, em Nova York, era da mesma forma. Essa era a maneira de ingresso em todo ACI no mundo. Ela ainda chegou a brincar com Ker, dizendo que a filial do Brasil era a mais pobre entre as da Europa e dos Estados Unidos. Ker ficou boquiaberto.

Gisele acompanhou Ker, primeiro ao setor de Recursos Humanos, onde se despediram, indo cada um para seu lado. De lá, um funcionário levou Ker para seu departamento, no décimo oitavo andar da Faria Lima. Para sua surpresa, nesse andar não existiam janelas, e só havia uma porta grande de vidro com uma bancada para novo reconhecimento da segurança.

Com todos os procedimentos de reconhecimento realizados, o segurança levou Ker para a única porta que dava para a parte central do prédio. E então Ker percebeu o porquê de tanta segurança. Ele estava no que todos chamavam de "O Cubo".

"O Cubo" era a área central do prédio, num quadrado central revestido de telas planas com números, gráficos, textos que mudavam de cor e de valor numérico o tempo todo. Notícias corriam sem parar em letras bastante chamativas nas partes de baixo dos telões com gráficos, em telas especiais e projetadas para as agências de notícias.

Além delas, existiam outras televisões enormes transmitindo noticiários das emissoras dos Estados Unidos , da Europa e da Ásia. Paredes brancas cuja luminosidade chegava a incomodar os olhos, computadores de última geração, apenas com teclados sobre a mesa, conectados todos a dez servidores diferentes. Cada servidor tinha um nome de uma nebulosa ou galáxia: Andrômeda, Orion, Betelgeuse, Perseu e assim por diante.

Chamou a atenção de Ker, a parte de cima do Cubo. Após as dezenas de telas gigantes, próximas ao teto existiam algumas salas revestidas de vidro com cortinas e viam-se pessoas trabalhando às suas mesas. Uma delas se destacava: era toda de vidro muito escuro, onde existia uma poltrona, em que, vez ou outra, aparecia um sujeito olhando para baixo.

"Ele é 'Deus'", brincou Sergei. O nome completo de Sergei era Vladimir Yuri Sergei, um rapaz que parecia legal. Era russo, viera ao Brasil com apenas cinco meses de idade, estudou em escolas brasileiras e falava português corretamente.

Seu pai trabalhava no consulado russo, em São Paulo. Antes disso, foi membro importante do antigo partido socialista soviético e trabalhara na embaixada da Rússia em Brasília. Ker achou estranho um comunista dentro de um grande sistema capitalista, mas ficou quieto e guardou isso para si.

Sergei contou para Ker que "Deus" observava tudo de cima e sabia de tudo, por isso tinha esse apelido, que circulava apenas num grupo restrito de funcionários do ACI. Nunca nenhum funcionário de segundo escalão conversou ou viu "Deus", nem mesmo sua foto em internet ou catálogo de marketing do banco.

Nas festas de final de ano, era possível ver gestores importantes de outras filiais, ou mesmo o CEO da matriz em Nova York, que veio para a inauguração do Cubo. Mas ninguém viu Deus ou sabia quem ele era. Somente especulações, que nunca se concretizaram.

— Em todo ACI dos diferentes lugares do mundo há um "Deus"? — Perguntou Ker para Sergei.

— Ele está em todo lugar, no mundo todo, e parece que é único, sempre o mesmo cara. É onipresente. — Disse rindo Sergei.

Foi um dia bem diferente para Ker, em que conheceu muitas pessoas, visitou muitas alas e salas. Em cada divisão do Cubo, um chefe se apresentava e contava por alto o que seu setor fazia. O Cubo era uma grande área aberta com diversas baias de funcionários e cada um com computador. Além desses computadores, havia o computador central que direcionava todo tipo de dados paras as diversas telas ao redor das paredes do Cubo.

Ker também percebeu que ninguém tinha uma torre de computador em sua baia. Muito menos um notebook, isso obviamente era proibido, para evitar roubos de informações secretas sobre investimentos da ordem de milhões de dólares. Um só relatório em mãos da concorrência faria toda estratégia do ACI se perder. Não havia entrada nem mesmo para USB, eram apenas teclados e assessórios como *scanners* e impressoras a *laser*.

O clima era frenético, com pessoas correndo de um lado para outro, ao telefone o tempo todo, rabiscando fórmulas em lousas de vidro com canetas pretas, anotando números e todo tipo de tabela passando de mão em mão.

Apesar de curioso, Ker estava bem tranquilo, observando tudo com muita atenção e fazendo poucas perguntas. Por vezes, exclamava "entendi" ou "uau" para valorizar a novidade apresentada pelo interlocutor. O que também chamou a atenção de Ker foi que seu terno era o pior entre todos.

Enquanto seu terno e gravata eram surrados, os da grande maioria eram elegantes, de grife, da mesma qualidade dos sapatos importados, pretos, lustrados a ponto de refletirem imagens.

Ao meio-dia, depois de circular por quase todo o Cubo, Ker foi convidado para almoçar com uma turma da última baia. Ele se apavorou nessa hora, pois estava com pouco dinheiro e imaginou ter que a refeição seria cara. Mas a agradável surpresa é que o ACI incentivava que funcionários não saíssem para almoço, para aumentar a interação entre os membros de uma mesma equipe e proporcionava, em seu restaurante, pratos surpreendentes ao preço de um sanduíche simples. E o melhor, para Ker que adorava refrigerante, é que esse tipo de bebida era servido à vontade.

Na política do ACI, quanto menos o funcionário tivesse oportunidades de se distrair, como sair do ambiente de trabalho, melhor para o desempenho dos resultados. As conversas de rua poderiam ser dispersas, enquanto dentro do ACI, as pessoas, mesmo no horário de descanso para o almoço, continuavam a trabalhar informalmente.

Também mostraram a Ker uma miniacademia que ficava no último andar, com uma piscina de 20 metros de comprimento e 4 de largura. O ACI fazia de tudo para manter ao máximo o funcionário preso e vigiado pelo banco. Isso reduziria a probabilidade de vazar alguma informação importante. Celulares não eram permitidos dentro do banco e muito menos no Cubo.

Finalmente Ker encontrou João Paulo, que o levou até sua área de atuação, onde o novato começaria a trabalhar lidando com pequenos problemas. João Paulo, então, introduziu Ker em sua área e o que este deveria fazer.

— Bem, Ker, é aqui que você vai ficar. Essa é nossa área IEI, como lhe falei na casa da Gisele, ou seja, *Implementação de Estratégias Inteligentes*. Sou o chefe dessa área, mas sinta-se sempre à vontade para conversar comigo.

— Obrigado, João Paulo. — Respondeu Ker.

— Este aqui é Olsen, nosso encarregado, a quem você se subordinará. Ele sempre vai te passar o que fazer e me atualizar sobre como os processos estão andando.

— Prazer, Olsen. — Disse Ker.

— Muito prazer. Retribuiu Olsen.

Logo Ker percebeu, pelo sotaque e pelo nome, que o rapaz não era brasileiro. Era alto, de pele muito clara, com olheiras de quem não dorme há muito tempo, de cabelos meio ruivos e com o rosto marcado por cicatrizes de acne. Chamavam a atenção de Ker, no novo colega, os óculos pretos com armação grossa e lentes verdes também grossas. Os dentes de Olsen eram amarelados, talvez pelo fumo.

Olsen, então, fez algumas perguntas sobre amenidades a Ker e começou a cumprir as primeiras tarefas, quando João Paulo se despediu. Levando Ker até uma baia vazia, Olsen inicializou o computador que o novato usaria e passou a senha para Ker dizendo:

— Estes são sua baia e seu computador. Você pode decorar esta área do jeito que desejar, colar nas paredes o que quiser e trazer livros ou qualquer outro tipo de apetrecho particular.

Depois que o computador inicializou, Olsen começou a entrar nas linhas de programação para ensinar os comandos básicos a Ker. A desenvoltura de Olsen era muito boa com o teclado e mouse, e Ker notou que o colega era canhoto, característica que, às vezes, trazia dificuldades no manuseio do mouse. Excetuando-se isso, o rapaz era muito rápido.

A única coisa que decepcionou Ker foi que, na verdade, ele não trabalharia no Cubo. Ele estava numa baia de uma sala que rodeava o Cubo, mas era isolada e sem contato com o Cubo. "Mas pelo salário, tudo bem", pensou Ker.

A primeira atividade foi um pouco complicada para Ker, era mais burocrática do que de programação de fato. Ele teria de manipular os bancos de dados dos clientes ao redor do mundo, para separá-los em pastas específicas. Depois, deveria imprimir algumas informações de outros arquivos previamente selecionados por Olsen.

Para o primeiro dia, Ker estava bem feliz, mas o excesso de informações o deixou esgotado a ponto de nem ligar para Gisele e contar as novidades. Quando chegou em casa, descreveu seu dia para a mãe, que ficou muito orgulhosa e perguntava ao filho sobre os detalhes.

Depois, Ker ligou para Gisele, relatou os fatos do dia e fez perguntas sobre o funcionamento de algumas áreas. Ker imaginava que teria grandes desafios pela frente, que não tardariam a aparecer.

14. Primeiras operações

Dia após dia, Ker ganhava confiança em suas tarefas no ACI e compreendia que sua responsabilidade era mínima e que, mesmo que algo desse errado, outras áreas estavam sempre conferindo os resultados para que erros mínimos não tornarem as operações um caos.

No entanto, Ker ainda mantinha contato com Keller sobre Ciência e sobre as pesquisas da universidade. Assim que assumiu o estágio Ker e sua mãe procuraram Keller para perguntar sobre a nova situação. A intenção era sair da casa porque, com o salário mais alto, mãe e filho não precisavam morar de favor na casa de Keller.

O professor novamente surpreendeu, rejeitando a ideia de que dona Juliana e Ker deixassem sua casa. Argumentou que a companhia dos dois era ótima para o astral da casa, além de facilitar o cotidiano de dona Juliana, uma vez que ela não precisaria gastar tempo nem dinheiro para se deslocar até o trabalho. Keller falou de tantas coisas boas que aconteceram para todos, que Ker e dona Juliana resolveram permanecer na casa.

Ker chegava em casa tarde da noite vindo do ACI e, sempre que podia, Keller o chamava para saber as novidades do banco. Ao mesmo tempo, ele atualizava Ker sobre os novos avanços nos algoritmos bioinspirados e, até mesmo, em que ponto estava o artigo que ambos estavam escrevendo.

Na realidade, Ker não estava mais participando do artigo, apenas Keller escrevia e testava as rotinas deixadas. Entretanto, conforme prometido, o artigo sairia com o nome dos dois.

No ACI, o ano de 2007 estava espetacular, com ganhos no meio do ano que já ultrapassavam 200% em suas carteiras estratégicas. Os algoritmos estavam trabalhando como loucos, dia e noite, sem parar, visto que, na Ásia, nossa noite é dia de negócio.

Em agosto de 2007, Olsen saiu de férias e João Paulo achou que Ker pudesse assumir o posto sozinho. O novato se sentia confiante, pois realmente entendia do processo de sua área. Ele e Gisele saíam com mais frequência e tinham mais assuntos em comum do que antes.

O salário veio a calhar para Ker. Liberdade total para sair com Gisele, para comprar roupas, ajudar sua mãe, e, com o ACI estourando em lucros, pelos cálculos de Ker, os bônus de final de ano seriam algo que ele nunca pensara. Ainda não havia um namoro propriamente dito entre ele e Gisele, mas ela estava cada dia mais ligada no relacionamento entre eles e mostrando mais carinho do que um ano antes.

Agora formado, Ker sentia que precisava dar outro rumo à sua vida. Ou fazer algo importante para crescer no banco, ou fazer uma pós-graduação no exterior com o dinheiro que economizara no ano todo para isso mesmo.

Mas o ACI absorvia demais sua atenção, e sua ambição em ascender na carreira até chegar ao Cubo era maior. E aquele mês em que Olsen estava fora seria decisivo.

Não que Ker desejasse ser desleal, passando uma rasteira em Olsen. Apesar de um tanto estranho e de poucas palavras, o rapaz nunca lhe fizera nada de mal. Mas também nunca fizera nada de bom, como divulgar alguns feitos dele para a alta chefia, ou mesmo para João Paulo. Olsen preferiu silenciar e isso incomodava Ker porque ele observava outros colegas, que realizavam muito menos do que ele, sendo promovidos.

O mês de julho de 2007 começou um tanto estranho nos mercados mundiais. No Brasil, depois de subir 39% desde fevereiro, o mercado de ações estava estacionado há alguns dias. Ker percebeu uma movimentação fora do comum desde quando começara no ACI. O entra e sai da área do Cubo ficava mais intenso à medida que os dias se passavam.

Ker percebeu também que aumentara o número de pessoas vindas dos Estados Unidos , diretamente da matriz do ACI. Depois do dia 15 de julho, o corre-corre estava mais frequente na área do Cubo e Ker não sabia o que estava acontecendo. Naquele dia, encontrou-se com Gisele e relatou a ela suas observações sobre a situação.

— Estão mudando a estratégia de ataque. — Esclareceu Gisele.

— Como assim?

— Os mercados mundiais estavam muito acelerados e com retornos financeiros muito altos. Os algoritmos perceberam isso e começaram a dar soluções contraditórias para nossos analistas. Sempre que isso ocorre, as reuniões, que normalmente são semanais, passam a ser de hora em hora. Todos relatam o que observaram em cada parte do modelo e, então, o conselho de estratégia decide o que modificar nas posições ou no próprio algoritmo.

— Quem te contou isso?

— João Paulo faz parte desse conselho e, quando nos encontramos no café, ele me relata sobre o clima da semana.

Ker ficou um pouco confuso, pois ele achava que o algoritmo estava programado automaticamente para a tomada de decisão e que ninguém discutia isso. Ordem do algoritmo dada é ordem cumprida. Gisele disse que não porque o risco era enorme.

No dia seguinte, João Paulo foi até a mesa de Ker para saber como estava a rotina de trabalho.

— Está tudo tranquilo, até dá sono, ao passo que vocês parecem que estão a bordo de uma Ferrari, correndo muito.

João Paulo olhou para os lados, como quem verifica se havia alguém que pudesse ouvi-lo e disse:

— Os mercados caíram mais do que prevíamos e, na hora de reverter posição, os algoritmos estão em pane. Estão loucos recomendando coisas estranhas.

— Como assim?

— Os programas estão numa espécie de chaveamento maluco. É como se o lado esquerdo do cérebro de uma pessoa não reconhecesse o lado direito, um não obedece ao que o outro manda fazer. A situação é como se uma mão batesse na outra para tirá-la da direção do automóvel enquanto o automóvel anda.

— Seja mais técnico, não estou entendendo. — Retrucou Ker com ar de quem estava perdido no assunto.

Então João Paulo resolveu contar tudo, mas quase sussurrando ao ouvido do colega:

— Enquanto os mercados estavam subindo, os algoritmos estavam dando ordem para comprar mais do que vender, inclusive com Opções e índices futuros. O algoritmo de compra e venda estava fazendo tudo corretamente.

João Paulo começou a alterar o semblante como se estivesse com alguma dor ou com um problema sério, enquanto continuava falando:

— Mas desde que os mercados estacionaram, a cada segundo nos chega uma ordem diferente. Num segundo, um algoritmo manda comprar quase tudo em ações do mercado, e trinta segundos depois manda comprar Opção de venda quase na mesma quantidade. Isso bloqueia o outro algoritmo de compra e venda, pois não existe caixa na área de operação para essa ação.

— Isso é um *if* de encadeamento errado, com alguma lógica não condizente com a lógica do *if* anterior. — Ker disse isso escrevendo num papel em branco.

— Nós sabemos disso, mas não encontramos o *if* que está errado. Parece um erro enorme; contudo, enquanto o mercado está caindo, estamos deixando de ganhar milhões de dólares a cada hora. A batata de muita gente já está assando. Deus está muito bravo lá em cima, no Cubo.

Ker perguntou a João Paulo:

— E ele já chegou?

— Não, mas está próximo do horário que ele vem. Por quê?

— Porque se quiser que eu olhe o programa, talvez uma mente mais vazia e sem pressão encontre onde é o problema. — Afirmou Ker.

— Você está louco? Se Deus olha lá de cima e vê isso, eu sou sequestrado e mandado para a Sibéria! E o programa é enorme, com linhas e *functions* aos montes.

— Não preciso de muito tempo. — Disse Ker com ar de confiança para João Paulo.

João Paulo mordiscou os lábios, pensou, foi até a porta de entrada do Cubo, voltou e olhou para Ker. Pensou e refletiu bastante no perigo dessa ajuda.

Ker, então, com sorriso de ainda mais confiança disse para João Paulo:

— É pegar ou largar!

— OK! Vamos rápido! — Decidiu João Paulo.

Então Ker foi até a área responsável pela implantação de estratégia inteligente, a tal que João Paulo disse que se chamava IEI. Ainda não havia ninguém nessa área e João Paulo olhou para a sala de Deus para ver havia alguém lá. Ao se certificar de que tudo estava escuro, disse para Ker:

— Vai, você tem 20 minutos. Manda bala logo. O código é este — Falou João Paulo, mexendo no mouse para tirar o descanso de tela na forma do logotipo do ACI.

O programa estava em linguagem C++, linguagem que Ker dominava muito bem devido ao seu trabalho com Keller no laboratório. Ker foi descendo o cursor com o mouse e falando em voz alta, como se estivesse com pensamento acelerado:

— Variáveis "comp", "vend", humm... contadores de iteração com *loop* de chamada de ordens.... humm... chama a *function* "modelo" que chama a *function* risco....humm, se isso ocorre então....

— Vai logo, Ker, acelera isso! — Pediu o aflito João Paulo.

— Já vai, estou chegando agora nos "*if*". Hum, chamando esse, então entra nesse, e... nossa quem programou isso? Tá uma porcaria!

— Fui eu, pô! — Esbravejou João Paulo.

— Ops, foi mal cara, desculpa. — Ker gelou por dentro por causa da besteira que tinha falado, mas não havia tempo para isso e continuou seu trabalho

— Então se esse "*if*" chama essa *function* então.... espera aí! O que faz essa variável "raleatorio"? — Perguntou Ker.

— Não existe essa variável "raleatorio", onde você achou isso? — Questionou João Paulo.

— Aqui, olha aqui! — Mostrou Ker.

— Não acredito! — Exclamou pasmo João Paulo.

— O quê?

— Nossa, o nome da variável é "aleatorio" sem acento na letra "o", e não "raleatorio". Está digitada errada, não existe esta letra "r".

Ao digitar errada essa parte do programa, colocando uma letra a mais na variável, João Paulo criou uma nova variável e, sem querer, sem valor nenhum. Quando o programa chegava naquele ponto, assumia um valor como zero. Como essa variável era usada por outros comandos do modelo para analisar a tendência, tudo zerava, e o algoritmo mandava comprar ativos aos montes no mercado.

— Mas como isso foi aparecer somente agora e não antes? — Perguntou Ker.

E João Paulo respondeu:

— É que essa parte do algoritmo somente começaria a ser chamada caso o mercado começasse a cair forte em relação a um ponto historicamente baixo. Como os mercados têm subido consistentemente nos últimos anos, essa parte nunca tinha sido usada. Com as últimas quedas, principalmente dos últimos dez dias que somaram 8% de prejuízo, pela primeira vez o *software* usou essa parte do algoritmo. Nossa, por causa de uma letra o banco perdeu uma grana enorme. E o pior que ninguém achou esse problema, nem mesmo os caras dos Estados Unidos que estão aqui.

— Isso acontece, é normal. Vi isso muitas vezes no laboratório da universidade. — Afirmou Ker.

— Só que no laboratório não se perdiam 450 milhões de dólares em uma semana. — Disse João Paulo passando a mão na cabeça com ar de aliviado e preocupado sobre como explicar aos diretores esse erro bobo.

Então João Paulo pediu para Ker sair da sala e acompanhou-o até a porta do Cubo. No final do corredor, disse:

— Ker, não sei nem como te agradecer. Vou só te pedir para não contar para ninguém o que aconteceu. Primeiro porque minha cabeça vai rolar e segundo que você não poderia estar lá dentro. Faz mais isso por mim?

— Claro, mas não se martiriza. Todo mundo comete esse tipo de erro, é muito comum.

— Já te falei a cifra que o ACI perdeu, logo, todo mundo só pode cometer esse erro fora daqui. Aqui dentro é morte. Mais uma vez, te devo essa! Vai ter retorno.

Ker agradeceu, mas ficou em dúvida sobre o que João Paulo quis dizer sobre "vai ter retorno". Realmente, Ker ficou calado e não contou nem para Gisele o ocorrido. Coincidência ou não, depois que Ker ajudou João Paulo, os mercados do mundo caíram muito forte.

Em duas semanas, o índice Bovespa no Brasil caiu 15% naquele agosto, mas curiosamente o ambiente estava normal no Cubo. A correria de dias anteriores cessou, e o pessoal voltou à rotina de sair para jantar, comemorar, beber; enfim, divertir-se.

Ninguém, absolutamente ninguém, estava preocupado com essa queda mensal de mais de 15%. Gisele depois explicou para Ker que João Paulo conseguira resolver o problema e, desde então, o banco já tinha um lucro de um bilhão de dólares.

— João Paulo resolveu? Ele encontrou o erro? — Perguntou Ker num jantar junto com Gisele.

— Sim, a área dele agora ficou bem em evidência e receberam até um bônus diferenciado nesse mês para resgatar no fim do ano. — Gisele disse isso levando uma taça de vinho à boca e levantando as sobrancelhas.

Ker ficou imaginando o que seria então o ACI. Um erro tolo e infantil, corrigido por ele levou fama a outros, com muito dinheiro e, o pior, ele não poderia falar nada.

Quando Olsen retornou às suas atividades, já era quase setembro. Ker descobriu que ele fora para sua terra natal, a Dinamarca. Passou quase dois meses, sendo um mês de férias e outro de estudos financiados pelo ACI.

Os mercados já estavam normais, novamente subindo dia após dia e os rostos felizes continuavam no Cubo. Até que, certo dia, João Paulo apareceu na área de Olsen e falou:

— Olsen, já falei com o pessoal do departamento de recursos humanos e está chegando um novo estagiário para você.

— Mas e o Ker?

— Ker vai fazer um rodízio de aprendizagem e vai para minha área lá dentro do Cubo, afirmou dando uma piscada para Ker.

— Ker vai aonde? — Perguntou Olsen.

E Olsen boquiaberto continuou:

— Mas ele não tem nem um ano e já vai para o Cubo? Temos funcionários aqui com mais de cinco anos que nunca passaram daquela porta. Isso é correto?

— Sim, é correto porque eu sou o chefe de área e decido quem trabalha comigo.

E voltando-se para Ker, disse:

— Ker, arrume suas coisas, vamos lá para dentro.

Na porta de entrada, João Paulo sussurrou para Ker:

— Pagamento feito, estamos quites agora!

Ker sorriu, agradeceu, e ficou realmente feliz. Mas inteligente como era, sabia que não estavam quites. Nem de longe, uma mera mudança de área pagaria o bônus e a fama que João Paulo ganhara com a ajuda secreta de Ker. O novato salvara um prejuízo de 450 milhões de dólares e ganhou apenas um posto diferente com o mesmo salário?

— Aqui é sua nova casa! — João Paulo mostrou a nova baia para Ker.

A área IEI realmente era muito bem vista pelos diretores do banco e, depois de salvar e corrigir um erro de algoritmo, a área ganhou outro *status* dentro do banco. João Paulo explicou que ali no Cubo tudo era diferente.

Os cartões de crédito pessoal tinham valores muito mais altos, as diárias eram maiores, as regalias em restaurantes, os bônus, direito à primeira classe em voos a trabalho.

João Paulo também explicou que, no momento, ele não poderia dar aumento de salário, pois Ker ainda não tinha um ano de banco e as avaliações para aumento de salário eram anuais. Ker deu de ombros e concordou que estava tudo bem.

Todavia, Ker sabia que merecia mais. João Paulo seria demitido se descobrissem que perderam 450 milhões por uma letra errada no algoritmo. E, o pior, a programação tinha uma porção de lógica confusa com idas e vindas emporcalhando o programa. E quem a fizera assim foi João Paulo.

Naquela noite, quando contou à sua mãe, ela chorou novamente de emoção. Não tinha a menor ideia do que seria o tal "cubículo", como ela chamava o Cubo, mas sentia que era algo importante para seu filho.

Gisele gritou ao telefone:

— No Cubo! Você está no Cubo! Mas o João Paulo é realmente uma pessoa sensacional! Viu como ele gosta de você?

— É... é verdade, ele é um cara muito bom. — Confirmou Ker tendo de engolir a verdade.

Mas as coisas não seriam assim para sempre, pensou ele.

15. A turbulência dos mercados

Ker sentira algumas quedas fortes nos preços das ações assim que começou a estudar e abrir sua primeira conta na corretora. Mas essa queda no meio do ano de 2007 realmente fora muito forte para ele. Apesar de não ter dinheiro investido em ações na época, ele reparou o quanto isso mexia com as pessoas que tinham.

Com exceção dos funcionários do Cubo que pareciam bem tranquilos, outros funcionários de outras áreas viveram dois meses de intenso nervosismo. Os boatos sobre uma possível parada de crescimento no mercado chinês agitavam os noticiários da época. Todavia, em outubro os mercados recuperaram sua força e a situação parecia normal.

Dentro do Cubo, especificamente na área de João Paulo, a tal IEI, o trabalho estava a todo vapor. Agora Ker começava a se soltar mais adquirindo maior conhecimento sobre suas funções. Em resumo, ele precisava simular situações que poderiam causar outra pane como a primeira em que ele ajudou João Paulo.

A essa tarefa o ACI chamava de *Simulação de Trades Errôneos por Monte Carlo*, ou pela sigla SIMTEMCO. Ker já observa que o

ACI era louco por siglas. A todo instante, siglas eram criadas em cima das anteriores e até era necessário um guia com o nome de todos os projetos representados por siglas.

O método de Monte Carlo é usado para simular numericamente, por computadores, situações arriscadas em operações, usando informações históricas representadas por diversas medidas de estatística. Assim, por exemplo, com a média e o desvio padrão de um retorno financeiro ruim para certos tipos de operações, o método usa essas variáveis de estatística para gerar números aleatórios e repetir exaustivamente situação de perigo até o algoritmo programado pelo banco falhar.

O trabalho de Ker era, de certa forma, brincar de terrorista e colocar o algoritmo do ACI em perigo. Claro que o algoritmo completo não fora programado por João Paulo como Ker imaginara. Na verdade, a parte do algoritmo que João Paulo programou e chefiava era apenas um pedaço minúsculo de um algoritmo muito grande que rodava no computador central em Nova York.

A parte do ACI brasileiro apenas fornecia informações sobre o mercado brasileiro para alimentar o banco de dados monstruoso que ficava nos Estados Unidos. Com esse banco de dados, o algoritmo principal de Nova York rodava a cada trinta minutos e repassava novos parâmetros para o modelo completo chamado *Global Model* ("modelo global", em português). Todas as filiais do ACI pelo mundo usavam esses novos dados para estimar a cada segundo o que poderia acontecer no mercado local.

Ker passava o dia simulando diversas tragédias possíveis, mudando parâmetros, valores, alterando dados e rodava, a cada hora, cerca de dez mil estratégias automáticas diferentes. A única coisa que Ker detestava era o chamado GD, ou grupo de discussão. Ele achava os GD uma perda de tempo e energia.

João Paulo convocava todos os dias depois das 18h00 reunião para discutir como fora o dia de trabalho — ganhos, perdas, estratégias corretas e erradas —, e Ker sempre ficava para o fim.

O trabalho dele era expor, com os dados do dia, o que poderia dar errado no dia seguinte. Entretanto, neste ponto, todos estavam cansados e com sono, a maioria bocejando e alguns até dormindo de olho aberto.

No final, todos sempre diziam "muito bom", torcendo para ninguém fazer objeção nenhuma e, então, poderem ir embora. Afinal, ainda tinham o trânsito infernal de São Paulo para enfrentar. Às vezes, o pessoal até conseguia dar algumas gargalhadas com as projeções catastróficas de Ker, mostrando casos extremos em que a bolsa de valores de São Paulo perderia 70% de seu valor e chegaria ao limite de trinta mil pontos.

Sabendo-se que naquele momento a Bovespa estava em 62 mil pontos, todos faziam piadas, até maldosas, das projeções de Ker. No início, ele ficava muito triste e bravo, mas, no final do ano de 2007, estava bem calejado com as brincadeiras e não ligava mais.

No seu íntimo, mesmo ele achava que todos tinham razão, pois seria quase impossível uma queda de 70% do valor visto que todos os noticiários do mundo pintavam um quadro de um 2008 magnífico.

Todos os telejornais especializados traçavam um cenário que ficou conhecido como "céu de brigadeiro". Ou seja, para todos os analistas, o ano de 2008 seria tranquilo, com ganhos ainda muito acima do que todos tiveram em 2007.

Apenas alguns mais céticos se arriscavam em afirmar que uma crise estava em curso para o ano de 2008. E mesmo estes foram ridicularizados pela mídia com piadas por suas previsões consideradas que soavam absurdas.

Realmente, 2008 deveria ser muito bom, pois, em dezembro de 2007, João Paulo chamou Ker para conversar. A surpresa de Ker foi ver que ao lado de João Paulo estava Gisele. Ker se assustou e não entendeu por que ela teria de participar daquela conversa. João Paulo, então, se pronunciou:

— Ker, chamei a Gisele aqui para ela te contar a novidade.

Gisele se aproximou de Ker e disse:

— Parabéns!

Beijando Ker, ela falou:

— Você é o mais novo funcionário do ACI, no cargo de analista júnior do Cubo, na área de IEI. Isso é o máximo!

Ker ficou atônito e sem palavras de felicidade. Isso era o que mais ele desejava. Para ele, deixar de usar o crachá amarelo de "aprendiz" e passar a usar o azul escuro com símbolo dourado do banco, que os funcionários usavam, era com o que sonhara nos últimos meses. Até mesmo o uniforme de trabalho era outro.

Os paletós oficiais de quem trabalhava dentro do Cubo eram azuis escuros, com o símbolo do banco em relevo perto do bolso no lado esquerdo. Também usavam canetas importadas doadas pelo banco, e até os sapatos eram do mesmo tipo para todos.

Para garantir isso, no primeiro salário aparecia um bônus extra, chamado de "kit beleza" entre os novatos. Era um montante financeiro suficiente para comprar tudo e manter-se alinhado como os demais.

Ker e Gisele estavam mais ligados do que nunca um no noutro. Gisele ainda não assumia Ker como namorado, mas já conhecia a mãe de Ker, conhecia a casa onde ele morava, e até conhecera o doutor Keller de quem Ker sempre falava. Doutor Keller incentivava a Ker ser mais ousado com a menina, pois aos seus olhos eles formavam o par ideal.

Porém, quando se iniciou o ano de 2008, todo mundo se assustou. Os mercados mundiais não paravam de cair em janeiro. A bolsa brasileira perdera cerca de dez mil pontos em 21 dias naquele mês. Isso equivalia a 15% de perdas, algo muito desagradável para um início de ano que todo mundo dizia que seria como voar em céu de brigadeiro.

Agora como um funcionário de carteirinha, Ker estava mais nervoso do que de costume. Às vezes, olhava para cima para ver se Deus estava em sua sala olhando para baixo. Das muitas olhadas, Ker viu um vulto andando apenas duas vezes. Mas a cadeira estava de lado e o vidro em tom escuro não permitia ver se a pessoa era jovem ou de idade avançada.

Ele apenas estranhou a felicidade do pessoal do Cubo com a queda. Alguma coisa estava errada. Era para estarem nervosos, não felizes. Nas reuniões do GD, ele simulava crises e mais crises financeiras. Ninguém ainda ligava muito para os resultados.

Quando fevereiro começou, João Paulo chamou Ker para conversar novamente:

— Acho que você já provou seu valor nessa área do IEI e sei que é um trabalho muito chato. Já arrumei outro para fazer isso. Você já demonstrou talento suficiente para trabalhar ao meu lado.

— Obrigado, João. — Disse Ker.

— De nada. Agora, você vai trabalhar na parte mais nobre e secreta de nossa área do IEI. É conhecida como a joia da coroa.

— Muito obrigado, João. Agradeceu novamente o extasiado Ker.

— Na verdade, você não precisa me agradecer. Essa é a área mais perigosa dentro do Cubo. Qualquer deslize de um funcionário, além de ser mandado embora, ainda o banco abre um processo contra ele.

E continuou:

— O contrato que você vai assinar é muito duro e vai proibi-lo de falar com qualquer um sobre o que acontece nesta área do Cubo. Se sair por vontade própria ou se for demitido, permanecerá sob vigilância do ACI por dezoito meses e não poderá trabalhar em outra instituição financeira. É o que chamamos de quarentena trabalhista.

— Nossa! Exclamou o assustado Ker.

João Paulo continuou:

— Sim, esta é uma área sigilosa. Pode agradecer à Gisele. Ela que recomendou você depois que comentei que havia um cargo desse porte, claro, sem entrar em detalhes, apenas falando que eu precisava de um excelente programador para o ACI. Mas nem pense em comentar com ela, eu garanti que não ia te contar sobre esse papo . E se achar irresistível contar a ela, invente alguma estória como a de que você atingiu uma pontuação muito alta no relatório de competências, por exemplo.

— Está certo. Pode deixar.

A essa altura, Ker estava realmente assustado, além de muito grato e cada vez mais apaixonado por Gisele. Então, João Paulo começou a detalhar a estrutura do novo serviço.

— Você vai sair do SIMTEMCO e vai trabalhar no NUPE.

— O que é NUPE? — Perguntou Ker já cansado de tantas siglas no banco.

— NUPE é *Núcleo de Programação Estratégica*. Você vai mexer diretamente no cérebro, no cerebelo, nos neurônios, na parte mais sensível e responsável por tudo no algoritmo brasileiro do ACI.

— Uau! Muito obrigado!

Ker estava radiante de alegria. Agora, sim, ele estava onde se sentiria livre. Mas então João Paulo colocou mais medo:

— Tudo o que você digitar deixará rastros diretamente para Deus.

— O que? Deus" vai me ver programando?

— Não, ele não precisa disso. Tudo o que você escrever ou apagar estará num relatório direto para ele. Até mesmo espaços em branco serão colocados nesse relatório. É um *software* chamado de "o guardião", que fiscalizará até sua respiração. Por isso dizemos que Deus sabe o que fazemos.

— Nossa. Com certeza vou mexer pouco para não parecer que estou mexendo demais. — Afirmou Ker nervoso.

E João Paulo completou:

— Pelo contrário. Estou mudando você de área para exatamente você mexer em tudo.

Agora Ker não estava entendendo mais nada. Tudo o que ele menos esperava era essa afirmação de João Paulo. Em tom sigiloso e com semblante grave, João Paulo afirmou:

— O NUPE tem uma tarefa secreta, em que somente eu, você e mais dois trabalham. Deus nos incumbiu de derrubar pra valer o mercado neste ano. Ele quer um grande *crash* mundial.

Ker ficou espantado, se é que sua expressão de medo poderia ser interpretada assim. Ele esboçou uma pergunta, mas João Paulo não o deixou concluir, continuando a falar:

— Agora que você é do NUPE, saiba que você não pergunta nada. Apenas programa aquilo que nos foi passado por Deus. Ele falou, está falado, é ordem. Mas como você é novato, vou te adiantar.

Olhando para o alto e para os lados, já falando em tom mais baixo, João Paulo continuou:

— O ACI quer voltar a ser o maior do mundo. Na crise russa, brasileira, argentina e mexicana de 1998, o ACI estava ao lado do Myron Scholes tentando ganhar trilhões com os títulos russos. Mas a porcaria do programa do Myron deu errado e derrubou o

ACI que estava alocado com muitos bilhões em títulos russos, brasileiros e mexicanos.

Quase gaguejando, Ker se pronunciou:

— Myron Scholes, de que você fala, é o professor que criou a fórmula de Black Scholes de Opções e prêmio Nobel? Eu não acredito! Meu Deus!

Sim, ele convenceu os donos do ACI que poderiam dominar o mercado mundial comprando os títulos russos com que estavam despencando. Então, o ACI investiu pesado no fundo do Myron, conhecido como *Long-Term Capital Management* ou pela sigla LTCM. Mas quanto mais o ACI comprava, mais perdia, até o Banco Central dos Estados Unidos entrar e ferrar todo mundo parando os negócios. Agora o ACI descobriu que Myron está novamente atuando no mercado, com uma fórmula ajudando todo mundo a comprar títulos podres de hipotecas imobiliárias nos Estados Unidos. Ninguém sabe se é verdade, mas a suspeita é grande.

— Nem tenho ideia do que você está falando! — Retrucou com de olhos esbugalhados o jovem Ker.

— É bom que nem saiba mesmo. Sua função é só programar e ficar quieto. O ACI quer ferrar todos os bancos que ferraram o ACI em 1998. Na época, o ACI quase foi excluído do mercado mundial por conta das operações com o fundo do Myron. Os outros bancos deitaram e rolaram em cima do ACI. Só o Lehman Brothers pediu indenização de cem bilhões de dólares ao ACI. Deus não pode nem ouvir falar no Lehman Brothers.

— Mas isso é legal? — Questionou Ker.

— Quem se importa? Se você se importar, Deus manda te matar amanhã. Por isso, apenas programe. Nosso objetivo secreto é derrubar todo mundo neste ano de 2008. E vamos fazer isso. Ao longo dos dias, vou te passar as premissas em códigos secretos e você vai mexendo no algoritmo. Mas lembre-se: Deus estará te vigiando.

16. A grande queda

O banco Lehman Brothers estava realmente passando por sérios apuros no começo de 2008. Inicialmente, o mercado financeiro não ligou, pois o banco era grande, já passara por problemas antes e sempre conseguia dar a volta por cima. O banco era grande e prestigiado pelo governo dos Estados Unidos o bastante para sair dessa.

Na imprensa, o que se veiculava era que as altas taxas de juros nos Estados Unidos e o alto nível de desemprego estavam fazendo o poder aquisitivo diminuir. Como a maioria das pessoas investira no mercado imobiliário, hipotecando suas próprias casas para comprar e financiar outras, a situação estava insustentável.

Qualquer pessoa tinha crédito imediato liberado pelos bancos. Mesmo os endividados tinham crédito. As dívidas foram todas colocadas numa modalidade de títulos e negociada por todos os bancos ao redor do mundo.

Todos, menos o ACI. Não desta vez. O banco, depois da cilada armada pelo Lehman com os títulos da Rússia, em 1998, aprendera a lição e não confiava mais no banco Lehman Brothers, nem nos outros. Na crise de 1998, o ACI ficara sozinho, amargava um prejuízo enorme, enquanto todos os outros fundos e bancos tiveram apoio do Federal Reserve, o FED, banco central dos Estados Unidos.

Agora, em 2008, quando o volume desses títulos e negociações estava alto, os alertas do ACI soaram para os diretores e analistas. Havia uma regra desde 1998. O dia que o banco pudesse dar o troco, algum algoritmo deveria alertar e aplicar uma estratégia para derrubar tudo.

Enquanto a imprensa comprava a ideia da crise de hipotecas, Ker, João Paulo e outros dois programadores sabiam que não. Ker estava muito assustado com as ordens cifradas que vinham até ele. Ele não tinha conhecimento de tudo, apenas da parte que cabia ao Cubo no Brasil. Mas ainda assim era assustador o que ele estava programando.

Ker sempre achou aquilo antiético ou mesmo caso de polícia. Porém, como João Paulo o alertara, se abrisse a boca, a morte estaria à espreita. Ker aprendera a lição de quando criança, na *lan house* de Palito.

A ordem era para o grupo do NUPE criar uma armadilha algorítmica, enganar os computadores e sistemas de rede dos outros computadores que negociavam ações e títulos. Sabendo que os nodos da rede mundial dos bancos estavam carregados com títulos, sendo o maior nodo aquele ligado ao Lehman Brothers, o alerta soou para o grande escalão mundial do ACI.

Um código secreto foi disparado para todas as filiais do fundo, que, então, tiraram da hibernação uma parte do programa central que trairia os outros robôs de operação de compra e venda.

O que o pessoal do NUPE tinha de fazer era desbloquear, usando uma senha secreta, parte de um código que até então estava invisível a todos, até mesmo aos programadores.

Ker ficou maravilhado com aquilo e ao mesmo tempo assustado. Quando João Paulo lhe passou uma sequência de números, ele logo reparou que a senha de 100 números nada mais era do que a sequência de Fibonacci. Ele lembrara imediatamente da primeira aula do doutor Keller, na universidade.

A senha que veio num cartão lacrado era:

0112358132134558914423337761098715972584418167651094617711286574636 8....

Quando digitou o último número, os quatro funcionários se assustaram com os acontecimentos. A tela toda escureceu, e códigos em sequências começaram a aparecer misturando letras, números, símbolos gregos e, então, um novo programa se instalou. Ao mexer no mouse, Ker observou que o novo programa estava exatamente inserido dentro das funções anteriores.

Não era um novo programa. Era o mesmo programa anterior, agora acrescido de linhas a mais de comandos. O que essas linhas faziam? Eles não entenderam nada, pois eram variáveis que só atuavam localmente, fórmulas que chamavam outras fórmulas e funções que estavam travadas por senhas que eles não tinham.

O fato é que, depois disso, no dia seguinte na abertura do mercado, tudo começou a desabar. O mundo todo começou a ter solavancos fortes. Ker pensou ser apenas uma coincidência, pois os noticiários realmente tinham dados ruins dos títulos de hipotecas, sobre as reuniões do Lehman Brothers que não surtiam efeito, das vendas generalizadas e assim por diante. Ele próprio não acreditava que ele e João Paulo, apenas com a inserção daquelas novas linhas, seriam capazes de estabelecer uma "nova ordem mundial".

Mas à medida que os dias passavam, Ker realmente ficava mais alarmado e vendo que, sim, aquelas linhas novas de alguma forma estavam mexendo com os mercados. Pelo menos quanto ao Brasil, ele observava sempre as mensagens impressas no *print* da tela com os dizeres:

$$##-1.2778$$BR&$$22134IBOV$---ok

$$##-5.7893$$BR&$$22114PETR$---ok

$$##-8.35912$$BR&$$7689GGBR$---ok

Ker observou que os símbolos finais eram os códigos dos ativos negociados na Bovespa, a bolsa brasileira em São Paulo. Ele não sabia o que significavam os símbolos ou números, mas as letras IBOV, PETR, GGBR eram, sim, códigos do Brasil. Durante todos os dias, essas linhas de comandos eram visíveis em sua tela, mas somente no seu computador e dos outros três funcionários do NUPE.

Nenhuma outra equipe do Cubo tinha esse tipo de código passando na tela, e, sempre que algum outro funcionário fora deste grupo restrito aparecia perguntando sobre aquilo, a ordem de João Paulo era para dizer que estavam rodando apenas um antivírus.

Ker estava incomodado e, quando tentava falar com João Paulo, ele era repreendido.

— Ker, já te avisei. Aqui não se comenta, não se pensa: aqui se faz. Não podemos nem mesmo conversar sobre isso até ordem contrária de Deus.

— Está certo, é que pensei...

— Não pense. — Foi incisivo João Paulo.

Ainda assim, enquanto lá fora o mundo pegava fogo, em 2008, no Cubo estavam todos tranquilos. Os rendimentos eram fantásticos. Os lucros eram absurdos frente à queda generalizada no mundo. Não havia estresse no ACI, situação muito diferente dos outros fundos e bancos ao redor do mundo.

Tanto assim que, na reunião no fim de 2008, entre o banco central dos Estados Unidos e outros bancos, o ACI nem apareceu. O Lehman teve sua lição. Foi liquidado, falido, excluído completamente do mercado financeiro. Para a felicidade do ACI, a vingança teve um sucesso ainda maior do que se imaginava.

Internamente, enquanto os grupos do Cubo diziam que seus algoritmos suportaram bem a crise, Ker e João Paulo sabiam o que salvou o banco. Apesar do sucesso, Ker estava incomodado por saber que talvez tivesse participado dessa armação global. Em casa, com sua mãe, ficava calado por muito tempo e demorava a dormir olhando para o teto e perguntando-se o que estava acontecendo no mundo.

Os noticiários davam conta a todo momento de que nada ficava seguro com a falência de grandes empresas como seguradoras. No Brasil, o baque da AIG se fez sentir e refletiu no mercado nacional.

Apesar de o governo americano assumir o controle, em 16 de setembro de 2008, todos se perguntavam quem seria a próxima grande organização a falir. Só a AIG recebeu do governo americano US$ 85 bilhões e, mesmo assim, ninguém sabia se tal quantia seria suficiente para salvar a empresa.

Bancos no Brasil balançaram e uma fusão inesperada ocorreu entre o Itaú e o Unibanco. O burburinho se transformou em tsunami, com perguntas de quem seria o próximo, se o sistema nacional teria condições de aguentar a crise ou se o governo teria caixa para sustentar as finanças.

Consequências dessa crise estavam a todo momento nos noticiários, projetando desemprego, recessão, falências. Tudo isso incomodava funcionários que trabalhavam no mercado financeiro. Estranhamente, para quem via de fora o ACI, os funcionários estavam bem tranquilos e as palavras "crise" ou "desemprego" não existiam para eles.

O menino Ker, vindo de origens pobres e estudante de escola pública, não se continha em querer entender o que estava acontecendo. Seria ele, ainda que pequeno demais, responsável por tudo aquilo?

Era uma loucura pensar assim, mas ele se indagava a todo instante. Ao contrário dele, João Paulo estava sempre assoviando e cantarolando quando se encontravam e mesmo Gisele estava visivelmente alegre em suas conversas.

Certo dia de novembro, dona Juliana estava triste e Ker perguntou o que estava acontecendo. Ela contou que muitas das suas amigas tinham perdido o emprego na empresa de limpeza.

A maioria se endividara nos cartões de crédito da época áurea do crescimento do salário mínimo. Agora, com a crise financeira, a empresa não estava recebendo em dia dos clientes e novos contratos estavam sendo cancelados.

Vez ou outra, dona Juliana recebia telefonemas de amigas chorando, perguntando se ela não conhecia alguém que precisasse de empregada doméstica, pois tinham perdido o emprego. O semblante de dona Juliana mudara, tentando manter a felicidade pelo sucesso de seu filho, mas com tristeza em relação aos amigos que tanto amava.

Ker percebeu essa tristeza e também ele foi contaminado pelo sentimento de culpa. Como poderia ele estar feliz, comendo bem, vivendo feliz, comprando o que desejava, enquanto seus amigos de faculdade e amigos de sua mãe viviam em tamanha dificuldade?

Colegas de Ker não tiveram estágio validado por conta da crise; quem trabalhava, fora demitido. Seu grande amigo Cookie estava num trabalho interessante, como analista de uma empresa que prestava serviço para os bancos.

A empresa precisou diminuir o quadro de funcionários, mas para não demitir Cookie, um funcionário muito bom, fez um acordo para reduzir em 50% seu salário. O baixinho falante e irritante tornou-se um rapaz grave, sem graça e esquecido das piadas que eram sua principal marca.

No final de novembro, mesmo sabendo do risco, Ker tomou a decisão de investigar o tal algoritmo. Ele sabia dos riscos de que fora alertado por João Paulo, mas, sabendo mexer, talvez não levantasse suspeitas. Ele tirava *print* das telas, para não mexer muito com o mouse e com as mudanças das linhas. Imprimia esses *prints* e deletava tudo que armazenava.

Em seu quarto, à noite, ficava lendo e revendo os comandos para tentar entender ou deduzir o que o algoritmo fazia. Mas estava muito difícil porque a grande maioria das entradas das *functions* era externa e ele as desconhecia.

Depois de algumas semanas, num domingo à tarde, doutor Keller encontrou-se com Ker no jardim. Ele estava preocupado com o garoto e queria saber como o novo emprego estava indo. Diante de tanta crise, de tantas demissões, preocupava Keller em que situação estaria o garoto que ele ajudou a formar.

— Como você está no ACI? Algum problema com corte de pessoal ou salário?

— Não, o fundo vai muito bem, com estratégias bem arrojadas e corretas dando ótimos retornos.

— Interessante vocês estarem bem nesse mar turbulento que o mundo está atravessando. Como conseguem?

— Temos diversos setores de inteligência com muitos algoritmos de investigação do mercado.

— É curioso como você está tão absorvido por este mundo.

Agora você fala como um verdadeiro analista de mercado.

— Como assim, doutor Keller?

— Quando você diz que o ACI tem setores de inteligência, passa a ideia de que são infalíveis e que têm os algoritmos mais expertos do mundo. Como se vocês fossem até mesmo mais especialistas do que o mundo acadêmico. E sabemos que não é assim, ou já se esqueceu?

Nesse momento, Keller levantou uma das sobrancelhas brancas, num tom questionador e de censura sobre Ker. O garoto sabia que estava proibido de falar sobre seu trabalho, mas até como um gesto de honestidade e gratidão, ele começou a comentar algumas partes de alguns algoritmos.

Quem ouvisse a conversa dos dois, pensaria tratar-se de um par de alienígenas. Eram muitos termos técnicos como *for*, *while*, *loop*, "recursividade", *array*, *function*", *bug*, *debug*, "compilador" etc. A cada três palavras, pelo menos duas eram incompreensíveis.

Ao final de uma hora de conversa, Keller estava assustado com o tipo de *software* e de ideologia que o ACI estava promovendo. Questionou diversas vezes se Ker sabia o que aconteceria se um dos comandos errasse. Com tanta gente mexendo num grande programa global, como garantir que pequenos erros não atrapalhariam o desempenho correto do algoritmo?

— Temos programas que conferem tudo o que fazemos. — Respondeu Ker.

— Mas como garantir que esses programas também não contenham erros? — Argumentou Keller.

— São programas que estão no fundo desde sua fundação, há pelo menos duas décadas. Foram conferidos diversas vezes, por muitas equipes.

— Será? Você acredita nisso?

— Doutor Keller, foi o que me disseram e, pelos diversos comentários de revisão do *software* nos manuais, creio que sim, muitas equipes já testaram esses programas de correção de nossos erros. Creio que esse problema nós não temos.

OK, então. Preciso sair agora, Ker. Gostei de nossa conversa, você me mostrou que cresceu muito na carreira e também como pessoa.

Keller disse isso a Ker dando-lhe um tapinha nas costas e saiu sorridente.

A conversa deixou Ker aliviado. Pelo menos parece ter tirado a ideia de ser um bandido mundial, alguém que só faz o mal.

Ainda naquela noite foi à casa de Gisele, onde conversaram, beberam e namoraram até tarde. Passados alguns dias, o clima mudara na equipe de implantação de estratégias inteligentes IEI e mais especificamente no NUPE.

João Paulo não parecia mais feliz, estava meio ríspido com Ker e assim permaneceu por muitas semanas. Ker reparou que, por coincidência ou não, a luz na sala de Deus tinha estado mais tempo acesa do que de costume.

O Cubo continuava do mesmo jeito, mas João Paulo estava diferente. Semblante carregado, a todo momento coçando a cabeça.

Não era o *software*, pois o funcionamento estava da mesma forma com retornos espetaculares. Mas como o mundo estava numa tempestade financeira, era normal a pressão sobre os responsáveis para manter o ACI sempre lucrando. Na perspectiva de Ker, isso logo passaria e João Paulo voltaria ao normal.

Mas não foi bem isso o que aconteceu.

17. A suspeita

— Eu não te falei para não questionar nada, porra?

João Paulo nunca agira daquele jeito com Ker. O que teria acontecido? Alguns meses desde a alteração no algoritmo se passaram e tudo estava da mesma maneira, funcionando bem. Mas algo deu errado, pois João Paulo estava furioso com ele.

— Mas questionar o quê? — Perguntou Ker.

— Estou recebendo o relatório *black*. Sabe o que é isso?

— Não, nem sequer tenho ideia.

— Esse é um relatório que ninguém quer receber. É um relatório de desvio de conduta que os chefes só recebem em último caso. Para ter acesso, uso uma senha especial que devo inserir, ler o relatório e apagá-lo. Nesse relatório, consta que nossa equipe mexeu mais do que deveria no algoritmo.

Além de Ker, os outros dois funcionários não tinham tanto acesso ao algoritmo implementado e nem sabiam direito do que se tratava. A equipe NUPE estava sob investigação central em Nova York. Ou seja, a conversa era dirigida a Ker.

— Mas do que você está falando, João Paulo?

— Alguém percorreu as linhas do algoritmo mais vezes do que era necessário e inclusive foi detectada ação externa do programa com comandos de *print* ou algo parecido ainda não esclarecido. Estão agora me prensando contra a parede para saber por que comandos externos foram utilizados.

E João Paulo continuou:

— Estão me questionando por que o cursor andou mais de cinco mil vezes entre as oitocentas linhas principais do algoritmo. Querem saber qual a intenção disso, se o *software* está funcionando de maneira adequada. Alguém pode me explicar?

Ker gelou. Novamente ele estava enrascado como na infância quando fuçou na *lan house* de Palito, invadindo as contas de email dos clientes. A princípio, tentou assumir a culpa, mas achou melhor contar em separado para João Paulo. Contudo, aquele não era um bom momento, pois João Paulo estava furioso e talvez até o agredisse fisicamente.

— Eu quero saber quem foi que navegou pelas linhas do algoritmo? Quem tentou me sacanear ou ferrar o ACI. E quero saber agora! Me escutaram?

O silêncio era mortal. Ninguém falava nada, o que deixava João Paulo ainda mais irritado. Ker então convenceu João Paulo a se acalmar:

— João, vai dar uma volta, tomar uma água, descansar um pouco. Vamos investigar aqui entre nós o que aconteceu.

— Nem pensar. Estão proibidos de acessar o terminal novamente. Fora do alcance do teclado todos vocês três. Me escutaram?

Ker, então, resolveu ele sair e tomar um café sozinho. Assim, reparou que havia alguém na sala de Deus. A luz estava acesa e a cadeira estava girando com alguém gesticulando com os braços para cima. Quem seria esse cara e por que tanto segredo?

Quando retornou ao Cubo, João Paulo se ausentara e realmente o terminal do algoritmo estava bloqueado. João Paulo estava mesmo furioso. Ker não o viu mais naquele dia.

Quando chegou em casa, Ker resolveu jogar fora os papéis que imprimira dos comandos do algoritmo. Estranhamente ele não os achou. Tinha certeza de que os deixara em sua escrivaninha, debaixo da lâmpada. Revirou as gavetas, tirou os papéis, mexeu nos livros e nada. Mas que estranho!

— Mãe, você limpou meu quarto hoje?

— Não, filho, hoje fui ao mercado a pedido do doutor Keller comprar algumas frutas e mantimentos. Não tive tempo de mexer em nossa casa. Por quê? Algo errado?

— Não, é que eu tinha umas anotações na escrivaninha, mas elas sumiram. Mas tudo bem, acho que coloquei na maleta do trabalho.

Será que ele tinha levado os papéis para o ACI? Teria ele deixado em cima de sua mesa no Cubo? Mas que cabeça! Foi isso que aconteceu, com certeza e João Paulo deve tê-los achado. Ker percebeu que estava encrencado e que sua vida viraria um inferno se João Paulo estivesse de posse desses papéis.

No dia seguinte, João Paulo não foi trabalhar ou, pelo menos, não estava no Cubo. Ker também reparou que estavam ali pessoas que ele não conhecia, provavelmente eram dos Estados Unidos, com crachás diferentes. Andavam em equipe de seis pessoas e não falavam com ninguém.

A luz da sala de Deus também ficara mais tempo acesa nos últimos dias, e, além da cadeira girando, dava para ver mais vultos na sala, indicando que a sala estava bem mais movimentada do que de costume. Os outros dois colegas que trabalhavam com Ker também não apareceram para trabalhar. O que estaria acontecendo?

No final da tarde, finalmente João Paulo apareceu. Ainda com semblante bem carregado, dirigiu-se a Ker:

— Agora nossa equipe do NUPE será somente eu e você.

— Por quê? — Perguntou Ker.

— Desconfiamos de seus colegas. Não pareceram confiáveis sobre o assunto dos *prints* do algoritmo. Como você é bastante confiável, com certeza um deles mexeu no algoritmo. Como não quiseram assumir, foram demitidos.

Ker ficou muito mal. Fora ele quem fizera aquilo, os dois rapazes realmente não tinham nada a ver com a história. E agora? Que enrascada! Os dois perderam emprego por culpa dele! Teve uma vontade enorme de contar a verdade, mas se segurou ao lembrar que sua mãe dependia dele e que, se fosse demitido, com certeza doutor Keller ficaria bastante aborrecido com a história.

Mas João Paulo ainda continuou:

— A partir de agora, você só mexe no algoritmo quando eu estiver aqui ao seu lado. OK?

— Sim, claro. Será assim.

Essa desconfiança não era normal. Realmente ainda tinha algo a mais nessa história. A partir de então, Ker ficou sempre acessando o terminal do algoritmo apenas com uma chave especial que João Paulo usava. Durante semanas ambos apenas se falavam formalmente. Com o volume de trabalho e sem os dois outros funcionários, Ker estava sobrecarregado.

Nem mesmo namorar e encontrar-se direito com Gisele ele estava conseguindo. As conversas com Keller também eram escassas e reduzidas apenas aos cumprimentos de chegada e encerramento do expediente. O que mais intrigava Ker era o sumiço dos papéis que imprimira. Onde estavam? Onde os colocou? E se João Paulo os encontrara, por que não falou com ele?

Com tudo isso, Ker notou que também Gisele estava mais distante dele. Será que João Paulo contou ou inventou algo mais grave a seu respeito? Passados meses da inserção do algoritmo no programa principal, João Paulo avisou Ker certo dia:

— Chegou a hora de desativar o algoritmo.

— OK, João. Como eu faço?

— Aqui está a senha para a desinstalação do algoritmo.

— Pode me passar. — Disse Ker.

Reparou que os números, desta vez, seguiam um padrão com espaço em branco entre si.

101 139 149 007 031 067 083 002 003 011....

Sim! Eram números primos com espaçamento entre si. Quem criou essas senhas gostava de matemática. Não era apenas um engenheiro de *software*, mas alguém muito ligado aos números e padrões da matemática.

Após inserir a última tríade, novamente a tela ficou toda escura, apresentando várias mensagens de decodificação impossível, números e letras misturados passando rapidamente diante de Ker e João Paulo. Então, o terminal ficou livre novamente, com a cor e *softwares* normais do grupo IEI e, em especial, para as programações do NUPE.

Ker resolveu acabar com o gelo entre ele e João Paulo e comentar o padrão da senha.

— João, você reparou nos números da senha?

— Não, o quê?

— São números primos. Sequências formadas por números primos. Você sabe de onde vem essa senha até você?

E João Paulo explodiu com Ker.

— Já te falei para não pensar, não perguntar, não questionar, seu porra! Quando foi trazido para esta área, dentro do Cubo, avisei que sua função era programar, e não questionar nada. Mas você insiste em querer descobrir coisas que não lhe dizem respeito!

— Calma, cara! Por que está nervoso? Apenas fiz uma observação matemática que...

— Cala a tua boca! Não quero nenhuma observação sobre o que fazemos aqui. Apenas faça.

— OK.

Calado e de cabeça baixa, Ker saiu de perto de João Paulo com muitas dúvidas. Certamente, João Paulo estava de posse dos papéis, ele sabia que Ker bisbilhotara o algoritmo.

Nunca mais Ker conversou direito com João Paulo, que também se afastou de Gisele e de suas rodas de amigos. A conversa entre os dois era restrita aos comandos normais de programação. Novos dois funcionários chegaram para ajudar Ker no NUPE e a poeira estava baixando. Não voltou ao normal, mas o ambiente estava mais calmo.

Porém, a calmaria só durou até maio de 2010.

18. O flash crash

Surgiram na década de 2000, as operações de alta frequência conhecidas como HFT — *High Frequency Trader*, efetuadas num intervalo de tempo absurdamente pequeno, algo em torno de 100 milissegundos. Essa velocidade é negociada por supercomputadores com ordens automatizadas, não por programadores, mas pelos próprios clientes sem conhecimento nenhum de algoritmos ou de programas de computadores.

O resultado disso surgiu em 2010, numa nova modalidade de *crash* financeiro conhecido e advindo exatamente dos algoritmos de alta frequência. O novo *crash* ficou conhecido como *flash crash* em razão de sua extrema velocidade de queda nos mercados mundiais no dia 6 de maio de 2010.

Uma tarde aparentemente normal, com pessoas trabalhando normalmente, em que tudo estaria calmo não fossem as notícias vindas da Grécia. A dívida da Grécia gerou nervosismo no mercado financeiro mundial e a notícia de que Espanha e Portugal estavam com o mesmo problema gerou certo ruído nas negociações.

E, então, as 14h30 (horário de Nova York), o chão se abriu. Foram 20 minutos de total loucura, com os preços despencando e ninguém sabia o que estava acontecendo.

O que causou o *flash crash* não foi somente a tensão dos mercados, nem mesmo o efeito de manada, tradicional do pânico humano. Foi o pânico dos algoritmos, provocado por humanos.

A causa do *crash* foi um único investidor. Sim, apenas um investidor enviou uma ordem de venda às 14h32 direto de um fundo mútuo complexo. Ele iniciou o programa de venda para 75 mil minicontratos no valor de 4,1 bilhões de dólares saindo de sua posição. Essa ordem foi enviada pelo *Sell Algorithm* que, normalmente com esse volume, demora cinco horas para completar a venda.

No dia do *flash crash*, o algoritmo executou-a em 20 minutos. Isso porque o algoritmo foi ajustado naquele dia para negociar apenas baseado em volume, não usando nada de restrições de preço ou tempo. Para o algoritmo, a realização de cinco horas deveria ser feita o mais rápido possível, e assim foi feita em 20 minutos.

O que se seguiu foi comandado pelos algoritmos, sozinhos, e até que os investidores humanos desconfiassem de algo para voltar atrás, já era tarde. Quando o algoritmo vendeu a primeira ordem, os outros algoritmos absorveram perfeitamente a ordem de venda e compradores montaram suas posições. Mas das 14h41 às 14h44, a rede de algoritmos acumulou 3.300 contratos que dispararam de volta a ordem de venda de 2.000 contratos para reduzir a exposição de longo período. Ao mesmo tempo, outros algoritmos começaram a executar outras ordens de vendas de 140 mil contratos simultâneos. Então, o sistema entrou em colapso, forçando outros algoritmos baseados em regras lógicas de volumes altos a saírem, vendendo suas posições.

Gritaria e telefonemas para todos os cantos, as televisões ao vivo noticiando a grande queda de mais de 9% em 10 minutos e todos se perguntavam o que estava acontecendo. Grécia, Rússia ou guerra? Ninguém sabia explicar e todos ficavam boquiabertos ao vivo nos programas de televisão observando o gráfico se desfazendo das ações.

O mecanismo de segurança das bolsas americanas falhou ao deixar a velocidade dos negócios ser maior do que o permitido. Segundo se apurou, um certo "obstáculo" de velocidade foi ultrapassado pelos algoritmos, burlando o sistema, aparentemente apenas como um erro de programação e não intencional.

Isso é o que o mundo financeiro todo aceitou. Mas para Ker, essa história não foi assim e novamente o ACI estava envolvido. E ele estava no meio de novo.

Em abril de 2010, um relatório secreto chegou para João Paulo no NUPE e uma reunião de fim de tarde foi necessária. Assim como em 2008, dessa vez eles teriam de mexer com o mercado. Ker não gostou do assunto, mas como a última vez que tentou conversar com João Paulo, o clima esquentou, resolveu ficar quieto e apenas obedecer.

— Pessoal, não preciso pedir sigilo. É ultrassecreto o que teremos de fazer, não podendo nada sair de nosso núcleo aqui. A ordem vem do setor secreto do banco e teremos de implementar nosso algoritmo novamente dentro do programa central.

Carlos Alberto e Rogério eram os dois novos funcionários e não estavam a par da última inserção. João Paulo pediu que Ker lhes explicasse o que aconteceria quando o algoritmo era inserido no sistema, principalmente do ponto de vista da velocidade dos outros procedimentos que ficariam mais lentos.

E, então, veio a diretiva de João Paulo:

— Desta vez, será diferente. Não apenas temos uma senha para colocar no sistema. Eles desejam que façamos alguns procedimentos para ativar uma coisa que estão chamando de "ilusão da cognição social" da rede.

João Paulo continuou:

— Essa diretiva fará com que os outros robôs de fundos e bancos ao redor do mundo comprem loucamente alguns ativos, mas, depois de algum tempo, se voltem para ajudar robôs que não compraram e forçá-los a vender para nós o que tiverem. Seria como nosso sistema tivesse "pena" dos robôs que não compraram e resolvam indicar uma ajuda algorítmica, que, na verdade, é falsa.

Ker não se conteve e com os olhos arregalados exclamou:

— Não! O quê?

— Você tá louco! — Disse João Paulo.

Ker ainda estremecido nem reparou o que dissera e acrescentou:

— Você só pode estar brincando, João! Fala que é brincadeira de alguém! Isso não pode acontecer!

— Acho que você perdeu a razão e não está percebendo que quem manda em você sou eu. Por que novamente seu questionamento?

— Porque isso que você está me pedindo eu já fiz em meu estágio de iniciação científica, foi exatamente o que eu fiz. Na verdade, esse é o efeito de algo que saiu errado. Era para os robôs se ajudarem durante um certo objetivo, mas eles abandonaram e resolveram sozinhos tomar a decisão de voltar atrás para ajudar os robôs que tinham ficado para trás.

— E daí? Quem está preocupado se seu estudo deu certo ou errado? Nós vamos fazer isso para ganhar dinheiro. Isso nada tem a ver com seu estudo. É muito para minha cabeça você achar que seu estudo de projeto final de curso é o mesmo do *software* secreto do ACI.

— Mas isso pode sair de controle e ninguém sabe como segurar a tal "ilusão de cognição social". A realidade é que esse é um parâmetro do algoritmo conhecido como "enxame de partículas". Sua alteração de forma errada leva os robôs para uma região incerta da topologia da rede interligada. Uma coisa que chamamos de "borda"!

— Você está falando grego conosco. — Retrucou João Paulo. — Na realidade, é para aproveitar a crise da Grécia que estamos montando essa operação. Vamos aproveitar a incerteza do mercado e induzir todos a fazerem o que desejamos, visto o enorme sucesso em 2008.

— Quem garante o sucesso disso? A que preço? Outra crise no mundo?

Ker estava alterado, com o sangue subindo aos olhos.

— Quem garante? Eu garanto. Ou faz, ou é demitido, ou ainda pior, vão sumir com você e com sua família. Escolha agora o que deseja, pois já estou cheio dos seus questionamentos.

João Paulo também estava alterado.

Ker pensou novamente em sua mãe e irmãos em primeiro lugar. Agora, sua mãe estava tranquila, seus irmãos empregados e com sua ajuda tinham até mesmo uma boa moradia e plano de saúde. Não poderia ser o salvador do mundo e prejudicar sua família por uma ideologia acadêmica.

— Está certo João, mas vai dar errado. O quer que façamos?

— Primeiro que você cale essa tua boca!

Nervoso, João Paulo continuou:

— A primeira diretiva é implantar a sequência desses comandos que cada um vai repetir separado dos demais. Não poderão trocar informações, apenas implementar as conexões da rede que farão as conexões com os robôs do mercado. Cada qual terá uma informação de centralidade e uma matriz de probabilidades de ligações e conexões diferentes, seguindo um padrão de aleatoriedade escolhido pela nossa central nos Estados Unidos.

— E quando começamos? — Perguntou Carlos Alberto.

— Imediatamente. Só vamos sair daqui quando todos os procedimentos estiverem inseridos.

Rogério, que até então estava calado, ousou perguntar:

— Haverá outros procedimentos?

— Sim. — Respondeu João Paulo. — Amanhã haverá outros, já com senhas específicas e separadas.

Os procedimentos duraram até a madrugada. Ker estava um caco, não conseguia pensar em nada, estava completamente exaurido. O nível de segurança era absurdo e as conexões entre as *functions* eram colossais. Ele sempre pensava no que perguntara o doutor Keller: "quem havia testado tudo isso?".

Quando maio chegou, João Paulo passou uma ordem para que todos do grupo, no dia 5, estivessem antes das 6h00 da manhã no Cubo. Por volta das 13h15, no Brasil, 14h15 em Nova York, João Paulo chamou a equipe e disse:

— É hora. Eis a senha de cada um. Vocês têm exatos cinco minutos para digitar e conferir os números.

Ker pegou sua senha e começou:

121 1331 14641 15101051 1615201561 172135352171...

Estranho, pensou Ker. Ele parece que, como das outras vezes, já tinha visto esses números antes. Não era estranha a sequência crescente desses números. Mas onde? Foi na faculdade? Em algum relatório do banco?

Ker tentou memorizar ao máximo as primeiras sequências para em casa buscar qual o padrão que tinha observado. Desta vez, não falou nada para João Paulo. Não quis levantar suspeitas novamente.

Às 14h30, tudo começou a cair no mercado mundial. João Paulo e a equipe toda, em total sigilo, começaram a acompanhar. A queda começou e João Paulo começou a comemorar internamente com um "isso", "isso". O Dow Jones começou a virar forte com queda de 1%. Na Bovespa, o primeiro solavanco foi quase imediato, chegando a 3% de queda.

Ker estava assustado, apenas observando a tela e a fisionomia de João Paulo. Carlos e Rogério estavam meio indiferentes. Às vezes, com sorrisos e, logo em seguida, com olhos assustados, viravam-se para Ker.

Após cinco minutos, no entanto, João Paulo mudou sua fisionomia. Algo não parecia sair como queriam. O Dow Jones já estava em 5% de queda e a Bovespa estava desabando quase o dobro disso. O telefone da mesa de João Paulo tocou e ele saiu em disparada da sala.

Ker olhou para Carlos e Rogério e todos se voltaram para a tela. Um buraco se abriu nos gráficos, em todos os gráficos, com todo mundo vendendo. Parece que os robôs não estavam comprando nada, nenhum. Tudo era sinal de venda. Os *books* de ofertas estavam travados.

Os telefones começaram a disparar como se fossem alarmes de incêndio dentro do Cubo, com todos os setores digitando loucamente, tentando reverter ordens de compra para venda.

Ker pensou: "Mas e os robôs?". Ele não entendia por que o pessoal estava digitando ordens em vez de clicar em comandos. Em setores mais tradicionais, Ker viu colegas desligando os computadores das tomadas!

O Dow Jones já estava em 9% de queda. As redes de televisão não conseguiam entender o que estava acontecendo. Falavam sobre a Grécia, outros sobre Portugal, outros sobre algum discurso na Espanha, mas ninguém sabia o que estava ocorrendo.

Ker começou a pensar nas palavras de João Paulo. Lembrou-se de seus robôs quando da simulação de Monte Carlo. O mundo estava passando por uma simulação de Monte Carlo real. E o que estava acontecendo era... sim... o efeito de borda! O efeito de borda, que ele e doutor Keller não podiam explicar, estava dominando os robôs na compra e venda.

Só poderia ser isso, e a maneira de interromper era colocar aqueles comandos de *if* que Keller fez como gambiarra.

Mais quedas, desesperos, e até mesmo parece que Ker viu algumas moças chorando num setor mais distante dentro do Cubo. Aquele era o setor de algoritmos voltados para os índices futuros.

Se ao menos Keller estivesse aqui, pelo menos poderia passar aquele comando que ele fizera no seu projeto de curso. Então Ker vê João Paulo vindo na direção deles correndo.

Façam imediatamente isso:

— Juntem as mesas. Tem de ser em conjunto e ao mesmo tempo. Vão até a linha 8759 de cada tela. Rápido, o mundo todo do ACI está fazendo isso, mas tem de ser agora. Escrevam esse comando.

Ker então perguntou:

— Mas você disse que não podemos mudar esse algoritmo, pois ele é da central.

— Cala a tua boca e faça o que eu mando! Mania de encher o saco Ker!

Quando Ker viu as linhas de comando, seu sangue gelou. Não é possível, a solução era muito parecida com aquela que ele inseriu no efeito de borda de seu experimento. Era um conjunto de *if* interligados com chamadas de rotinas recursivas. Ker, Carlos e Rogério digitavam como loucos enquanto João Paulo gritava em seus ouvidos tentando evitar qualquer erro na digitação.

— Agora é esperar e rezar. — Disse João Paulo.

Todos ficaram ansiosos, olhando para todo tipo de gráfico nas telas dos terminais das bolsas de valores. Devagar, as quedas foram estancando nos índices globais.

— Está parando de cair. — Disse Ker.

— Está voltando, acho que não vai cair mais. — Falou Carlos sem tirar o olho da tela.

E, assim como caiu, rapidamente os índices começaram a subir. João Paulo puxou uma cadeira e sentou-se soltando o ar que parecia estar preso há horas em seu pulmão.

Ker então perguntou:

— Mas não precisamos programar as compras?

— Não. O que fizemos evita que os programas do ACI que comandam os robôs entre nessas linhas. Algo não deu certo e os programas caminharam para essa linha de cognição. Não era para entrar aí. As simulações nunca indicaram essa passagem.

— O que fizemos então? – Perguntou Rogério.

Ker se preparou para a bronca de João Paulo. Mas ele estava tão exaurido com a camisa fora da calça, gravata frouxa, todo suado da correria que respondeu:

— Essas linhas formaram uma barreira nos algoritmos dos robôs, impedindo-os de cumprirem o curso normal de agregação.

O caminho foi obrigatoriamente desviado para o setor onde realmente eles deveriam estar. Como agora, com ganhos fantásticos!

E João Paulo continuou:

— Estão dispensados. Fizeram um ótimo trabalho.

Ker ficou pensativo. De alguma forma, ele estava novamente ligado aos fatos que pareciam com a teoria de conspiração que sempre se ouvia. Só que agora ele era o agente de tal teoria.

Chegando em casa, ele resolveu ficar no seu quarto refletindo sobre a senha que recebera. Onde viu aqueles números? Procurando em seu material de faculdade, viu uma lista de exercício. Sim, aí estava. Os números da senha formavam uma famosa sequência conhecida como potência de 11. Cada vez que se multiplicam por 11 os resultados formam números do famoso triângulo de Pascal.

Era isso! Alguém muito importante dentro do ACI mundial gostava de enigmas e séries matemáticas. Números de Fibonacci, depois números primos e agora números em potência de 11.

Ker ficou bastante tempo olhando para a série e observando como se formavam, que esqueceu até de pensar no ocorrido daquele dia. Um dia que entrou para a história das finanças como o *flash crash*, o *crash* mais rápido do mundo moderno.

11

11 x 11 = 121

11 x 11 x 11 = 1331

11 x 11 x 11 x 11 = 14641

Isso estava perturbando Ker. Ganhar dinheiro, muito dinheiro provocando o caos para os outros não estava correto. Ele tinha de conversar com alguém sobre isso. Não era possível ficar aguentando essa pressão sozinho, enquanto as pessoas achavam que o ocorrido era apenas algo de compra e venda, ou de políticas que afetam as finanças.

Era tudo fabricado e ele, apesar de ser uma peça minúscula, estava fazendo parte, dentro do ACI de algo, que na sua visão, estava saindo dos propósitos de um fundo. Sem sono, foi conversar com seu maior mentor. Foi até Keller, que dormia tarde na casa central e estava ainda com a luz acesa.

Chegando lá, bateu na porta e ouviu um "entrar" carregado no "r" típico do doutor. Sobre a mesa do professor, viu livros e mais livros a respeito de séries. Ker achou interessante e, aproveitando o gancho, resolveu conversar com Keller sobre o ocorrido. Sabia que era proibido, mas o doutor era mais do que um amigo e Ker precisava de alguém com quem desabafar.

19. A perseguição

Doutor Keller ficou estarrecido com o que Ker lhe contou. Não era possível! Ker deveria estar inventando ou aumentando as coisas. Mas ele foi incisivo, foi detalhista, contando os pormenores desde a crise de 2008. Disse estar assustado em participar de tudo aquilo.

Olhando para o teto, com suas sobrancelhas brancas, Keller tentou acalmar o garoto, indagando se ele não estaria aumentando demais sua responsabilidade sobre o ocorrido. Às vezes, estamos tão absortos no trabalho, que presumimos que tudo é nossa culpa, que o mundo é ruim por nossa causa.

— Não, não, não. Eu nem deveria estar contando isso, mas o algoritmo é muito parecido com nosso trabalho de iniciação científica. O que aconteceu hoje foi o efeito de borda de nossos experimentos. O mundo financeiro experimentou o que fizemos exatamente com nossos robôs.

— Não ser possível! Deve ter mais coisas importantes acontecer, o algoritmo dever estar mais ligado em outras coisas.

Sua cabeça estar bastante atrapalhada. Hoje ser um dia bastante complicado. Tentar dormir, faz bem.

— Quanto a dormir, o senhor tem razão. Mas não é invenção. O efeito de borda ocorreu, e alertei João Paulo, meu chefe. Alertei sobre nosso experimento, mas ele esbravejou comigo. O *flash crash* foi um efeito de borda!

— Mas pelo menos acharam a solução.

— Idêntica à sua solução no laboratório! Aqueles *if* encadeados com os mesmos tipos de chamadas recursivas foram as soluções. Pelo menos depois que rodamos, o mercado todo parou de cair.

— Sim, isso acontece no mundo todo. A solução algorítmica para o mesmo padrão de eventos é sempre parecida. Aliás, deve mesmo ser assim, caso contrário não se chamaria algoritmo.

— É, eu sei, doutor.

E, então, dizendo-se com sono, Ker se desculpou com Keller pelo incômodo, que respondeu com uma boa risada. O professor abraçou o pupilo, conversou com ele atravessando o jardim em direção à casa de sua mãe. Ao se despedir, alertou Ker:

— Eu achar que seu chefe ter razão. Não ser bom ficar falando isso por todo mundo, ser perigoso demais para você. Conte apenas para seu velho aqui, quando quiser e se precisar. OK?

E saiu sorrindo com a tradicional disposição dos dedos da mão com o sinal de OK.

Ker precisava encontrar-se com Gisele. A barra estava pesada demais e ela precisava saber quem realmente era João Paulo. Ele queria contar assim como fez com o doutor Keller.

Quando encontrou Gisele, foram tomar um café e conversar. Era um final de tarde e o ambiente no ACI estava mais calmo. Ker começou a rodear o assunto, procurando a melhor maneira de abordar todo o ocorrido. Quando começou a tocar no assunto, Gisele pediu para ele parar:

— Não quero saber dos assuntos do Cubo. E você deveria guardar todos os assuntos com você. É arriscado e ilegal contar coisas de dentro do Cubo para outros de fora. Inclusive para mim.

— Sim, mas é uma barra pesada demais. — Respondeu Ker.

— Eu sei. Mas como profissional, você deve suportar isso sozinho, sem se abrir para os outros. Por isso tem um salário diferenciado.

— Mesmo quando coisas erradas estão sendo feitas?

— Sim. Você assinou termos de confidencialidade. Deve cumpri-los.

Ker achou estranho o comportamento de Gisele. Mas no fundo, ela tinha razão, ele assinara os termos e deveria sofrer com isso. Ou não? Por quê? Em um instante, passou pela cabeça dele que os termos de confidencialidade não incluíam crimes. Isso que o ACI fez é considerado crime contra o sistema financeiro e dá cadeia em qualquer lugar do mundo.

Mas ao tentar argumentar com Gisele, recebeu um não como resposta:

— Pare! Você não está com a razão. O que o ACI faz não é crime, pois todos fazem.

— Errado. — Disse Ker elevando a voz também.

E continuou:

— Uma coisa é a competição saudável, a disputa e a criação de estratégias que são direitos do banco e devem ser mantidas em sigilo. Outra coisa é mexer com o sistema financeiro não somente para induzir a erros, como fraudar compras e vendas.

— Já disse para você não falar mais nisso. É perigoso e ilegal. Eu não quero saber.

— Perigoso por quê?

— Porque todos do Cubo são vigiados o tempo todo. Ou você acha que mesmo sendo demitido estará livre. Eles vão te vigiar de perto por 18 meses ou mais. Imagine você sendo funcionário. Já parou para pensar, ou acha que todos lá são patrões de botecos? Acorda, garoto!

— Impossível falar com você!

— Sobre esse assunto, sim! Nunca mais me conte nada! — Bradou Gisele.

Despediram-se de maneira fria e cada um seguiu seu caminho. Ker estava muito bravo com o comportamento de Gisele. Ele não entendia essa devoção ao ACI e ela não querer enxergar as coisas erradas que estavam acontecendo.

Muito pensativo, resolveu não esmorecer. Não era certo o que eles tinham feito e sabe-se lá o que fariam pela frente. Quanto mais pensava, mais a raiva o tomava. Observava os noticiários, as taxas de desempregados, a quantidade de empresas falindo, tudo aumentava ainda seu sentimento de culpa.

Decidiu, então, que o primeiro passo era tentar ver o que o programa que ele inseriu fazia. Mas como verificar isso sem ser notado? Segundo João Paulo, rastros eram deixados. Ele poderia *hackear* o sistema, mas isso era muito perigoso.

Então Ker parou para pensar e lembrou. Ele não precisava *hackear* nada, ele tinha a senha. Era só montar a série completa em potência de 11. Isso ele sabia fazer bem rápido. Mas seria a senha válida? Ativaria o programa? E se ativar, claro que ele seria pego. O que fazer?

Lembrou de Cookie, seu amigo. Ele se metia em todas as áreas, com certeza teria alguma ideia para isso. Esperou alguns dias e finalmente encontrou-se com Cookie. Contou toda história e seu velho amigo ficou muito interessado.

— Cara, que história bizarra! Adorei esse crime!

— Você tá louco, Cookie? Estou querendo me livrar da culpa e você fica achando legal tudo isso?

— Mas você tem de admitir que é a teoria da conspiração perfeita. Foi muito bem executada. Apesar disso, sua parte foi ínfima. Imagine só, brasileiro ajudando a derrubar o mundo financeiro! Você apenas instalou um *software*, só isso. Para de achar que o mundo é seu umbigo!

— Mas essa pequena parte compôs a maior queda e mais rápida de todos os tempos.

— Tá bom, Ker. O que você deseja fazer? Ir à polícia?

— Claro que não, Cookie! A minha ideia é tentar abrir o programa para ver o que ele faz e o que realmente ajudei a fazer de mal.

— Meu, você endoidou de vez. Tá drogado? Esquece isso!

— Não consigo, por isso te procurei. Não tem jeito de fazer isso, mesmo eu sabendo a senha?

Cookie, então, pensou um pouco e começou a sua argumentação pensando alto para Ker ouvir:

— Vamos supor que você consiga entrar. Vai deixar rastro. O arquivo *log* do computador deixa tudo armazenado no servidor. Outro problema é que poderá ativar o tal algoritmo, aí meu irmão, você tá morto. Não está preso, está morto, ouviu?

— Já pensei nisso, Cookie.

— Me dê umas semanas. Vou conversar com uns caras quentes.

Despediram-se. Ker foi para casa, muito pensativo, o que deixou sua mãe ficar preocupada. Doutor Keller também o achou estranho. Até de madrugada, via-se que a luz do quarto de Ker continuava acesa . Pensativo, Keller sentiu que Ker estava muito ligado ao emprego no ACI e que talvez isso fizesse mal à sua saúde.

Semanas se passaram até que Cookie voltou a falar com Ker. Cookie também se interessara pelo assunto e estava quase irreconhecível, com barba por fazer e parecia não tomar banho há algum tempo.

— Ker, tem uma maneira de fazer o que você deseja. Estudei muito com os caras quentes de que te falei.

— Como?

— Você deverá inserir este USB no seu terminal.

— Não posso. Respondeu Ker.

— Não precisa ser dentro do Cubo, pode ser em qualquer computador que use algum tipo de conexão externa com a internet.

— Isso até dá. — Respondeu Ker.

— Mas como vou entrar com esse USB? Tudo na entrada é verificado.

— Por isso consegui essa caneta. Com esse minúsculo USB, você coloca ele assim, apertando nessa abertura do tinteiro da caneta. Nenhum radar ou segurança vai perceber e, assim, o USB estará dentro do ACI.

— Tá. Respondeu Ker, prestando muita atenção.

— Depois de fazer isso, você terá de acessar a *deep web*. É perigoso e terá de seguir o protocolo que vou lhe passar. O guia deve ser seguido passo a passo, e depois deverá apagar tudo o que foi feito. Treinei isso todos esses dias para te fazer esse manual.

— Mas tenho de fazer isso dentro do ACI?

— Não, de jeito nenhum. Vai fazer no computador da sua casa. Apenas arranje um jeito de deixar o USB conectado.

Se ele estiver conectado, mesmo que seja numa impressora online, já serve.

Cookie falava isso com brilho nos olhos, quase sorrindo de felicidade, como se tivesse dando aulas ou montando estratégias de guerra. E continuou:

— Uma vez no seu *notebook*, na sua casa, você vai acessar esse *software*, vai instalar esses *plug-in* e depois configurar seu sistema com esses arquivos *log*. Quando ele pedir a senha, digite a senha que você tem e... pronto. Estará no tal algoritmo dos caras, como se fosse dentro do banco. E o melhor, estará invisível no sistema.

— Sério?

— Hummm, digamos 98% de certeza.

— Opa, mas esses 2% de erro são perigosos! — Reclamou Ker.

— Cara, não existe nada 100% seguro no mundo. Nem a vida é 100% segura. É o melhor que consegui para seu caso. E ainda assim pode abrir a carteira, pois esses caras me cobraram muito e não tenho dinheiro. É pegar ou largar.

— Claro, fica tranquilo. Eu te pago agora mesmo via transferência.

— Nem pensar. Não quero nada de rastro. Me dá em dinheiro e passo para os *brothers*.

— Está certo, tem razão.

Ker ficou preocupado com os 2% de chance de errar. Mas todo mundo comentava que a *deep web* era o lugar correto de crimes, pois ninguém lá é pego por nada. Valeria a pena correr esse risco só para olhar um algoritmo?

Passaram-se algumas semanas até Ker colocar seu plano em andamento. Pagou Cookie, o que não foi nada barato. Ker passava todas as noites, horas e horas, na frente de seu teclado em casa, pensando se deveria digitar os comandos para instalar os *softwares* da *deep web* ou não. Às vezes, chegava a preencher alguns campos, mas, na hora de teclar em "Enter", desistia.

A gota d'água foi uma discussão certo dia, quase no final do expediente. A reunião do grupo IEI era sempre chata e isso era uma coisa que realmente entediava Ker. O assunto era o uso do *Value at Risk* como medida de avaliação do risco nos algoritmos do grupo. Ao perceber que Ker estava entediado, João Paulo o questionou:

— Algum problema, Ker?

— Não, nenhum.

— Então por que essa cara de preguiça? Não está a fim de trabalhar?

— Já trabalhei bastante hoje, estou apenas analisando o que você está dizendo e acho que você está errado.

— Como errado? Por que você acha que sempre seus algoritmos são melhores e os meus estão errados?

— Desculpe, não quis dizer isso. Mas ao assumir 95% de confiança na previsão do risco, estamos usando uma distribuição gaussiana, que não é muito correta para os tipos de retornos de que estamos tratando.

— Claro que é correta. Todos os grandes analistas recomendam esta técnica estatística.

— Todos os analistas de fundos e bancos pensam que estão corretos, não significa que a teoria está sendo usada de forma correta. É só ler textos acadêmicos em vez de entrevistas em *cartoons* dos bancos.

Isso tirou João Paulo do sério e os dois partiram para palavras mais ásperas e rudes um com outro, a ponto de o restante da turma ter de interferir. A reunião terminou e aquela foi a tarde em que tudo deveria mudar.

Ker não pensou duas vezes ao chegar em casa. Depois do jantar, conversou mais algumas horas com sua mãe e disse que se recolheria ao quarto. Então criou coragem para instalar os *softwares* da *deep web*.

Foi um longo e cauteloso processo, estudado passo a passo e pensado e repensado. Em alguns momentos, Ker checava na internet se estava realmente usando os códigos e comandos adequados.

E então.... nossa! Funciona. Outro mundo se abriu para Ker, com sites que ele nunca vira antes. Os fóruns mais assustadores, com comércio de tudo, pedofilia, órgãos, armas, sequestros, absolutamente tudo o que tem de mais assustador.

Deixou isso de lado e passou a instalar os *softwares* que Cookie havia selecionado para sua atividade contra o ACI. Pronto, estava instalado. Agora deveria colocar o tal USB em algum equipamento do ACI. No dia seguinte, observou todas as câmeras, tudo o que as outras pessoas estavam fazendo.

Simulou, então, um cabo desconectado na impressora de sua área no NUPE, mas no lado externo do Cubo. E balançando o fio como se estivesse solto, acessou a parte de trás do equipamento. Com cuidado colocou o USB diretamente na porta de entrada da máquina. Era um USB diferente, com dupla entrada. Ker nunca vira um desses antes.

O cabo da impressora entrava numa ponta do USB que ele trouxera e o USB entrava na porta da máquina. Com isso, a impressora continuava a funcionar normalmente e o USB ficava com o sinal de conexão do banco em sua memória. O detalhe é que a impressora deveria estar ligada o tempo todo para ele funcionar.

Chegando em casa, para sua sorte, sua mãe tinha ido visitar um dos irmãos e dormiria fora naquela noite. Perfeito, pensou Ker. Ele precisava de concentração total. Ligou o computador e acessou a *deep web*. Ainda se espantava com as coisas que via, loucuras do mundo que poucos conhecem.

Começou a ligar os softwares e telas múltiplas se abriram no computador, com dados correndo e uma porção de comandos rodando tela abaixo. Então tudo parou com uma palavra piscando com interrogação:

++++++++ ***passcode?***

Um calafrio correu seu corpo. Pensou em desistir, mas lembrou de todas as discussões no ACI, os comportamentos estranhos de Gisele e João Paulo e de como ele era feliz na universidade, mas não tinha consciência. Fechou os punhos esquerdos e com os dedos da mão direita começou a colocar a senha:

++++++++ ***passcode?*** 121 1331 14641 15101051 1615201561 172135352171 ...

Ao terminar, ficou esperando. Nada aconteceu. Quanto tempo isso demoraria? Será que desligaram a impressora e o USB instalado não estava funcionando? Mas de repente, sua tela inteira ficou escura, com o cursor branco piscando no lado esquerdo da tela e então:

— Minha nossa! Estou no servidor central de Nova York!

Um sentimento de enorme alegria e medo tomou conta de Ker. Por instantes, lembrou-se do que aconteceu na *lan house* de Palito. Sim, até o cheiro do ambiente parecia o mesmo diante do medo. Agora não tinha volta, era seguir caminho para descobrir o algoritmo.

Passo a passo, Ker digitou os comandos com as mãos trêmulas e um nervosismo quase incontrolável. O programa em si não tinha novidades, era uma programação bastante conhecida de Ker, em linguagem C++, com rotinas externas em outras linguagens. Algumas dessas rotinas até pareciam linguagem Cobol. "Nossa, o fundo ainda usa isso como linguagem?", pensou ele.

Percebeu que uma noite só não seria suficiente. Era muita informação e muita informação irrelevante. Por um instante, pensou até que poderia se transformar em milionário. Certamente dali onde estava poderia cometer o crime de transferir dinheiro de outras contas para sua conta.

Mas logo veio o arrependimento por ter essa ideia maluca. Estava fazendo aquilo justamente para tentar corrigir um erro, e não para cometer outro maior. Limpou sua mente e continuou investigando.

Passava das quatro horas da manhã e ele caíra no sono na cama com o computador ligado. Acordou assustado de um pesadelo e limpou os olhos. Pegou um pouco de água, café na garrafa e voltou para o computador. Então achou algo estranho. Um dos passos não se encaixava na lógica dos demais e desviava o programa para uma outra pasta.

Ao fazer uma busca dessa outra pasta, percebeu uma série de rotinas com codinomes bem interessantes como *crash1*, *crash2*, *crash3* até chegar a *crash50*. Ao abrir a primeira *crash1*, estavam lá nos comentários iniciais da descrição. Era isso. Esses códigos eram os algoritmos que deveriam operar o mercado da maneira que o ACI desejava.

Ficou na dúvida se deveria baixar e copiar esses códigos ou apenas entendê-los. Percebeu que se baixasse isso, seria um roubo. Não queria roubar, apenas desejava entender o que de fato o algoritmo fez e por que prejudicou tanta gente. Entre diversas passagens, quando chegou ao código *crash33* identificou algo que conhecia.

Era a lógica para trabalhar com redes de grafos, marcando os nodos, as matrizes de ligações, os pesos dessas ligações. Os nodos faziam parte de um vetor enorme e logo Ker percebeu que todos os nodos representavam todos os códigos das ações do mundo inteiro. Todas as bolsas de valores estavam interligadas nessa rede. Todos os *home-brokers* estavam ligados a essa grande rede.

"Meu Deus!", exclamou para si mesmo. Ele observou algo que lhe era familiar. Foi até a estante e abriu loucamente diversas pastas de papéis, jogou-as ao chão, foi jogando tudo que encontrava e dizendo sempre: "onde está? onde está? onde está?"

— Sei que estava aqui. Não, ali. Não era a pasta vermelha com elástico preto, cadê ela, estava aqui...

Então, achou. Sim já fazia muitos anos, mas estava ali. O seu código de iniciação científica impresso ainda lá na universidade. E foi direto para a parte da impressão de 50 páginas que mais lhe interessava. Folheando loucamente, de um lado para outro até que...

— Sim, aqui está! Eu tinha certeza. Mas como?

Ker colocou, então, a parte impressa do seu algoritmo junto a tela do seu computador e comparou a lógica. Elas não eram semelhantes, eram as mesmas! Isso não fazia sentido. Ele já vira colegas que colavam em trabalhos escolares, que colavam nas provas e só tinha um jeito de algoritmos serem idênticos. Foram copiados.

Já bastava, ele sabia agora por que o algoritmo do *flash crash* falhara até mesmo para a estratégia do ACI. Usaram o mesmo raciocínio de sua ideia para a rede de robôs do laboratório e também cometeram o erro de não perceberem o efeito de borda.

O Sol já raiava e Ker se deu conta de que não dormira a noite toda e ainda tinha de trabalhar. Tratou de desligar tudo, apagar os rastros como Cookie orientara no extenso manual, desinstalar os *softwares* e fechar tudo. Guardou novamente bem arquivado sua impressão do algoritmo, pois ele sabia que a ideia do fundo foi a mesma que ele usou.

Quando chegou ao banco, assustou-se com o que viu. Colocaram seguranças reforçados na entrada e detectores de metais. Todo mundo teria que abrir suas malas, bolsas e mochilas e os celulares deveriam ter as baterias retiradas. Algo estranho aconteceu.

Então, o pensamento lhe veio. Será? Não, não é possível. Não seriam tão rápidos assim. Só então lembrou-se do USB. Teria de pegar o USB e destruí-lo como havia ensinado Cookie. Quando entrou no Cubo foi direto para seu setor e simulou de novo um cabo desconexo da impressora no lado de fora.

Mas.... o USB não estava mais lá. "Ferrou!", pensou ele, "descobriram". Ao abrir correndo seu computador, guardar suas coisas nas gavetas como de costume, reparou que recebera diversos e-mails. Abriu os e-mails como fazia todas as manhãs e um e-mail tinha um assunto diferente. E o pior, estava com cópia para João Paulo, seu chefe do NUPE, e logo Ker percebeu que a enrascada estava apenas começando.

From:
Sent: Tuesday, July 03, 2012 9:01 AM
To: Ker@ACI.com
Cc: JPaulo@ACI.com
Subject: Stop

O que seria esse assunto *Stop*? Quando o abriu para ler, havia apenas um recado em inglês:

Pare com isso. Sabemos o que você fez. Você está em risco desnecessário junto com sua família.

O que era aquilo? Não havia o nome ou endereço de quem enviou. Isso era impossível, quem poderia saber o que ele fez? Será que apenas inventaram para que ele falasse a verdade?

Ker estava pasmo, branco, pálido. E o pior ainda estava por vir. João Paulo acabara de ler o e-mail e da mesa dele olhou de longe para Ker. Os dois se olharam e João Paulo foi direto ao encontro de Ker com o dedo indicador em riste.

— Eu te avisei! Eu te alertei! O que você fez, porra?

— Vou te contar, mas acho que aqui não dá. Respondeu Ker.

João Paulo insistiu:

— Não tem outro lugar. Tem de contar agora. Talvez não tenhamos tempo e você ainda me meteu nessa. Caramba, Ker, estou te alertando faz tempo. O que foi que você fez?

Ker começou a contar rapidamente, andando por um corredor vazio que dava na salinha de café. João Paulo só balançava a cabeça de forma negativa, não querendo acreditar na atitude de Ker com as mãos no bolso e, depois, passando-as pela cabeça.

— Mexer na *deep web* para invadir o ACI? Você precisa ser internado num hospício! Mas que droga! E o pior que me coloca no rolo.

— Assumo a responsabilidade sozinho, vou livrar você.

— Claro que vai assumir. Eu quero que você se dane. Mas para quem? Quem enviou? Não temos remetente, nem temos ideia de quem descobriu. Pode até ser seu próprio amigo querendo pregar uma peça. Ou os caras de quem você comprou essa droga de *software*.

— Não, Cookie não faria esse tipo de brincadeira.

— E eu acreditava que você nunca faria uma besteira dessas. E agora? Quem garante o quê?

— Calma, vamos pensar.

— Pensar, Ker? Quem vai pensar é você, saia dessa, não tenho nada com isso. E vou te dizer mais: você realmente corre risco de algo ruim acontecer.

— Como assim?

— Já houve boatos de que, na década de 1990, em outros países, funcionários que bisbilhotavam o ACI não eram processados. Eram mortos!

— Imagina, você está querendo me assustar.

— Tá vendo? Você nunca acredita em mim. Acha sempre que você é o espertinho e sabe de tudo. Não sabe de nada. Realmente, a enrascada é enorme. Agora é esperar pelo pior e só se arrepender não vai salvar nossa pele. Quer dizer, a sua pele.

— Vou procurar o USB. Ele é a relação de tudo. — Afirmou Ker.

— Procurar o quê? Descobriram essa tua sujeira porque já estão de posse desse tal USB. Danou-se. Ferrou-se. Você se vira, cara!

Aquele dia seria um marco para Ker. Deixava de ser apenas suspeita de João Paulo, para ser investigado por alguém. Alguém do banco? Alguém de fora? Quem?

20. Trágicos desfechos

— Você foi pego, Ker. Te pegaram, amigo!

Cookie estava assustado. A felicidade de fazer sacanagens acabara e, pela primeira vez, ele viu a sua vida começar a se enrascar com seu melhor amigo. Os tais 2% de chance de dar errado deram errado. Ele continuou falando com Ker:

— Foi o USB. Descobriram de alguma maneira. Com certeza, foi com ele que chegaram até você.

— Mas como, apenas um USB? — Ker não entendia essa ligação.

É que o USB também salva arquivos *log* que você usava. Ele é uma espécie de pegada digital. Se apenas usasse algo público ou geral, nunca chegariam até você. Mas é que você usou a senha da potência de 11.

— E essa senha deve ter sido reservada e única para cada um do grupo?

— Exatamente. Ao checarem o USB, viram qual foi a senha que abriu o algoritmo e por ela deduziram que foi você. Eles também não têm prova nenhuma do crime, mas eles têm uma certeza relativa sobre você.

— Por que relativa?

— Porque você poderia alegar que alguém do grupo viu a senha e copiou para depois te incriminar.

— Impossível. Elas vieram lacradas. Cada uma tinha seu lacre aberto na frente do João Paulo.

— Mas cada uma tinha um nome?

— Não, mas tinha nosso... putz! Tinha nosso código de funcionário do ACI!

— Aí é que está. Sabem que foi você.

— E como posso sair dessa?

— Primeiro, tente recuperar o USB. Pode não servir para mais nada, mas podemos tentar algo. Segundo, vou conversar com os caras que venderam o serviço, mas acho difícil eles ajudarem. Não gostam de salvar ninguém de encrencas.

— Está certo, Cookie. Te agradeço novamente. Segue seu rumo, vou pensar no que fazer.

Passados alguns dias, Ker não conseguia conversar com João Paulo. Ele deveria estar muito bravo. Não aparecia no ACI desde o tal e-mail.

Certo dia, ao chegar para trabalhar, Ker reparou que todos no Cubo estavam estranhos, olhando muito para ele. Começou a reparar que quando se levantava para ir a algum lugar, todos fingiam trabalhar, mas estavam olhando para ele.

Ao conversar com Carlos Alberto, seu coração disparou.

— É, Ker, João Paulo foi demitido. Ninguém o viu chegar, nem sair. Mas o boato muito forte é que ele não está mais no ACI.

— Não pode ser.

— Mas é isso que comentam.

— E quem vai nos chefiar?

— Esse é outro boato. Parece que vão desfazer nosso grupo do NUPE e vamos ser transferidos para fora do Cubo.

Para Ker, estava claro. João Paulo tinha razão sobre ele. Estragou a carreira de um colega por causa de seu atrevimento. Tinha de corrigir isso, de alguma forma. Tentou ligar para João Paulo, manter algum contato por e-mail particular, mas nada. Nenhuma resposta.

No fim do dia, veio um funcionário que ele nunca vira antes anunciar que o grupo fora dissolvido. Cada um seria transferido para outro setor do ACI. E Ker foi para o setor de arquivos de clientes do ACI, trabalhar apenas com banco de dados, com relacionamentos entre clientes, com programações básicas apenas para extrair informações para gerentes de áreas.

Em resumo, ele fora rebaixado. Perdeu direito a bônus, seu salário foi reduzido e os colegas viraram a cara para ele. Sua fama de encrenqueiro se espalhou.

Ker não ficou desolado. Ficou furioso e concebeu um plano ainda mais perigoso. Fazer tudo de novo no banco. Queria descobrir por que demitiram João Paulo, e não fizeram nada mais sério com ele próprio.

Ele, Ker, era o responsável por tudo. A punição deveria recair sobre ele, e não sobre João Paulo. João Paulo era apenas chefe, apesar de responsável pelo seu funcionário, não era o principal culpado.

— Agora, vou te internar! — Exclamou Cookie.

— Tenho de fazer isso.

— Você quer entrar com outro USB, invadir de novo para mexer de novo no algoritmo como vingança? Quer salvar um cara que não estava nem aí com você?

— É uma questão de justiça. Devo isso a ele. E agora eu também estou queimado e rebaixado no banco. Não tenho mais pretensões a nada.

— Claro que tem, Ker. Tem sua mãe, seus irmãos. Esqueceu que mantém todo mundo financeiramente?

— As reservas são boas. Dá para me manter por um longo tempo. Me arranja outra caneta e outro USB.

Cookie achou maluco, mas prometeu trazer o mais rápido o mesmo tipo de conector. Não demorou muito, no dia seguinte Ker já estava de posse de outro USB. Só que agora a entrada no banco estava mais perigosa. Detector de metal havia sido instalado.

Ao passar pela barreira com a caneta escondendo o USB, respirou aliviado. Mas precisava conectar esse USB em algum computador perto do Cubo. Como agora ele não poderia mais entrar no Cubo, tinha de colocar em algum cabo próximo.

Teve a ideia de chegar muito antes de todo mundo no dia seguinte. E assim fez. Ao chegar até uma porta antes da entrada principal interna do Cubo, Ker foi a mesa da secretária. Apenas o pessoal da limpeza estava nos corredores, com vassouras de pelo, aspiradores de pó, falando de amenidades.

Ker fingiu entrar num banheiro e esperou algumas mulheres virarem o corredor próximo ao computador da secretária. Agiu rapidamente, correu até o computador, mexeu nos cabos embaixo da mesa e instalou o USB. Pronto! Agora era esperar a noite chegar em sua casa.

Como agora estava fora do Cubo, seu horário de saída era o normal com todos os outros analistas. Depois da notícia de

João Paulo, Gisele estava ainda mais fria com Ker. O namoro continuava, mas estava bastante frio o clima entre os dois. Ela nunca perguntara como foi, nem mesmo ela vira mais seu amigo João Paulo.

Em casa, Ker esperou sua mãe dormir. Esperou a luz da casa do doutor Keller se apagar e, então, começou a refazer todos os passos anteriores. Porém, agora seria diferente. Ele faria o *download* de tudo, de todos os algoritmos envolvidos nas trapaças do banco. E, claro, o principal algoritmo para mostrar para o doutor Keller e provar que era o mesmo que tinham usado no seu laboratório.

Novamente, levou a noite toda, mas Ker estava com tanta adrenalina de raiva que nem sentiu sono como da primeira vez. A senha ainda era a mesma. Novamente, inseriu os mesmos números. Quem quer que tenha descoberto, por alguma razão não percebera que o acesso a tal área nos Estados Unidos fora com a senha da potência de 11. Ou saberia e deixou de propósito para pegá-lo?

Ao pensar nisso, Ker parou. Seria ele algum "boi de piranha". Sim porque o natural era o ACI trocar todas as senhas, apagar os vestígios e mudar as pastas onde estavam os algoritmos. Mas agora era tarde. Os *downloads* já estavam em curso, não poderia parar agora.

Quando voltou ao banco pela manhã, foi direto ao computador da secretária. E dessa vez ele ficou feliz. O USB estava lá, ainda conectado. Desta vez, não o descobriram, pois não retiraram o USB. E Ker ficou mais tranquilo.

Abriu seu e-mail, meio gelado por dentro com medo de receber outra mensagem estranha. Mas... ufa! Nada como da última vez.

Quando passava das 11h00 da manhã, um telefonema levou tristeza ao coração de Ker. Sua mãe aos prantos contou que seu irmão Pedro morrera atropelado por um motoqueiro quando ia para o trabalho.

Coração, cabeça, tudo doía em Ker. Pedro era um rapaz batalhador, tão batalhador quanto Ker. Já casado, era vendedor em uma loja de construção e mesmo com a vida difícil, era um rapaz feliz.

Apesar de Pedro não querer, Ker depositava uma espécie de mesada para o irmão todo mês, o que deixava sua mãe feliz e calma. Mas naquele dia, ao descer do ônibus, distraído, Pedro atravessou a rua fora da faixa de pedestre. Um motoqueiro veio em alta velocidade e atropelou-o, jogando-o dez metros à frente, na calçada.

Pedro bateu com a cabeça na sarjeta e, com traumatismo craniano, morreu ainda a caminho do hospital. O motoqueiro largou a moto e fugiu, correndo, sem que ninguém soubesse quem era. Mais um caso como tantos outros na cidade.

A moto não tinha placa, o número de identificação estava raspado e pelo jeito, segundo a polícia, era roubada. Dona Juliana estava arrasada. Por mais que Ker tentasse consolá-la, ela não se continha.

No enterro, Gisele apareceu e ficou o tempo todo ao lado de Ker, também transbordando carinho e falando palavras de conforto para Ker e para sua mãe. Doutor Keller não se continha de tristeza, com as sobrancelhas brancas e grandes caídas, o tempo todo vindo e indo ao lado de dona Juliana. Era muita dor para ele ver um jovem ainda em início de vida ter um fim tão trágico.

Vó Tiana estava à base de remédios. Não se continha em dizer por que ela não fora chamada por Deus no lugar do neto que, com a vida toda pela frente, morrera de forma tão trágica.

E parece que Deus se lembrou dela.

Uma semana após o enterro do neto, vó Tiana foi encontrada morta em seu pequeno cômodo. Já bastante debilitada com pressão alta, segundo os médicos socorristas, ela teve morte súbita. Um ataque do coração fulminante acometeu a vó querida de Ker.

— Uma semana! Por que, meu Deus do céu? — Bradava aos prantos novamente dona Juliana.

E novamente, a mesma tristeza se repetiu em mais um velório. Ker estava arrasado. Não tinha ânimo para ir trabalhar, para comer, para beber e nem mesmo para ver os amigos e a namorada. Duas mortes familiares em uma semana, fora demais para ele.

Sua vida tinha virado pelo avesso, de cabeça para baixo, depois que ele acessou a *deep web*. Parece que realmente aquilo era do demônio. Tudo começou a dar errado em sua vida.

Passados alguns dias, ainda terrivelmente abatido, Ker ainda se perguntava o que fizera de errado. Por que deu esses passos em busca do abismo? Agora, de posse dos algoritmos do banco, poderia entender tudo sobre o ACI, especificamente sobre as crises financeiras que o banco criou. Mas ele não tinha mais ânimo nem para isso.

Cookie insistia para que Ker deixasse esse assunto pra lá:

— Apaga tudo isso, Ker.

— Não posso. Sou movido por algo maior, é mais forte do que eu. Devo entender e estou querendo contar para todo mundo.

De jeito nenhum. Você não deve fazer isso. Apaga tudo, troca de emprego, vai pra outro lugar.

— Trocar de emprego? Você não está vendo a situação financeira desse país? Milhões de desempregados. Até mesmo o ACI começa a falar em demissões, menos aqueles filhos da.....

E então Ker não completou a frase.

— Vou conversar com doutor Keller. Vou contar a ele que tenho todo esse material e pedir sua ajuda.

— Não faz isso Ker, é muito perigoso.

Ker deu de ombros para as palavras de Cookie e, num final de sábado, procurou Keller. Ao contar sobre o material que tinha, Ker instigava Keller que pulo da cadeira dizendo:

— O quê? Pare! Você ainda está mexendo com isso? Isso está se tornando paranoia!

— Preciso de sua ajuda. O mundo precisa saber disso. Está tudo errado o que o ACI fez.

— Onde está esse material?

— Isso, não vou falar. Está bem guardado e seguro. Não vou arriscar a vida de ninguém.

— Está aqui na sua casa?

— Não vou falar. Nem sim, nem não. Mas tenho esse material e estou pensando em entrar em contato com os jornais.

E quase gritando, doutor Keller falou:

— Não! Não! Não! Você passar dos limites Ker. Largar de ser teimoso desse jeito e poder se prejudicar com jornalistas.

Ker nunca tinha visto Keller com tanto medo. Ele não parecia bravo, mas temeroso demais. As sobrancelhas brancas estavam levantadas, espetadas.

— Quero que entregue todo esse material pra mim, como segurança.

— De jeito nenhum. Não quero que o senhor corra risco. Esse material está bem guardado e seguro e nada vai trazê-lo às mãos de ninguém, a não ser para algum jornalista.

Falando isso, Ker saiu da casa do Dr. Keller. Encontrou-se com sua mãe, que ainda abalada pelas duas mortes na família, ouviu a voz alta de Keller.

— O que aconteceu filho?

— Nada, mãe.

— Você brigou com doutor Keller?

— Não, mãe. Fique tranquila, apenas estávamos falando sobre novos rumos da teoria da computação. Ele não concordou com meu ponto de vista.

— Mas eu nunca vi meu patrão desse jeito. Por favor filho, não brigue com ele.

— Mãe, não esquenta. Tenho doutor Keller como um pai, um avô.

A mãe começou a chorar, ao se lembrar do marido, seu filho morto alguns meses atrás de forma trágica, sua mãe morta e agora uma possível briga de Ker com seu patrão.

Ker acalmou sua mãe, conversaram bastante sobre o passado e lentamente dona Juliana foi ficando com sono. Ela seguiu para o quarto, apagou as luzes e dormiu. Já Ker estava pilhado. Estava com a ideia fixa de procurar alguém para divulgar tudo o que tinha. Mas também sabia que deveria proteger sua mãe e a si próprio.

Para quem ele poderia entregar esse material?

21. Tramas mortais

Ker não dormiu direito a noite, pensando em qual jornal, qual jornalista seria especializado em computação e, além de tudo, confiável. Quando chegou ao ACI, ainda muito triste pela situação de sua vida, abriu seu e-mail e percebe uma mensagem estranha.

From:
Sent: Tuesday, March 13, 2015 9:45 AM
To: Ker@ACI.com
Cc:
Subject: Your Life

Com o assunto "Sua Vida" no início do e-mail, a princípio Ker achou que era mais uma daquelas propagandas chatas de seguro de vida, ou plano de saúde, que recebia todos os dias. Mas quando o leu, descobriu que eram ameaças.

O texto do e-mail dizia que pessoas tinham protegido Ker do pior, mas sua insistência em prejudicar o banco abriria as portas do inferno e ele conheceria o que de pior poderia acontecer em sua vida.

Ker saiu correndo num primeiro momento desejando parar na primeira delegacia para entregar o e-mail de ameaça. Mas depois de ligar para Cookie, tirou essa ideia da cabeça:

— Se levar até a polícia, vai ter de contar tudo!

— Vou contar tudo. Vou entregar todo o material que tenho.

— Você está pronto para ser preso?

— Eles sim, eu não.

— Você será preso, Ker. Você roubou o banco. Você baixou algoritmos que são do ACI, algoritmos secretos. E mais, você participou de todo o esquema para derrubar o mercado. Já pensou em sua mãe te visitando na cadeia, sendo revistada, tendo de tirar a roupa?

Ker parou. Parou no meio da calçada, alguns quarteirões do banco com o telefone celular na mão e agradeceu a seu amigo Cookie. Ele tinha razão, esta não seria a melhor solução. Qualquer que fosse o desfecho ele seria preso também. Como não tinha dinheiro, os responsáveis do ACI comprariam a liberdade enquanto ele pegaria, por baixo, uns dez anos de cadeia.

Ele teria de esfriar a cabeça. Voltou caminhando para o ACI, a pé ainda lendo o e-mail que recebera. Quem mandou isso? Reparou que o texto dizia em "conhecer o pior que poderia acontecer". O pior seria sua morte, ou não.

Não, o pior poderia ser outra morte na família. Em segundos Ker fez uma dedução maligna. Seria a pessoa do tal e-mail a responsável pela morte de seu irmão e de sua avó?

Não, claro que não. Sua vó morreu de ataque cardíaco. Tirou a ideia maluca da cabeça, mas ainda assim ficou pensando o que aquele texto estaria dizendo. Então deduziu que teria de partir. Sim, novamente por sua culpa, ele e sua mãe deveriam deixar o local onde moravam e partir. Para outro estado, longe de todos.

Novamente Ker deduziu que corriam riscos ele e sua mãe. Foi almoçar com Gisele naquele dia e mostrou o texto. Gisele tentou acalmar Ker:

— Não se deve tomar nenhuma decisão precipitada.

— Preciso ir embora.

— Talvez a pessoa queira algo que você tem. Você tem algo que eu não saiba?

— Gi, meu amor, não quero te envolver nisso. Você pode correr risco também.

— Acho que você está passando por um momento muito ruim, mas está fantasiando demais essas coisas.

— Como fantasiando, está aqui a prova, um e-mail ameaçador.

— Eu sei, mas tem de se acalmar. Fugir com sua mãe pode não resolver.

— E ir à polícia? — Perguntou Ker.

— Fora de questão. Não faça isso, Ker.

Ker estava desesperado. Estava estressado e sem conseguir pensar em nada. Despediu-se de Gisele e nem voltou ao banco. Resolveu ir até sua mãe e contar sua ideia de se mudar de São Paulo. O trânsito estava um horror naquele dia.

O taxi que ele pegou demorou mais de duas horas para chegar até a casa onde morava com sua mãe. Estavam fazendo obras em todas as ruas próximas da casa do doutor Keller e isso deu um nó no trânsito.

Ao chegar em casa, achou estranho a porta da garagem estava escancarada. Isso nunca acontecera, Keller não deixava isso acontecer de forma alguma. Sua mãe muito menos. Entrou correndo em casa e então...

Ker se ajoelhou no chão. Gritou muito, mas muito alto a ponto de o taxista sair correndo e ir até ele para ver o que acontecera. A cena era assustadora e o taxista pegou seu celular imediatamente ligando para a polícia.

Dona Juliana estava em volta de uma poça de sangue, com os móveis todos revirados. O quarto de Ker nem parecia um quarto. Os travesseiros estavam todos rasgados, o sofá todo rasgado, a televisão com as peças espalhadas por todos os lados, não havia nada inteiro na casa.

Ker de joelhos queria pegar sua mãe, beijar sua mãe, mas o taxista o arrancou de lá:

— Vem cá, rapaz, não pode mexer em nada até a polícia chegar.

— Mas eu vou entrar, é minha mãe, é minha casa, eu vou entrar.

Porém, o taxista era muito mais alto e mais forte do que Ker e segurou-o bem forte pelo braço, trazendo-o para fora da casa. Nisso outras pessoas e vizinhos chegaram até o portão, também ajudando a consolar Ker, enquanto os bombeiros e a polícia já estacionavam com as sirenes ligadas.

Após mais de uma hora, Ker repara que doutor Keller vinha chegando. Correndo o bom e velho tutor chegou esbaforido, abraçando Ker e chorando junto com ele. Eles não cansavam de se perguntar o porquê de tudo aquilo.

— Que horror! *My God*! *Oh my God*!

Doutor Keller estava tão abalado que nem se lembrava de como se falava a língua portuguesa. Estava tão assustado que só falava inglês, chorando e abraçando Ker. E pouco a pouco seus irmãos chegaram chorando e abalados. Gisele veio correndo ao encontro de Ker e Cookie chegou logo em seguida.

Eles não poderiam entrar na casa naquele dia até a perícia terminar tudo, o que poderia levar uma semana. Gisele chamou Ker para ficar com ela nesse tempo todo, mas Ker estava passado. Dizia que sim, depois que não, depois que precisava fazer um *software*, enfim, não falava nada com nada.

Contudo, ao final da noite, já exausto, foi para a casa de Gisele. Keller foi para um hotel, visto que, embora sua casa tenha sido preservada, não passara bem vendo a amiga toda ensanguentada em sua casa. Isso era coisa de filme, ele nunca pensara nisso.

Keller sabia dos índices alarmantes de roubos e mortes que estavam acontecendo no Brasil, em especial no Rio de Janeiro e em São Paulo, mas ele, como professor, nunca imaginara isso. Nunca imaginou, nem em pesadelo, como um pesquisador, que um dia enfrentaria essa situação horrível.

Ker desabou. Deixou de ser uma pessoa e parecia apenas um zumbi. Só queria dormir todo dia, sem ver o Sol. Estava arrasado, destruído, e assim foi até o dia do enterro de sua mãe.

O ACI lhe mandou um emissário interno informando que teria direito a férias de 30 dias, e pagou todos os transtornos, deixando um funcionário específico para ajudar Ker nos preparativos para o enterro do corpo, no desmontar da casa, na ajuda com as burocracias dos papéis e advogados para a investigação do crime.

Ker até se esquecera da raiva que tinha do ACI e aceitou de bom agrado todo o auxílio da empresa. Mas estava se sentindo um lixo, um verdadeiro morto-vivo, sem direção a seguir.

No dia do enterro, todos estavam lá, inclusive colegas do ACI, com os quais Ker nem conversava muito. Mas para o ACI isso era algo terrível, de tal maneira que a matriz, em Nova York, se preocupou em enviar condolências especiais para Ker.

De seu lado não saiam Keller, seus irmãos, Gisele e Cookie. Sem querer, no fundo da sala do velório, Ker viu João Paulo, que acenou com a cabeça em sinal de respeito e ficou mais alguns minutos. Depois Ker não o viu mais. De toda forma, Ker não queria ver ninguém.

Dizem que o tempo cicatriza todas as situações ruins, mas no caso de Ker, mesmo depois de três meses, ele estava apático, sem reação, agindo mecanicamente. Fazia tudo o que lhe pediam; ao final do expediente, tinham de avisá-lo que já tinha dado o horário de sair; ele sempre pegava o caminho errado para ir até a casa de Gisele.

Sua vida não tinha mais emoção. Para ele, o propósito de viver acabara. Porém, ele não ficou muito tempo nesse estado.

22. O encontro

Ker estava tendo um dia comum no ACI, ainda trabalhando no mesmo setor a que fora enviado depois da primeira invasão do sistema. Era um trabalho rotineiro e muito enfadonho. Já estava evidente para todos do ACI, seus chefes mais diretos, que Ker não gostava do que fazia e não queria mais se desenvolver na carreira.

No entanto, mesmo desanimado com a vida, ele ainda assim era muito melhor do que todos os que trabalhavam no setor. Fazia todo o serviço de uma semana em apenas duas horas. Depois disso, ninguém sabia o que ele fazia, pois ficava apenas mexendo nos programas do próprio setor, ou imprimindo coisas sem sentido, ou ainda caminhando de um lado para o outro.

Então, para os chefes imediatos, se o serviço estava sendo realizado, nada a reclamar do funcionário. Como não era um setor de análise, ou de emitir pareceres, passavam a Ker as tarefas ele realizava com muita competência.

Certo dia, enquanto imprimia algumas tabelas de clientes, percebeu que as pessoas ao seu redor estavam conversando baixo e olhando para ele. Como não era mais aquele jovem principiante, sabia perfeitamente que algo aconteceria.

Seu chefe imediato o chamou num canto e passou-lhe um recado:

— Não sei como te dizer, mas a alta diretoria quer conversar com você.

— OK, onde?

— Lá no Cubo.

Ker não ligava mais para isso, certamente seria demitido. Se assim fosse, não se importava mais. Estava esperando por isso desde a morte de sua mãe. Queria mesmo ir embora do ACI, mas, por causa de Gisele, ia tocando a vida por inércia.

Ker só estranhou que a chamada não foi do setor de recursos humanos ou financeiro, e sim da diretoria do Cubo. Pegou o papel de chamada com timbre do ACI, papel no qual estava escrito em vermelho "urgente".

Caminhando até o Cubo, já com sentimento de despedida, Ker foi reparando em coisas que ele nunca observa antes. Por exemplo, o jardim de inverno muito bacana que existia no centro do prédio, com fontes jorrando água e um lustre todo dourado com mais de 500 lâmpadas imitando velas. Como ele nunca tinha reparado nisso?

O corredor era de mármore muito bem lustrado, branco de doer a vista, com detalhes em gesso na parede que exaltavam o símbolo do banco. Enfim, quando chegou à porta do Cubo, que ele bem conhecia, Ker mostrou o papel para a secretária de entrada. Ele também a conhecia e trocaram algumas saudações e palavras amenas formais.

Quando entrou no Cubo, tudo parecia da mesma maneira. As pessoas correndo do mesmo jeito, as coisas pareciam todas iguais a quando ele fazia parte de tudo isso. Mas então, ao olhar para cima, Ker viu que havia pessoas na sala de Deus. Não era apenas Deus como de costume, mas parecia que havia mais gente.

Ker se dirigiu à sala da diretoria do Cubo, que ficava no térreo, junto com as equipes de análises, simulações, estudos de mercado, entre tantas outras. Na antessala da diretoria, a secretária o recebeu e pediu-lhe para esperar:

— Por favor, Ker, espere aqui nesse sofá. Já vou anunciá-lo.

— Tudo bem. — Ker concordou e sentou-se.

Não passou mais do que três minutos e ela voltou pedindo que Ker entrasse. Ele não conhecia o diretor, apenas ouviu falar quem era nos vídeos do ACI e das revistas de marketing. O nome do diretor do Cubo era Pelópidas, um grego erradicado no ACI há muitos anos, que estava no Brasil há 20 anos.

Pelópidas era gordo, com uma barriga bem grande e usava um paletó que parecia apertado, mas com boa caída para o corpo. foi bastante educado e atencioso com Ker:

— Prazer, eu sou Pelópidas. Você deve ser Ker.

— Sim, muito prazer.

— Fiquei sabendo de sua mãe, meus sentimentos por tudo.

— Muito obrigado.

— Rapaz, tenho algo sério para lhe dizer.

— Eu imagino, senhor Pelópidas.

— Não rapaz, não imagina. Nem eu imaginei isso.

Ker estranhou essa conversa. Pensava que se tratava de sua demissão, com toda aquela formalidade de que a casa desejava boa sorte etc. Mas pelo andar da conversa, algo diferente aconteceria.

— Meu jovem, não sei o que você fez. Também não sei se é sorte ou não. Mas você vai conversar e ver uma pessoa que poucos nesse fundo conhecem.

Apontando o dedo para cima, Pelópidas indicou a sala de Deus. Ker olhou duas vezes, pois poderia ser alguma outra sala ou setor que também nunca reparara. Mas não, para onde Pelópidas apontou era realmente a sala de Deus.

— Como assim? Vou falar com ele?

— É.... e eu não tenho a mínima ideia do que seja. A recomendação foi só te levar lá. O resto é entre vocês. Pode me acompanhar?

— Sim, senhor.

Um milhão de coisas passou pela cabeça de Ker. Quem seria? O que queria? Ele seria preso? Descobriram o que fizera? Deus o puniria? Era jovem ou velho? Bom senhor ou mau? Estrangeiro? Enfim, o trajeto até a sala de Deus demorou uma eternidade.

O elevador era privativo, branco, com mármore e espelhos por toda a parte. Não era grande, mas muito luxuoso. Ao chegar no pequeno corredor que levaria à tal sala, Ker reparou que as paredes tinham quadros que pareciam originais e muito famosos. Por exemplo, ele reparou que havia um quadro enorme de Van Gogh.

Na antessala, ao contrário das outras diretorias e chefias, não havia secretária. Apenas uma tela digital no formato de mão, com uma câmera para ver quem estava chegando.

Pelópidas colocou sua mão na tela digital e chegou perto da câmera. Pronto, a porta abriu as trancas automáticas. Um grande tapete se estendia até uma mesa enorme no fundo da sala. A sala era quase num formato de aquário, de onde, se quisesse, Deus poderia ver todo mundo dentro do Cubo.

Depois da morte de sua mãe, pela primeira vez parece que Ker voltava à realidade. Sentiu seu gelar. Observou que a cadeira giratória, de couro branco, estava de costas para a porta. Então, foi apresentado por Pelópidas:

— Senhor, trouxe o rapaz que solicitou. Seu nome é Ker, está trabalhando atualmente no ACI, mas naquele setor fora do Cubo, que já mencionei para o senhor na reunião. Vou deixa-lo aqui e estou indo.

E Pelópidas se foi. Abriu e fechou as trancas automáticas e saiu. Por alguns instantes, o homem não virou a cadeira e Ker também nem se mexeu. E então "Deus" começou a falar:

— Quando jovem, eu era arrojado como você, com espírito aventureiro e desafiador.

As pernas de Ker balançaram e ele se sentou na cadeira em frente da imensa mesa. Já não ligava mais para a educação ou permissão, enfim, nada mais fazia sentido. Deus, quando se virou, era...

— Doutor Keller!

— Sim, sou eu. Por que acha que ainda está aqui?

— Como? Por quê? O senhor manda em tudo aqui?

E Keller começou a falar:

— O ACI existe há trezentos anos, muito tempo antes dos bancos no formato que agora são constituídos. Esse nome moderno e diferente, ACI, é apenas para nos moldar às mudanças dos séculos.

— Como? Não! Isso é brincadeira? Algum tipo de pegadinha para me distrair, elevar o astral? Fala que é isso!

— Não, rapaz. Estou lhe contando a verdade que ninguém sabe no ACI. Depois de trabalhar muitos anos no ACI, nos Estados Unidos, fui enviado para o Brasil. Assim como eu, outros foram enviados para outros países.

E continuou, enquanto Ker baixava a cabeça, colocando-a entre as mãos, sem querer acreditar:

— Trabalhamos secretamente para o ACI, dando aulas em universidades como professores normais, mas mantendo nosso principal objetivo em segredo. Recrutamos os melhores estudantes, as melhores ideias, as melhores estratégias e...

Ker não se aguentou e completou ele mesmo a frase:

— E os melhores algoritmos.

Doutor Keller confirmou sorrindo e erguendo suas sobrancelhas brancas:

— Isso, também recrutamos isso. Mas é difícil boas ideias aparecerem. Normalmente pegamos bons estudantes, seduzimos com ótimos salários para que trabalhem conosco. Dificilmente o que fazem nas universidades pelo mundo afora nos interessa, é muito difícil sair um algoritmo pronto, uma ideia finalizada e revolucionária que nos sirva de imediato.

Ele continuou enquanto colocava água mineral num copo de cristal como se fosse uma fonte límpida de água cristalina direto da serra:

— Os melhores são os chineses e os indianos. São fantásticos e obedientes. Ao contrário de você!

Ker não entendeu o tom de voz. Também não entendeu o que Keller queria dizer sobre obediente, então perguntou:

— Como assim ao contrário de mim? O que eu lhe fiz? Sempre fui fiel ao senhor, sempre lhe respeitei, sempre...

— Sempre falou coisas que não devia para um montão de gente, seu moleque!

Ker estava ainda mais atordoado. Doutor Keller, aquele paizão, que cuidou sempre dele e nunca aumentou o tom de voz, estava agora repreendendo-lhe como um chefe poderoso e mesquinho?

— Moleque? Doutor Keller, o que está acontecendo? Eu não estou entendendo nada!

— Claro que não, seu porra! Este ser seu problema, você não entender coisas simples, apenas coisas complicadas. Coisas simples é que enrolar você, *oh my God*! *I have to explain everthing*?

Keller estava voltando às origens. Ker já sabia que quando ele ficava nervoso, misturava inglês e português. E estava fazendo isso agora.

— Doutor Keller, estou me sentindo ofendido...

— Como ofendido? Você não vê que acabou com sua vida e a de sua família?

Então, como um farol na neblina, todas as conexões começaram a se fechar, e Ker não queria acreditar, mas pelo tom da conversa, doutor Keller fora o mentor das mortes todas de sua família.

— Não, doutor Keller, não, não, não, isso é um pesadelo, o senhor não fez isso! Não pode ser! Não foi o senhor, não, isso não!

E Ker desatou a chorar. Keller, então, foi ainda mais áspero com ele:

— Calar boca! Não gostar de rapaz chorar como menina. Assumir as cagadas que fez, pois eu mesmo lhe enviei um e-mail de alerta. Sim, claro que ser eu o mandante de tudo. Eu avisar você. Gostar muito de sua mãe, mas entre ACI e família de estranhos, que se danem vocês!

Ker chorava ainda mais, tremia e realmente estava em colapso nervoso a ponto de sentir uma dor no peito.

Inabalável, doutor Keller continuou o esfaqueando com palavras e parecia que guardava isso há muito tempo.

— Era só para você nos ajudar, não questionar, apenas cumprir. Se fizesse isso, sua mãe estar viva, sua vó, seu irmão...

— Você matou todo mundo, assassino! Você não é humano, é um monstro!

— Adorar esse lado monstro que sou!

Dr. Keller tinha se transformado. Estava ávido, parecia mesmo feliz e leve por descarregar sua raiva em cima de Ker.

— Tínhamos você como uma joia rara, estudioso, valente, destemido, mas isso te contaminou. Seu algoritmo era o que o banco queria há muitos anos, para dominar e mandar sozinho no mercado financeiro mundial. Tinha aquele erro bobo de "borda", mas que você mesmo nos ajudou a resolver.

E Keller, subindo o tom de voz, olhou bem nos olhos de Ker e perguntou:

— O que você tinha de invadir o sistema? Por que fizer isso? O que ter em cabeça sua maluca?

Keller estava nervoso e trocando todas as concordâncias da língua portuguesa, ficando com as bochechas vermelhas e as sobrancelhas ainda mais arrepiadas.

Mesmo as falas destruindo a concordância da língua portuguesa, Ker entendeu. Todas as mortes e a desgraça de sua família decorreram do fato de ele ter invadido a central do ACI e compreendido como o banco mandou, fazendo e desfazendo dos concorrentes com os robôs, nas bolsas do mundo todo.

— Eu te odeio! Não te interessa, seu velho bandido, o que eu faço ou deixo de fazer, não tem nada que te interessa, seu merda! Quero que você morra!

— Errado, garoto! Quem mandar morrer a hora que querer, ser eu! Eu mandar tudo. Então calar tua boca e responder. Cadê o USB que baixou os programas do ACI? Onde está tudo o que baixou? Eu querer isso tudo de volta agora!

Keller, agora de, pé continuou a falar:

— Era para dar apenas um susto em seu *brother*, mas o merdinha do motoqueiro corria demais. Não ser para acontecer. Sua avó ser morte natural, não temos nada com isso. Já para a pobre Juliana, ela não deveria estar em casa. Se não estivesse, nada aconteceria, mas ela não ter ido à feira, apesar de eu ter mandado. A ordem era para matar somente em último caso. Ela resolveu se atracar com o bandido. Não ser morte tão planejada, apenas ser como tudo aconteceu.

Depois dessa frase cheia de erros e ainda nervoso, terminou abruptamente dizendo:

— Queremos o USB! *Now*!

— Não vou te dar nada, seu bandido americano. Vou te denunciar agora mesmo.

— Achar mesmo isso? Achar que pode? Quem você achar que estar lá fora, na porta do ACI? A Polícia Federal! Eu chamar sua polícia, pois estar desconfiado de roubo aqui dentro. Acho que ser você, será?

Ker não acreditava. Ele seria preso? Enquanto o velho assassino estaria à solta?

— Você não tem provas contra mim, seu velho assassino!

— Errado! Temos câmeras que filmaram tudo. Se esquecer disso, seu burrinho?

Ker estava abismado com a mudança de caráter do seu velho amigo doutor Keller. Mas agora tanto fazia, ele queria mesmo era poder subir naquela mesa e estrangulá-lo. O pior é que realmente as imagens existiam e Ker estava praticamente preso.

— Foi assim que você fez com o João Paulo, não é mesmo, seu canalha?

Keller deu um sorriso maroto. Pegou o telefone e discou alguns números.

— Poder entrar!

Como assim, podem entrar? Quem mais além dele seria punido? Não demoraram dois minutos e Ker viu o chão se abrir.

João Paulo entra com Gisele, ambos sérios e cabisbaixos. Doutor Keller, então, dá o tom da reunião. Bate palmas para os dois:

— Entrada triunfante! Vamos ter agora uma reunião em família!

— João Paulo? Gisele? Vocês sabiam disso tudo? - Diz espantado Ker.

— Eu ainda não contar a ele a melhor parte! — Doutor Keller estava realmente sarcástico.

— Como assim a melhor parte? - Perguntou Ker.

— Nós trabalhamos para recrutar e aliciar você Ker. Mas foi para o seu bem. - Falou Gisele.

Ker não esperou nem mesmo a frase terminar e emendou a sua frase:

— Sua vaca, bandida, assassina, sabia de tudo, das mortes, da minha desgraça e ainda ficou ao meu lado vendo meu desespero, traidora...

— Espere aí, rapaz. A menina e João não saber de nada. Eu não precisar de garotos de recados. Eu fazer e pronto. Eles não saber de plano, mas saber que você estava me complicando. Falou bem calmamente o doutor Keller.

— Não acredito, eles sabiam, sim. Quero ir embora daqui!

— Não, Ker, nós não sabíamos disso, nunca! Somente nessa semana ficamos sabendo de tudo. - Explicou Gisele.

João Paulo, até então calado, emendou:

— Ker, é difícil. Entendo sua raiva e também reagiria assim. Na verdade, naquele dia que briguei com você foi porque tive essa mesma reação aqui com Keller. Ele me retirou do ACI para ficar com você. E depois de ele muito me explicar, entendi a situação. Mas não planejei nada, apenas alertei sobre coisas ruins que poderiam acontecer.

— Mentira! Tudo aqui é uma mentira! Esse tal mercado é uma mentira e vocês três são aloprados, doentes, precisam morrer, todo mundo aqui tem de morrer.

E, então, Keller achou que era hora de colocar as cartas na mesa:

— Se devolver o USB e tudo o que ter em sua poder, ninguém morrer. Você poder ficar, ter sexo com Gisele, ser amigo de João, tudo voltar ao normal. Mas se não devolver, você ir preso, sim, sim! Or então, morrer também, *yes, yes, yes*. Podemos tudo no ACI.

O silêncio tomou conta da sala. Gisele tomou a dianteira e tentou orientar Ker:

— Ker, devolva para o doutor Keller tudo o que está em seu poder. Se tiver impressões, devolva. Se tiver *backup*, devolva, em CD-ROM, em USB, enfim, devolva tudo. E aí você decide se quer ficar, ou ir embora.

— Se devolver tudo – emendou Keller –, ainda ganhar um benefício e eu lhe enviar para Nova York. Vai poder trabalhar com os melhores, com nossos programadores de estratégias para a próxima guerra!

— Vai derrubar o mercado de novo, seu velho cretino! – Disse Ker.

— Por que não? Mas isso não ser de sua conta. Apenas trabalhe. O salário que receber poderá dar toda ajuda para sua família o resto da vida. Que tal ganhar US$ 50 mil por mês?

Gisele e João Paulo ficaram paralisados. Como assim, Ker ganharia como se fosse um jogador estrela de time de futebol? Por que Keller mata a família do garoto e depois lhe oferece um salário irreal?

— Eu estar te oferecendo esse salário porque saber que é um dos melhores programadores do mundo, que poder sempre ajudar ACI e fazer banco estar décadas à frente do mundo. Suas estratégias com robôs colocarão outros robôs no chão.

Ker quis xingar, esbravejar, socar, avançar sobre a mesa, enfim, desafiar Keller e machucá-lo fisicamente. Mas parou para pensar, por um lado, na família que ainda existia e estava desamparada. Sua cunhada que estava viúva, seus dois irmãos que ganhavam pouco mais de um salário mínimo, que tinham uma vida sofrida.

Por outro lado, seria justo se vender a um tipo como o doutor Keller, que, além de tudo, era um assassino? E se o denunciasse? Mas como denunciar, sem provas, e que Gisele e João Paulo nunca testemunhariam a seu favor?

Ker se odiou, ficou em silêncio por vários minutos. Ao final, sem mais lágrimas para chorar, acabou concordando com tudo.

— O USB está aqui no banco. Fiz um fundo falso em minha gaveta e ele está escondido na parte de trás. Os papéis com a impressão completa do código estão numa das bibliotecas da universidade. Doei o material como se fosse uma produção acadêmica, com uma capa vermelha que mandei fazer.

— O quê? Mas você ser um louco mesmo? Eu não acreditar nisso! - Keller ficou vermelho de fúria, com as veias do pescoço saltadas.

No mesmo momento, tomou um gole d'água para tentar se acalmar. Pegou dois comprimidos e engoliu-os.

Ker completou:

— Tenho o número do tombo. Não é difícil retirar da biblioteca, vou dizer qual delas.

— Eu querer isso amanhã, sem falta. Deixar em minha casa. Colocar em envelope pardo, sem mensagem nenhuma em minha caixa de correio. Não quero ver você lá dentro de minha casa.

— Está certo.

— Tirar passaporte e correr atrás de visto. Você ir para Estados Unidos daqui dois meses. Eu cumprir meu contrato, você deve cumprir o seu. Assim esperar! E sem truques!

— OK.

Então Keller dispensou Ker, praticamente exigindo sua imediata saída. Colocar como doação um dos *softwares* mais importantes do mundo tirou Keller do normal. Agora, ele estava mesmo muito transtornado.

Quando Gisele chegou a seu apartamento, reparou que as coisas de Ker não estavam mais lá. Ele se fora e ela sabia que era para sempre. Tudo estava terminado e agora, no meio da solidão, algumas lágrimas escorriam de seus olhos. Ela realmente, no fundo, gostava dele, especialmente de tudo o que viveram juntos. Mas acabou.

De momento, ela lembrou a conversa quando Keller combinou com ela para ir atrás de um rapaz muito bom em computação na USP. De início, ela rejeitou a tarefa, mas a oferta de dinheiro foi fenomenal, irrecusável.

O próprio Keller a recomendou encher a cara, visto que ela nunca fizera esse tipo de serviço, não era de seu feitio como aluna e funcionária do ACI. Ela se lembra até hoje da conversa:

— Você não saber namorar? — Perguntou Keller na época.

— Namorar, sim, mas não chegar num estranho e fingir que está caída por ele para depois levá-lo à minha casa para fazer sexo.

— Então encher a cara, ficar de porre bastante, para querer cumprir todo nossa acordo financeiro. — Respondeu Keller.

Foi por isso que Gisele agiu daquela forma na festa da USP. Ela teve sorte de encontrar Cookie que, sem saber, facilitou demais o trabalho dela fazendo aquela aposta. Quanto a fazer sexo, também para a sorte dela, Ker dormiu. Mas a cobrança de Keller foi sempre dura, exigindo sexo com Ker de qualquer jeito.

As lembranças se acumulavam na memória de Gisele, que, por fim, acabou realmente gostando de Ker. No apartamento havia diversas fotos com Ker, que obviamente foram removidas por ele ainda nesse mesmo dia , antes de ela voltar para casa. Muitas das fotos foram tiradas pelo próprio Ker e dadas a Gisele, já em quadros pequenos, grandes, em diversas situações felizes. Na memória de Ker essa lembrança que ele deixaria para Gisele não era justa, afinal de contas, para sua compreensão, ela foi executora de tudo, apenas pelo dinheiro. Mesmo a própria Gisele negando, Ker não acreditou, e ao entrar no apartamento de Gisele para pegar suas roupas e pertences, viu os quadros e os pegou para si.

No dia seguinte, Ker fez o que Keller mandou fazer. Foi até a biblioteca para retirar o material, como se fosse para consulta e sumiu com ele. Passou com um taxi pela casa do doutor Keller e deixou o código completo junto com o USB na caixa postal. Tocou a campainha e se foi.

Quando foi até a caixa postal, Keller abriu rapidamente o envelope pardo. O velho doutor respirou aliviado ao ver que o conteúdo estava completo. Foi mais fácil do que recuperar o primeiro USB que ele mesmo, Keller, havia ordenado a retirar da impressora, uma vez que recebera um alerta vermelho de alteração de códigos vindo diretamente da central dos Estados Unidos.

Ao receber o alerta do sistema do banco assim que Ker se instalou com a *deep web* dentro do servidor, Keller saiu correndo de madrugada . Até então não sabia que a ameaça estava ao seu lado. Ligou para o diretor do guardião do ACI que tentou, naquela madrugada mesmo, rastrear de onde vinham as informações de um arquivo *log*.

Precisavam descobrir tudo antes dos funcionários chegarem para trabalhar. Mesmo sonolentos, um grupo com mais dois funcionários de alto escalão ligados à segurança digital do banco trabalhou arduamente para detectar o sinal.

Uma hora antes de os primeiros funcionários do Cubo chegarem para trabalhar, um dos funcionários e programador do guardião digital descobriu o computador e foi até a impressora da secretária para, aliviado, avisar Keller que descobrira um USB.

Varreram todo o sistema de câmeras, mas para azar bem no momento da instalação do USB, Ker fora salvo por uma queda de sinal, e houve um corte na imagem, não sendo possível detectar quem instalara o USB na impressora.

A única informação é que a senha viera do grupo de João Paulo, lá no NUPE. Keller acreditava e confiava em Ker, o que erroneamente o fez desconfiar dos outros programadores, livrando Ker de investigação mais profunda.

Mas o tom áspero foi tão forte de Keller com João Paulo, que, por muito pouco, o velho senhor não deu um tapa no rosto do funcionário. Quando, então, Ker procurou Keller com os papéis impressos mostrando todos os códigos do banco, Keller desabou.

Sua confiança no garoto agora se anulara e ele tinha de recuperar aqueles algoritmos secretos de qualquer maneira. Afinal de contas, o algoritmo criado por Ker no laboratório da universidade era muito bom mesmo e Keller precisou apenas fazer algumas adaptações nele com os programadores de Nova York, na central do ACI.

Ao contratar o invasor para descobrir onde estavam os papéis impressos, a ordem realmente era evitar qualquer mal à dona Juliana. Mas ela não fora à feira, passando apenas numa pequena quitanda de hortaliças perto da casa de Keller e voltou para casa muito antes do tempo previsto.

Quando adentrou e viu o bandido rasgando e quebrando tudo sem saber do que ele estava à procura, ela começou a jogar coisas sobre ele. Além disso seus gritos poderiam chamar a atenção da vizinhança.

Dona Juliana pegou a faca de cozinha que usavam para churrascos e partiu para cima do bandido, que, mais forte e alto, tomou-a de sua mão e esfaqueou a pobre coitada com bastante facilidade.

Foram dois meses de martírio para Ker. Culpando-se noites e noites, sentindo-se um mercenário ainda responsável pela morte de familiares. Mas logo depois, vinha a sensação de que poderia ajudar financeiramente a família que ainda lhe restava.

No término do prazo, já com um adiantamento de salário, Ker passou pelo último portão do aeroporto de Guarulhos. Agora ele era um dos mais importantes programadores do ACI e estava indo em direção à matriz, em Wall Street. Faria parte dos melhores entre os melhores do banco todo ao redor do mundo.

Mas Ker não queria ser conhecido como o melhor programador do ACI. Queria ser reconhecido de uma forma diferente.

23. Computação quântica

Richard Philips Feynman revolucionou a computação mundial, apesar de ser um físico teórico do século XX. Graduado em Física pelo MIT, as aulas de Feynman eram concorridas entre graduandos e pós-graduandos, pela didática, pelo dinamismo e pelos temas divertidos com seriedade impressionante.

Richard Feynman ganhou o prêmio Nobel de Física, em 1965, com o tema eletrodinâmica quântica e foi um dos pioneiros ao propor o uso da mecânica quântica para construir computadores mais rápidos e potentes. Além de tudo isso, alguns anos antes de sua morte, teve participação importante na comissão que investigou o acidente do ônibus espacial Challenger.

No início do século XXI, realmente a computação quântica inspirada por Feynman saiu do campo teórico e entrou no prático, e os primeiros computadores foram testados com sucesso.

Mas Feynman não foi o inventor da computação, esta teve um precursor tão ou mais sensacional do que ele: Alan Turing.

Aos 24 anos de idade, Alan Turing tornou-se um pesquisador consagrado na Inglaterra e, depois, no mundo todo. Após ser responsável por algoritmos e uma máquina que decifrava parcialmente os códigos dos alemães no *front* de guerra, Turing descreveu teoricamente como uma máquina poderia no futuro manipular símbolos por meio de uma "linha infinita" de instruções. Seu protótipo foi o precursor de nossos computadores atuais.

Suas ideias sobre algoritmos e sobre a computabilidade nasceram entre 1945 e 1947, enquanto ele trabalhava no projeto do ACE (*Automatic Computing Engine*). De 1947 até nossos dias, a forma como um chip de computador é construído ainda segue a ideia básica de Turing, com a manipulação de apenas dois números. Com apenas os números 0 e 1, todas as informações necessárias para descrever eventos, resolver problemas, tomar decisão, tudo, enfim, passa pelos chamados números binários (0 ou 1).

Como se obtêm números binários? Os números binários representam os números decimais (1, 2, 3,4...) pela divisão sucessiva destes pelo número 2. Então, como o resto será sempre 0 ou 1, toma-se o sentido contrário dos restos para formar um binário.

Para um computador, quando digitamos 53, em sua memória estará sempre armazenado 110101. E por que 0 ou 1? Porque indica o sentido das correntes elétricas que passam nas ligações de um chip.

Quando as correntes seguem num sentido, elas serão 0 e quando invertem para outro sentido, serão 1. É apenas uma representação do sentido da corrente elétrica, brilhantemente escolhido por Turing na resolução do problema da computabilidade de sistemas.

Claro que ele não criou a ideia de binário como uso de sentido de corrente para comandar equipamentos. As primeiras calculadoras baseadas em teares usavam como computabilidade os nós que eram feitos pela trança dos fios. Nós entrelaçados num sentido eram 0, em outro eram 1. Depois, vieram as lâmpadas, que quando acesas eram 0 e apagadas eram 1.

Mas a diferença da ideia de Turing é que sua máquina (nosso computador de hoje) não apenas realizava operações, mas "pensava", resolvia problemas e "conversava" com os humanos. Essa concepção mudou para sempre a ideia de computabilidade.

Tudo está avançando rápido no século XXI para uma forma diferente de computador. O computador quântico veio para ficar e já é uma prática que está se tornando realidade.

A grande revolução começou com outro gênio, mas agora da Física. O gênio da mecânica quântica Richard Feymann construiu os passos para a abordagem de uma máquina que não usava apenas bits (0 ou 1).

Para a computação quântica, existe outra forma de calcular baseada em *qubits*, em que um número pode 0, pode ser o número 1 ou, ao mesmo tempo, ser 0 e 1!

O quê?

Sim, a representação é 0 ou 1, mas ainda pode ser 0 e 1 ao mesmo tempo. A isso se chama "superposição", e essa duplicidade de escolha de uma partícula de fóton faz a lógica de pensamento nos algoritmos e de construção dos computadores ser toda diferente.

Operações tradicionais, resolução de equações, ajuste, modelagem, tratamento de dados, criptografia, tudo, enfim, está pronto para ser usado.

Mas e o computador quântico?

Existe uma competição sob o ponto de vista de mercado. Uma empresa canadense, a *D-Wave Systems*, lançou um computador quântico de US$ 15 milhões, o qual recebeu o nome de "D-Wave 2000Q". Segundo a empresa, esse computador consegue resolver problemas mil vezes a dez mil vezes mais rápido do que os computadores comuns.

A IBM não ficou atrás e lançou um computador quântico de 16 *qubits* online para seus clientes IBM Cloud. Segundo a IBM, a resposta ao seu primeiro computador quântico foi fantástica, com 40 mil usuários, 200 mil experimentos e 15 trabalhos de pesquisa escritos. Isso motivou a empresa em lançar, um tempo depois, um computador de 50 *qubits*.

Uma comparação interessante é que, enquanto o computador clássico resolve um problema testando uma solução por vez, num computador quântico todas as soluções possíveis são determinadas de uma só vez.

É como se em vez de chutar bolas de futebol na marca do pênalti, uma por vez no computador clássico, pudéssemos chutar todas de uma só vez e escolher a solução que o goleiro não conseguirá defender.

Isso abriu um leque enorme de possibilidades em todas as áreas, como na previsão do tempo. Em vez de rodar um modelo, observar o tempo e esperar um satélite passar para rodar novamente e atualizar, no computador quântico têm-se todas as soluções e caminhos com apenas uma passagem do satélite.

No caso financeiro, principalmente no mercado de ações, num computador quântico podemos colocar um modelo para todas as ações do mundo. À medida que uma ação cai, pode-se ver ao mesmo tempo, via modelo, de forma instantânea, como os outros preços reagirão. Então o investidor poderá escolher imediatamente em qual ação ele deverá investir nos próximos milésimos de segundos.

Se isso realmente acontecer, como serão os códigos para os investidores? Os códigos de ética? Sim, porque se todos nós temos informação instantânea sobre todos os preços e sabemos qual a melhor decisão, se a decisão for a mesma para todos, o que poderá ocorrer?

Será que serão permitidos *robôs-traders* usando *qubits* dos computadores quânticos?

E se isso for permitido o que poderá acontecer no caso de um *crash*, igual ao *flash crash* de 2010? Esse *crash* ocorreu por erro num algoritmo na compra e venda de uma ação, induzindo todos os outros algoritmos no mundo financeiro ao erro.

Mas existe esse risco?

As grandes empresas garantem que esse é um problema resolvido. Será mesmo? Não dá nem para imaginar a confusão que será no mundo, caso uma troca de superposição indesejada acontecer durante uma grande operação financeira.

Pode ser a falência de uma empresa de capital aberto? Sim, isso pode acontecer.

Enfim, a tecnologia está muito rápida, com uma velocidade absurda a ponto de não dar tempo para todos os testes necessários e a observação com calma das consequências. Se estimamos coisas maravilhosas com o computador quântico, devemos também estimar seu risco em áreas delicadas.

No caso do mercado financeiro, um simples erro de programa pode causar a bancarrota de um país inteiro. Podemos trazer problemas invisíveis dos fótons e elétrons para os problemas visíveis do macro mundo, caso se decida pela utilização desse tipo de algoritmo e máquina para operações que envolvem empresas, títulos de dívidas, mercados financeiros, enfim, a vida de um país inteiro. Cabe também a nós decidirmos qual caminho deseja tomar.

Ou será que esse caminho já foi escolhido?

24. Muito grande para falir

Alguns anos já haviam se passado desde a saída de Ker do Brasil. Agora vivendo nos Estados Unidos e num grupo muito restrito, Ker praticamente estava recluso, afastado de tudo e de todos. Morava na 5ª Avenida, em Nova York, e ia trabalhar de metrô, descendo todos os dias na estação Wall Street.

O ACI era muito próximo da bolsa de valores, próximo do famoso entroncamento onde diversas crises financeiras tiveram fotos históricas. Como na rebelião da crise dos bancos de Nova York, em 1907, quando carros foram virados e queimados. Ou, então, na famosa foto do desespero dos investidores de 1929, alguns atônitos e outros se suicidando ao saltar do topo do edifício da bolsa de valores.

Ker leu muito a respeito disso e aprendeu que não houve suicídio nenhum, que toda essa história foi aumentada pela imprensa. Já naquela época a imprensa dominava o mercado, criando boatos ou inventando falências. Não por conta própria, obviamente, mas sempre com alguém ligado ao mercado financeiro. Alguém que sempre tinha alguma ligação com o ACI, como Ker também descobriu.

Depois de ler tanto sobre essas histórias, Ker já poderia até mesmo se tornar professor de história financeira, pois quis ir a fundo sobre a real influência do ACI nas crises. Sobre alguns fatos, ele deduziu, sobre outros, estava implícito que alguns nomes também fizeram parte do ACI.

Por exemplo, Ker descobriu que J.P. Morgan, fundador do banco que leva seu nome, quando jovem, fez parte do corpo de diretores do ACI, que tinha outro nome naquela época.

Muitos anos tinham se passado desde que Ker praticamente foi expulso do Brasil pelo doutor Keller, quase como escravo do ACI após todos os trágicos acontecimentos envolvendo sua família, além da ameaça de prisão.

Passou-se tanto tempo que até mesmo a forma de programar computadores mudara. O ACI adquirira um dos mais potentes computadores da época, um computador quântico. O próprio Ker, acostumado às revoluções da tecnologia, se assustou com essa nova aquisição e a respectiva implantação em Nova York.

O banco pediu seu próprio computador quântico, não apenas com 16 *qubits* ou 50 *qubits*, ou ainda 2.000 *qubits*, como nos anos entre 2010 e 2020. Agora, o ACI tinha um computador quântico com 64 Giga *qubits*, algo impressionante até mesmo para Richard Feynman se vivo fosse.

Ker, com um grupo restrito de excelentes programadores, estava no núcleo central da programação quântica. A regra era clara por meio de diretivas: criar modelos para derrubar concorrentes.

Nesse grupo não havia meias palavras, as ordens eram claras e diretas. Não havia política de bons companheiros, saídas aos fins de semana, jogos em clubes, os programadores do núcleo estavam proibidos de se encontrarem fora do ambiente de trabalho e de desenvolver qualquer outro tipo de relacionamento além do profissional.

Ker agora era um homem bem triste, com cerca de 45 anos de idade. Não tinha problemas financeiros, apenas de consciência. Desde que se mudou para os Estados Unidos, testemunhou muitas outras pequenas crises, todas provocadas pelo ACI; na realidade, por ele e seu grupo.

Nunca mais ouviu falar de Keller, mas sentia seus passos e percebia suas digitais nas diretivas do ACI. Ele era do conselho central, disso Ker não tinha dúvida. Já João Paulo ou Gisele, nunca mais os procurou, uma vez que eles também não fizeram esforços de contato ou de manterem relacionamentos com ele. De seu lado, Ker também nunca os procurou e sua localização ficou restrita apenas a sua família. Cada um seguiu seu destino sem pensar no passado.

O único contato que Ker mantinha era com os familiares no Brasil, para os quais enviava dinheiro, comprava casas e carros de modo a tornar a vida deles mais tranquila. Quanto aos amigos, nem mesmo com Cookie ele mantinha contato. Tinha medo de que alguém do banco os visse e a vida do melhor amigo corresse perigo.

O computador quântico do ACI fora comprado há pouco tempo. Apesar de o ACI usar um computador quântico de nuvem, alugado da IBM, a programação ainda era incipiente e complexa. Para agilizar a implementação das estratégias, o ACI resolveu ter seu próprio edifício com o computador quântico.

Ker e Yun eram os melhores programadores. Tudo para Yun, um chinês pequeno e acelerado, deveria ser rápido: almoçar, lanchar, namorar, passear. Ele só não abria mão dos domingos. Domingo, para Yun, era para relaxar no Central Park, ou passear nas barcas de Nova York pelas ilhas ao redor de Manhattan.

Figura franzina, magro e grande conhecedor de obras de arte, Yun não tinha amigos. Ker tentou se aproximar de Yun logo que chegou, mas Yun foi claro ao dizer que o protocolo do ACI não permitia amizades. E terminou a amizade que não começara.

Tanto Ker quanto Yun tiveram dificuldades com as implementações quânticas, porém o entrelaçamento quântico era um processo que deixava muitas dúvidas e os algoritmos frequentemente se perdiam. Nesse caso, com ou sem protocolo, Ker e Yun tinham de conversar para resolver o problema.

A inicialização de todo o processo, colocando os átomos para embaralhar as condições iniciais, sempre dava problemas. Nada era muito seguro, mas os dois tinham de resolver os problemas sozinhos. Não poderiam chamar um físico quântico e mostrar o modelo ou os propósitos do banco para ele explicar por que as coisas davam erradas.

Para quem investiu US$ 35 milhões num computador quântico, os modelos deveriam rodar logo em seguida. A pressão do ACI crescia dia após dia sobre Ker e Yun. Sempre os chefes desciam até o grupo e perguntavam por que os modelos não estavam implementados ainda. Não adiantava Ker e Yun argumentarem sobre problemas técnicos, eles sempre tinham que fazer previsão de prazos para o funcionamento dos modelos do ACI.

Após seis meses de intenso trabalho, Ker e Yun, mesmo proibido, se tornaram amigos. Eles não suportavam mais a pressão e perceberam que tinham de se unir para suportar o estresse. Começaram então a se revezar nas programações das *functions*, colocando as rotinas com nomes e símbolos comuns de modo que os dois entendessem.

O algoritmo de Shor, um dos primeiros para descobrir fatores que dividem números inteiros, ainda era um dos preferidos na computação quântica. Mesmo decorrido tanto tempo, desde os anos 1990 quando o artigo foi publicado, o algoritmo se parecia com vinho. Quanto mais velho, melhor.

Quebrar um número inteiro em dois divisores era tarefa fácil para o algoritmo de Shor num computador quântico. Para números com poucos dígitos, algoritmos dos computadores tradicionais faz essa separação entre os divisores sem sofrimentos .

Por exemplo, achar os divisores comum de 35 por qualquer metodologia matemática fornecerá que são 5 e 7, uma vez que 5 multiplicado por 7 tem como resultado 35. O ACI, com isso, implementou senhas quânticas com números inteiros com 1 milhão de dígitos. Era absurdo, mas diante dos modelos de ataque, o banco não poderia correr risco como antigamente.

Quando completou um ano da compra do computador quântico, Ker e Yun expuseram para o grupo como os modelos foram implementados. A explicação se estendeu por duas semanas de intenso debate. Depois disso, as explicações viraram normas e subiram de escalão para explicar aos diretores do ACI.

Não poderia ser diferente; Ker e Yun foram convocados para a apresentação de seminário de uma semana, com palestras e exercícios simulados para mostrar a precisão do computador. O desafio para os dois colegas era enorme: como explicariam a transformada de Fourier quântica para os diretores? Como explicar que ela retorna à frequência, segundo a qual se descobre o período, em que é possível obter os máximos divisores comuns do número inteiro com 1 milhão de dígitos?

A maravilha é que, enquanto um computador normal demoraria 10^{300} anos para fazer essa tarefa, no computador quântico que o ACI comprou bastavam apenas 3 segundos.

Foi uma luta diária com o corpo de diretores num revezamento tentando entender o custo benefício do projeto. A maior surpresa veio no último dia.

Quando Ker e Yun entraram na sala, já quase aliviados por ser a última apresentação, Ker gelou, tremeu, travou e ficou parado, atônito. Yun percebeu e disse:

— Vamos lá? O que aconteceu? Você está branco como arroz chinês.

— Estou um pouco mal, acho que comi algo que não me fez bem no café da manhã. Você se importa de apresentar e eu ficar na retaguarda?

— Claro que não me importo, mas essa parte foi você quem desenvolveu e saberia descrevê-la melhor do que eu.

Ao entrarem na sala, viram o famigerado doutor Keller, na ponta da mesa, vestido com um terno preto bem cortado, bem passado e alinhado com perfeição, com cabelos com creme penteados para trás.

Yun começou bem a apresentação com seu jeito engraçado de falar inglês, arrancando risos dos diretores. Ker, por sua vez, só olhava e manuseava o mouse do computador sem olhar para ninguém. Ele não queria cruzar seu olhar com o de Keller.

Após uma hora e meia, Keller interrompeu Yun e perguntou:

— E o efeito de borda? Como ele pode ser evitado no algoritmo quântico?

Com exceção de Ker, ninguém entendeu nada, muito menos o pobre chinesinho que nunca ouvira falar disso no algoritmo que ele e Ker implementaram. Yun parou, pálido, tremendo, sem graça e olhou para Ker.

Os sons das palavras de Keller trouxeram para Ker as lembranças de maus momentos. Ele não se conteve e, num ímpeto, respondeu sentado, olhando apenas para a tela do computador:

— Não há como ocorrer efeito de borda nos algoritmos quânticos. Os modelos de rede sofrem com o entrelaçamento quântico a todo momento, não permitindo "recordações" de cognições por parte dos átomos e fótons.

Keller engrossou a voz e com perfeito inglês perguntou:

— Qual a porcentagem de sua segurança? O banco não aceita intuição juvenil.

Ker respondeu:

— Minha segurança é de 100%, visto que o entrelaçamento acaba com o histórico das ligações antigas e, quando o *laser* observa o número da ligação entre dois pontos, automaticamente, conforme teoria quântica, as ondas não relacionadas ao evento colapsam.

— Não existe 100% de segurança, seja mais claro. — Insistiu Keller.

— Na computação quântica, ou temos o estado em 0, ou em 1, ou numa combinação dos dois. Ou seja, um estado ou evento pode ser ao mesmo tempo 0 e 1, como mostramos em exemplos ao longo dessa semana.

— Sim, e daí? — Retrucou Keller.

— Se um nó da rede tentar retornar para "ajudar" nós que estão em queda e com isso forçar um *crash* global, a onda não existirá mais, pois ela colapsou. Isso evita soluções porcas como as do passado, em que maus programadores colocavam um *if* para desviar rotinas de recursão como foi feito no *flash crash* de 2010.

Agora doutor Keller sentiu o golpe. Ker chamar a solução criada por seu orientador de "porca" ofendeu o ego de Keller, que, então, bateu pesado:

— Soluções porcas são soluções. Diante de um desastre logo à frente, se em vez de saltar do carro você for ler o manual para ver como frear, garoto, você morre. Se você não aprendeu isso esses anos todos de programação em nossa instituição, acho que perdemos tempo e dinheiro com você!

Keller fixou o olhar em Ker, levantou as sobrancelhas e estava pronto para pegar ainda mais pesado quando alguém interveio.

— Acho que essa dúvida de Keller é realmente potencial e preocupante. Mas as explicações do programador parecem sólidas e me convenceram.

E continuou:

— Meu rapaz, quanto tempo mais você precisa para testar esse tal efeito de borda que vocês dois comentaram aqui conosco?

Ker levantou os olhos, olhou para Yun que encolheu os ombros numa atitude de quem não tinha a menor ideia sobre o que estavam falando.

— Duas semanas. Pediu Ker.

— Está certo, o grupo de vocês terá mais duas semanas de testes até colocarmos no ar a versão final dos modelos na rede real. Mais alguma pergunta?

Keller estava furioso, mas em razão do horário avançado, preferiu ficar quieto e esperar o momento certo para atacar novamente seu ex-pupilo.

Quando saiu da sala, Keller sussurrou ao passar por Ker:

— Vamos ver!

Ker gelou, pois sabia do potencial de maldades de Keller. Yun, sem entender nada, recolhia os computadores e desligava as telas de projeções, as conexões com o supercomputador enquanto olhava para Ker. Yun não se conteve e perguntou:

— O que aconteceu? O que é esse negócio de efeito de borda? Parecia que vocês dois já se conheciam e um queria pegar o outro.

— Sim, já nos conhecemos. De longa data.

E completou Ker:

— Mas é melhor você não saber de nada, para sua própria segurança.

Yun ficou assustado, mas o que menos ele queria nos Estados Unidos era encrenca, ainda mais sendo ele imigrante assim como Ker. Yun admirou a coragem de Ker.

Os testes começaram no dia seguinte com os algoritmos quânticos, quando Ker explicou em detalhes o funcionamento da rede e a possibilidade do efeito de borda ocorrer. Só então Yun ficou aliviado por entender o que Ker e Keller estavam discutindo.

O restante do grupo entendeu parcialmente, uma vez que a maioria era apenas programador e nunca se dedicou à pesquisa sobre redes, ligações, estatísticas, densidades de probabilidades, ou seja, os programadores não ligavam muito para a pesquisa teórica no banco.

Ker se empenhou como ninguém nos testes sobre os modelos de rede e os efeitos de borda. Yun era duro na queda, mas mesmo para ele estava difícil acompanhar Ker naquela empreitada.

Às três horas da madrugada, Yun pegava suas coisas e partia. Ker trabalhava até as cinco horas, dormia nos sofás das antessalas e, antes do pessoal chegar, saía para tomar um café nas cafeterias próximas do ACI. Ker deixava até mesmo de tomar banho todos os dias, ocupando-se deles somente após ter certeza de que seus estudos estavam no caminho certo.

Quando Yun chegava, Ker já estava a todo vapor na frente dos computadores, falando sozinho, olhando gráficos das redes, observando matrizes estranhas cheias de números e um painel escrito "teletransporte". Livros e mais livros sobre computação quântica faziam parte do arsenal de estudos de Ker.

— O que é isso, Ker? O que é teletransporte?

Ker respondeu a Yun sobre a propriedade quântica de teletransportar um átomo, descoberta da física quântica, que fora adaptada na computação para teletransportar dados e informações. O grande problema é que a solução prevista para teletransportar um dado necessitava matar aquele que deu origem ao teletransporte e a eficiência era muito baixa, fazendo chegar do outro lado do teletransportador menos de 50% da informação original.

— Estava tentando ver se usando um algoritmo de rede dinâmica seria possível teletransportar soluções do passado para maior segurança. Essa área melhorou muito nos últimos anos, mas ainda estão parados em cerca de 82% de eficiência e isso não garante segurança. Mas garante segurança em nosso caso, pois a informação da rede, na hora do caos financeiro, morre depois de uma conexão feita. O efeito de borda realmente some, desaparece.

— E então? — Perguntou Yun.

— Não é possível o efeito de borda, a função de onda colapsa muito rápido.

— E o que ela está fazendo nessa *function*? — Novamente questionou Yun.

— Eu estava tentando teletransportar as ligações antigas para verificar o histórico de cognição. Mas é impossível. Estamos seguros.

— Ótimo. Excelente trabalho, Ker!

— Nosso trabalho foi excelente, não só o meu. Estamos prontos para colocar os programas do modelo quântico para o mercado financeiro em funcionamento. Vou escrever agora os experimentos e as regras de utilização.

Mas estava claro que não seria tão fácil escrever um guia e explicações detalhadas sobre o funcionamento da programação do modelo quântico que iria operar no mercado financeiro. Doutor Keller mandou passagens aéreas com convites de participação para grandes programadores da Alemanha e Reino Unido. Além de para outras das filiais do ACI nos Estados Unidos. Uma comissão de 15 programadores se reuniu com Ker, Yun e com os demais do grupo.

Keller exigiu documentação de cada linha do código com anotações do tipo "por que isso?", ou "por que não isso?" e tudo era reportado para a diretoria. Os diretores não entendiam a dedicação de Keller a um problema que ocorreu em 2010 e que nunca ninguém mais observou.

Na realidade, para Keller era uma questão pessoal exaurir Ker física e mentalmente. Ele quase conseguiu isso, quando, certo dia, num momento de fúria, Ker quebrou a tela de um computador diante de um dos 15 programadores.

— Estou cansado de te explicar sobre as funções de probabilidade do entrelaçamento e você sempre volta com as mesmas perguntas! Quer prestar a atenção?

O sorriso irônico do alemão deixou Ker fora de si, que se levantou e chutou a tela do computador. A confusão foi grande, as pessoas correram para segurar o alemão e Yun levou Ker para fora da sala às pressas para o colega não apanhar.

Essa era a ideia de Keller, mostrar o temperamento explosivo de Ker e dar um jeito de restringi-lo. Mas o pessoal controlou a situação entre eles e nada foi reportado sobre o ocorrido na sala de computação quântica.

Ao final de mais um mês, todos estavam cansados, mas confiantes de que não haveria problema na implementação. A segurança era realmente total nos modelos de rede dinâmica para dominar o mercado e seus concorrentes. O ACI não cairia diante de uma nova crise financeira, ele estaria seguro ao provocar um novo e grande *crash*.

25. Armagedom financeiro

Os modelos estavam prontos para entrar em ação. A SEC (comissão de valores imobiliários nos Estados Unidos) não conseguira normatizar as regras para a operação no mercado financeiro com o uso dos supercomputadores.

Todo fundo com muito dinheiro estava rodando algoritmos quânticos básicos para se salvaguardar de roubos das senhas ou, então, subutilizando as propriedades quânticas em torno de algoritmos para compra e venda de ativos.

A diretiva do ACI era apenas implementar os modelos mais "calmos" de ataque ao mercado e observar a resposta dos concorrentes. Todos trabalhavam com *robôs-traders* e o ser humano era apenas expectador de suas estratégias. Era impossível acompanhar o mercado financeiro moderno.

Nada fazia lembrar os gráficos antigos de acompanhamento dos mercados com linhas ou rabiscos se movendo nas telas. Agora, os índices eram retratados com anéis circulares representando redes, junto com os investidores que possuíam celulares para as operações.

Cada nó da rede se subdividia em milhares de outros nós representando pessoas ou corretoras. Quando os mercados caíam, nós perigosos com baixo volume ficavam em vermelho e automaticamente eram desligados. Tudo era controlado por um *software* mundial central, uma espécie de guardião mundial da grande rede financeira.

O *software* mundial estava fisicamente localizado na Suíça, após muitos anos de briga entre os países. Os Estados Unidos queriam que o centro de controle ficasse em Nova York devido ao grande volume de dados. A França e a Inglaterra também reivindicaram para si a hospedagem do *software*, por se considerarem o centro da Europa financeira. A Alemanha contestou e, por fim, decidiu-se por um país neutro e com tradição também na neutralidade financeira.

Os valores dos índices e dos preços das ações ainda eram acessíveis, mas isso pouco interessava. O que todos queriam observar eram as ligações e as porcentagens de retornos. O *software* de criptomoedas fazia os cálculos para os valores monetários de cada país. Não tinha mais sentido falar em trilhões de dólares, agora se falava em criptonet, uma moeda específica para a rede das bolsas de valores.

Na realidade, a ideia foi utilizar a estrutura do *Blockchain* para dar segurança total nas transações, após anos de debates sobre a segurança das criptomoedas. Essa segurança foi duramente debatida após constantes desaparecimentos de bilhões de dólares no mercado paralelo.

Mas por fim, os maiores bancos do mundo dominaram todas as criptomoedas e implementaram um sistema, que, segundo eles, era mais seguro do que as primeiras criptomoedas. E chamaram a isso "criptonet".

Quando um investidor resgatava da sua rede o valor da criptonet, imediatamente esse dinheiro digital era transformado na moeda local, viajando até o país do investidor e colocado como crédito de celular. Agora, a conta de banco era encriptada com códigos de barras diretamente nos celulares. Em qualquer lugar, bastava passar o celular em leitoras específicas para o pagamento das compras.

Quando o ACI colocou no ar seu modelo matemático de manipulação financeira, a rede mundial nem notou o efeito. Devagar, alguns nodos desfizeram suas ligações e outros criaram um pouco mais, respeitando a lei das potências de uma rede. As palmas foram muitas na diretoria do ACI, que acompanhava tudo em seu telão digital em tempo real na mesa de reunião.

Os diretores não queriam problemas nesses primeiros dias. O mercado financeiro deveria se comportar de maneira normal, e os modelos do ACI deveriam agir lentamente, sem chamar a atenção dos robôs.

Ker observava a tudo aquilo no primeiro dia não demonstrando nervosismo. Yun sim, estava muito nervoso, com um sorriso permanente e com respiração ofegante. Foi cumprimentar Ker e comentou:

— Realmente, você é o cara. Tudo isso acontecendo e você se mantém frio e calmo.

— Estou nervoso também, mas não deixo transparecer. — Disse Ker.

— Isso, sim, é confiança nos modelos. Queria ter essa confiança no meu conhecido da tabuada, na minha infância, quando minha professora aplicava prova! Ela tinha uma varinha de bambu para quem errasse qualquer valor! — Falou sorrindo Yun.

Ker deu um pequeno sorriso por polidez e despediu-se de Yun.

A bomba explodiu três semanas depois. O boato se tornou claro e todo mundo estava se perguntando o que levou Ker a tomar aquela decisão.

Ker confirmou:

— Sim, é verdade. Cansei e estou fora, estou saindo do ACI. Fiz minha parte esses anos todos, ajudei a implementar o progresso e agora quero descanso.

— Mas agora que estamos a poucos dias da grande aplicação? Você deveria ficar, pois foi responsável por esse enorme sucesso, disse Yun, ainda atônito pela decisão do colega programador.

— Conversei com muita gente aqui dentro, verifiquei quanto de bônus não retirado eu ainda tenho e acho que fiz minha parte. Foi bom, mas estou muito cansado e preciso ficar com minha família, ou o que restou dela. Não quero ser mais escravo do ACI.

Na diretoria, a saída de Ker chamou a atenção de muitos:

— Aquele garoto que peitou Keller?

— Sim, ele não quer mais trabalhar aqui.

— Mas ele fez um ótimo trabalho. Deveríamos segurá-lo aqui, oferecendo um salário maior. Ninguém resiste a isso.

— Podemos colocá-lo como chefe de algum setor importante ou enviá-lo como representante em algum país com praias e lindas paisagens.

E a cada novo comentário de um ou outro diretor, todos riam. Afinal de contas, o ACI estava ganhando tanto dinheiro que até mesmo a SEC resolveu investigar. Mas a comissão da SEC se disse incapaz de entender as linhas de programação ou mesmo a forma como os modelos de risco do ACI funcionavam. Chamaram diversos cientistas da computação e físicos quânticos que ainda estavam trabalhando para entender uma parte dos códigos quando os modelos já estavam atuando no mercado financeiro.

Keller estava no Brasil nessa época e ficou muito intrigado com a decisão de Ker de sair do ACI, falando o tempo todo online com todos os diretores para verificarem toda a vida do ex-pupilo. Ele não acreditava na sinceridade de Ker, conhecia bem o ímpeto "destrutivo" do garoto, segundo suas palavras.

Os diretores afirmaram que fizeram isso e constataram que não havia do que desconfiar. Não tinha amigos, namoradas, vida social, não ia a cinemas, teatros, enfim, estava mesmo mais para esquizofrenia.

Após refletir muitos dias, Keller concordou em deixar Ker partir, mas passou noites em claro, ainda desconfiado de alguma coisa. Mas como os lucros não paravam de acontecer a cada nova operação e a cada novo modelo implementado, Keller foi esvaziando suas dúvidas.

A trágica história de vida de Ker realmente, em algum dia, mexeria com sua cabeça a ponto de chegar aonde chegou. A esquizofrenia era o resultado final, mas a culpa era toda do garoto que fez tudo errado, pensou Keller.

O dia estava começando bem ensolarado em Manhattan, Wall Street se preparava para abrir num setembro calmo e normal. Pessoas estavam voltando de suas férias, crianças indo para os primeiros dias de aula e os jornalistas tomando seus postos dentro das bolsas americanas.

Finalmente, após alguns anos não existiam mais fios ou câmeras para os jornalistas. As câmeras foram substituídas por pequenos drones televisivos que se adaptavam para onde os jornalistas andavam dentro do saguão das bolsas.

Outros drones ficavam filmando personagens famosos quando

apareciam no saguão da bolsa de Nova York. Drones do lado de fora, sem controladores, formavam uma rede inteligente de imagem e informação, sobre as pessoas que passavam em frente à Bolsa. A ideia foi de um diretor da Bolsa de Nova York de chamar diretores de cinema de Hollywood para usar recomendações de como melhorar a interação com o público.

Dez horas, o mercado abriu:

— O sino tocou, o pregão da bolsa de Nova York começa com o IPO da empresa Klux do setor de tecidos eletrônicos, a nova mania nacional. — Comentava uma das jornalistas de uma grande rede de televisão, falando nervosamente, muito rápido e sorrindo, como se estivesse num parque de diversões.

O índice Dow Jones estava normal, com as ligações em rede nas cores verde e vermelha e os *book* de ofertas operando com normalidade entre compradores e vendedores.

Outra rede de televisão, com sua jornalista, anunciava:

— O mercado abriu freneticamente com os ânimos das bolsas asiáticas empolgadas com o sucesso do plano chinês para aumentar as exportações e abrir de vez seu forte mercado financeiro. O Japão aplaudiu a decisão chinesa e o primeiro-ministro pronunciou em sua fala que agora "teremos 100 anos de paz na região". Índice Nikkei subiu 5%, algo que não se via há muitas décadas, com conexão verde e completa em todos os seus nodos.

Tudo parecia muito bem. Agitação, correria, risos, com reportagens e entrevistas com diversos CEO das maiores empresas americanas. As empresas listadas ao redor do mundo tinham, além de siglas que não se repetiam, também o número de seu "nodo mundial".

A empresa que ganhou o nodo número 1, em homenagem ao seu desenvolvimento e representação do progresso do capitalismo, foi a Ford. E, assim, os nodos continham 1, 2, 3, 4... até algo acima de 100 mil nodos ao redor do mundo todo.

Às 17h29, alguns nodos começaram a ficarem vermelhos e automaticamente se desligaram todos ao mesmo tempo. Todas as bolsas sentiram o "solavanco" do índice Dow Jones. O desligamento era comum e sempre que algum nodo tinha muito volume com grande queda, isso acontecia para se evitar o alastramento das quedas em uma crise.

Mas ao mesmo tempo, era muito difícil todos caírem e desligarem-se juntos. Na verdade, isso ocorrera apenas nos primeiros dias do novo funcionamento do *software* guardião na Suíça, mas se constatou, depois, que foi erro no *software* e os lucros e perdas foram zerados.

Quando olharam para os painéis em seus computadores, os *traders* não entenderam muito bem essa queda. Não era um "sim" ou um "não" desligado, mas conjuntos com espaçamentos diferentes e estranhos.

Quando os números apareceram, todos acharam que era um erro na tela. Não era possível uma queda daquele tamanho sem nada aparente. Alguns dos nodos chegaram a cair 10% sem nada aparente.

Graças aos robôs que estavam vendidos no momento do desligamento, quando os nodos voltaram a operar cinco minutos depois, as quedas foram recompostas com boas altas de forma a zerar as perdas.

Dentro do ACI, os diretores chamaram a equipe de inteligência para saber se não ligaram o modelo muito "pesado". Yun estava na comissão interna e disse que apenas tinham testado uma mínima parte, e que em cinco minutos o ACI ganhara 20 bilhões de dólares.

Todos os diretores sorriram, uns bateram palmas, outros giravam as cadeiras de felicidade, mas pediram cautela. Essa parte do modelo parecia mais perigosa do que as demais. Eles pediram que os parâmetros de ataque fossem ajustados para valores menores.

Em seu íntimo, porém, Yun sabia que algo não estava bem. O modelo era para atuar apenas em alguns nodos, mas parece que se propagou para muitos mais além da programação.

Passaram-se mais algumas semanas quando uma diretiva chegou até a mesa de Yun, para um novo ataque do *software*. Às 13h00 a equipe ligou o modelo para atacar os concorrentes e quedas mais constantes foram verificadas nas telas ao redor do mundo.

Ao desligar o ataque, tudo se recompôs e voltou ao normal, para alívio de Yun e da equipe do ACI. Os diretores pediram um relatório urgente para matar a curiosidade e ficaram decepcionados.

— Ganhamos apenas 5 bilhões de dólares? — Disse um deles.

— Acho que estamos ficando mal-acostumados. Disse outro rindo.

— Posso dar uma sugestão? Por que não atacar novamente? Podemos acabar o dia bem e, então, paramos por um mês.

— Keller, o que acha?

Keller, que estava nos Estados Unidos, acabara de entrar na sala da diretoria e pegou a conversa em andamento. Pronunciou-se contrário à ideia e explicou:

— Não é uma boa ideia, senhores. O mercado sentiu esse último golpe e podemos jogar um nervosismo extra sem necessidade. Cinco bilhões de dólares, apesar de pequeno para os portes do ACI, serviram como um teste positivo.

— Keller, acho que podemos testar um modelo um pouco mais potente, apenas por cinco minutos. Nunca fizemos isso e se o mercado entrar em desespero, podemos fazer cem bilhões de dólares em poucos minutos. E, então, paramos por um longo tempo.

Keller não gostou da ideia, mas a cifra era tentadora. Mesmo para o padrão de sobriedade de Keller, esses valores balançaram o velho diretor.

— Não sei, não. — Contrapôs Keller.

Outro diretor, sorrindo, afirmou:

— Keller, temos o relatório completo em mãos e estimativas vindas do nosso centro de gerenciamento de risco. Essa cifra de cem bilhões de dólares é possível com baixo valor em risco. E são apenas cinco minutos.

A reunião pegou fogo e todos começaram a falar. Keller, então, caiu em si e achou aquilo tudo fora de controle e loucura. Mas acabou sendo voto vencido e uma diretiva urgente foi enviada para o pessoal dos modelos.

Yun, quando viu aquilo, ficou pálido:

— O quê? Todos vocês leram essa diretiva urgente?

Todos concordaram em silêncio, balançando a cabeça e olhando assustados uns para os outros. A ordem era colocar o modelo completo para rodar das 16h00 até as 16h05 e, então, desligar os robôs para eles ficarem de fora do mercado financeiro.

O receio era que a equipe estava testando o modelo passo a passo, lentamente, observando os resultados. Colocar o modelo completo poderia ativar partes do código ainda não observadas.

Às 16h00, o modelo do ACI entrou em ação. Na imprensa e nas corretoras, as quedas foram verificadas com alguns nodos caindo fortes e sendo desligados. Por coincidência e para a sorte do ACI, os nodos que caíram, além de serem de empresas pequenas, eram de empresas com problemas já conhecidos de todos. Acabou não chamando a atenção de ninguém.

Às 16h04, os procedimentos para desligar o modelo completo começaram. Yun entrou com sua chave secreta e todos os outros também. Todos digitavam como loucos e ao mesmo tempo. Quando finalizaram, acalmaram-se e esperaram o modelo se apagar.

O horário 16h05 chegou e as telas do modelo completo avisaram:

SHUT DOWN MODE

— Ufa! — Exclamou aliviado Yun.

Mas então Yun escutou um grito:

— Nãããooo!

Yun olhou para a tela e um novo aviso alertou:

STARTING NEW PROCESS

"O que era isso? Quem religou?", pensou Yun, correndo de mesa em mesa da equipe. O chefe de Yun veio rapidamente e ordenou que todos tentassem entrar com as senhas outra vez.

— Impossível, não consigo! — Gritou Yun.

A correria foi geral, um programador tentando ajudar outro, alarido, pessoas começaram a discutir e, no desespero, teve programador tentando desligar o terminal da tomada.

— Você é burro? Isso não adianta! Aqui é só um terminal e não o núcleo quântico. — Gritou Yun com um de seus auxiliares.

Enquanto isso, na diretoria o clima de euforia ainda permanecia misturado à ansiedade para saber quanto de ganho o ACI conseguira fazer. Quanto mais o ACI fazia dinheiro, maior o bônus de fim de ano para todos.

Mas à medida que os minutos passavam, a preocupação começava a reinar na sala da diretoria. Já eram 16h15 e eles ainda não tinham recebido relatório nenhum. Os mercados estavam normais após a queda verificada entre as 16h00 e 16h05 conforme diretiva enviada.

Os gráficos após as 16h05 se normalizaram, mostrando que o *software* do ACI fora desligado a contento. Na sala de programação do banco, um reforço foi chamado entre outros programadores. O clima era de desespero, pois, apesar de o mercado financeiro estar normal, os programas dos modelos do ACI estavam ligados, mas hibernando.

A central quântica fora avisada imediatamente, mas é óbvio que não desligaria o computador quântico. John Melts era o chefe geral do núcleo quântico do ACI e chamou o chefe dos programadores de "louco".

— Nem pensar que vou desligar um computador quântico. Vocês enlouqueceram? Isso aqui custa milhões de dólares em criptonet para ligar e religar. A energia consumida é gigante e o custo-benefício seria minha demissão ao desligá-lo.

— Você não está entendendo, o *software* vai demitir você, eu, todo mundo e vai fechar o ACI. Se esse *software* não parar, nada vai ficar em pé.

— Só desligo com ordens superiores.

E então às 16h30, o telefone toca na diretoria. "Ufa, até que enfim!", retruca um dos diretores que, após ficar em silêncio enquanto todos ficaram se olhando entre si, passa o telefone para Keller.

— Sim, estou entendendo. Mas como? E o que vocês fizeram ou vão fazer? Não me interessa, ache uma solução em cinco minutos.

Ninguém entendeu nada até Keller começar a explicar o ocorrido. As gravatas começaram a serem afrouxadas, os paletós foram colocados sobre as cadeiras, muitos pegavam cafés, outros tomavam água mineral, e outros assustados olhavam para o teto, como se observassem o infinito.

Keller, então, toma uma decisão:

— Vamos desligar o computador quântico.

— Nem pensar! Retruca um diretor.

— Não. — Responde outro.

— Só se você for preso depois. — Apela outro.

E Keller continua:

— Senhores, acho que não estão entendendo. Não estamos mais no comando do *software* e agora não sabemos o que ele vai fazer. Pode ser que daqui a pouco ele se desligue e nada aconteça. Mas pode ser que ele se ligue e derrube todos os mercados, inclusive nossa posição no ACI.

— Keller, você tem razão. Mas olhe as telas do mercado. Todas as redes, todos os nodos, tudo verde, tudo normal.

— Quanto de lucro o ACI teve nessa operação? Alguém sabe? — Perguntou um diretor até então quieto em seu canto.

— Um dos secretários me disse que as estimativas ultrapassaram 117 bilhões de dólares em criptonet!

— Mas podemos perder o ACI inteiro se o *software* começar a atuar sem controle e não podermos anulá-lo a tempo. — Retruca Keller.

O clima estava mais calmo depois da cifra anunciada e todos estavam mais serenos, pensando que um erro computacional não colocaria toda essa fortuna a perder. Mas apesar disso, estavam estudando como lidar com esse caso, visto que o *software* não poderia ficar ligado sem controle.

Às 17h00, Yun é enviado para a diretoria pelo seu chefe. Ele fora o encarregado de participar de todos os eventos ocorridos e relatar progressos na operação. Ao final da explicação, Yun diz:

— Resumindo, senhores, estamos sem controle. A menos que desliguemos o computador quântico, nada pode ser controlado.

— Quanto tempo leva para desligar o computador? — Perguntou Keller.

— Na época da implantação, a demora para desligar era de três horas. Isso porque primeiro a câmara de resfriamento deve estar em sua máxima potência para garantir que os fótons e os elétrons, com o aquecimento do desligamento, não comecem a alterar as formas de ondas e a sair de controle. Caso isso ocorra, novas placas deverão ser compradas, visto que o aprisionamento quântico se perderá. Os magnetômetros que mantêm os átomos aprisionados, ao se desligarem, poderão deixar escapar elétrons das câmaras, o que custará muito dinheiro.

E continuou:

— Sem contar que durante o tempo de aquecimento natural das câmaras após desligar o resfriamento, interferências externas poderão atingir a região do *laser* onde se processa o emaranhamento quântico. Por isso, nada antes de três horas poderá ser feito, todo o desligamento deverá seguir todos os protocolos.

Keller, então, tomou a palavra:

— Senhores, acho que não restam dúvidas.

O silêncio tomou conta da diretoria e as falas recomeçaram, com perguntas sobre o custo do religamento, quanto tempo seria necessário para religá-lo com segurança e muitas outras perguntas técnicas e financeiras.

O relógio atingiu 17h09 e, no núcleo de programação, todos ainda estavam correndo de um lado para o outro com papéis, celulares, computadores, quando, de repente, alguém gritou na sala:

— Olhem!

— Ah, não!

Todos pareciam formar um coral, ao mesmo tempo levantando as mãos, colocando-as na cabeça e dando encontrões numa correria enlouquecida.

Yun, que ainda estava na sala da diretoria, com uma ansiedade enorme de voltar para o núcleo de computação, recebeu uma chamada pelo celular:

— Rápido. Venha pra cá. O fim do mundo chegou! — Dizia a mensagem.

Ele pediu licença e saiu correndo. Keller e os demais diretores não entenderam, além de achar muita insolência do funcionário os tratarem daquele jeito. Mas o chefe de Yun ligou para Keller e anunciou que o *software* estava atuando.

Keller foi até uma das telas e gritou para todos:

— Olhem. O software começou a atuar, a-go-ra... — Falou pausadamente sentando-se em sua cadeira ao redor da mesa.

Os nodos de ligação das redes ao redor do mundo começaram a ficar vermelhos e, cada vez mais vermelhos, eles se desconectavam. Quando se passaram alguns segundos, outros nodos das extremidades se ligavam, mostrando compras com valores absurdos pelos robôs. As cifras eram estonteantes, na casa de 10 bilhões, 30 bilhões e por aí afora.

Na bolsa de Nova York, a gritaria era geral, com as linhas totalmente congestionadas e as quedas em todos os índices sem igual. Em apenas um minuto, o Dow Jones caíra 10%, ligando o *circuit break*. Há muitos anos, desde o *flash crash* de 2010, que esse mecanismo de paralisação das bolsas não era acionado.

Imediatamente, as redes de televisão começaram a comparar os dois eventos, perguntando-se o que estava ocorrendo. As bolsas europeias já estavam fechadas, mas as da América Latina não.

No ACI, a diretoria queria a todo instante saber do núcleo de programação o que estava sendo feito.

— Yun, querem saber o que estamos fazendo. — Avisou um dos auxiliares.

— Estou tentando enviar um pequeno *software* para dentro da pasta de arquivos do computador quântico com ordem de parada. Mas não aceita minha senha. — Informou Yun.

Yun digitava como um louco, uma velocidade mais rápida do que enquanto falava.

Então o período do *circuit break* terminou e, quando a bolsa começou a funcionar, foi ainda pior. Todos os nodos desapareceram, não havia nenhuma negociação. Logo depois, todos os nodos extremos se religaram mostrando compras entre robôs de corretoras menores sobre as maiores. Ninguém entendia nada.

As cores verdes das extremidades se tornaram vermelhas e os nodos externos se desligaram voltando a ficar verdes os nodos mais próximos do centro da rede, que depois ficaram vermelhos.

— Os robôs enlouqueceram! — Exclamou Yun.

Na sala da diretoria, o coro era:

— Meu Deus...!

Outro falou:

— O que fizemos?

As televisões estavam no ar, com os jornalistas econômicos gritando, outros tentando explicar alguma coisa, outros sem saber o que dizer, apenas mencionando que os números das perdas eram avassaladores.

Quando Dow Jones chegou a mais de 15% de perda, o *circuit break* tentou parar tudo novamente. Mas não conseguiu!

— Cadê o *circuit break*? — Perguntava um jornalista.

— Por que o *circuit break* não parou tudo? Já passou de 15% de queda! — Indagava outra.

— Vamos falar com a Tina que está dentro da bolsa de Nova York. Tina explica pra gente por que o *circuit break* não parou o pregão. — Ouvia-se em outra emissora.

Tina Whiteacker era jornalista financeira famosa por suas excelentes interpretações de gráficos com extrema velocidade dentro da bolsa de Nova York. Suas entrevistas com *traders* e acionistas no meio da correria eram as mais vistas na mídia financeira. Então, aparece Tina:

— Ao vivo, aqui do pregão, as pessoas não se entendem. Pelo que consegui captar de uma informação e outra, parece que o *circuit break* não respondeu ao comando de parada. Estão tentando desligar todos os negócios manualmente, mas é impossível quando isso envolve bilhões de negociações no valor de trilhões de dólares da criptonet.

— O quê? Tina, você falou em trilhões de criptonet?

— Sim, é isso, e...

Diante da correria, e aos encontrões, os drones televisivos estão perdidos, com os focos dos jornalistas e entrevistados mudando a todo momento. Perigosamente, os drones com suas câmeras tentavam acompanhar jornalistas correndo no chão e começavam a dar rasantes no tumulto.

O pior aconteceu. Ao vivo, Tina Whiteacker foi atingida na testa pelo drone do canal concorrente e caiu desacordada no chão. As duas equipes começaram a bater boca no calor das emoções. A âncora tirou imediatamente a imagem do ar, dizendo haver problemas técnicos.

Isso elevou ainda mais o nervosismo de todos. Tudo isso tinha apenas 15 minutos e Dow Jones perderá 70% e continuava caindo.

Keller já ligara para o chefe do computador quântico para desligar tudo, mesmo que perdessem milhões de dólares.

— Mas isso vai queimar... — Tentou explicar o chefe do núcleo quântico.

— Cala a sua boca e aperta logo o botão de desligar. E se explodir, se você morrer, eu não ligo. Puxa tudo da tomada, agora!

Claro que não existiam "tomadas". Muito menos um botão de desligar, mas diante do nervosismo o chefe atendeu imediatamente. E o que ele tentava explicar ocorreu. Algumas redes internas sobreaqueceram por burlarem os procedimentos e explodiram com a alta radiação dos elétrons. Equipes da brigada de incêndio começaram a isolar toda a área central e tentar controlar o fogo que emitia ondas de radiação.

As telas ainda estavam vermelhas por todos os cantos do mundo. Ninguém queria saber como seria no dia seguinte no resto do mundo. Mas os governos e chefes de estados foram para as televisões de seus respectivos países anunciar que as bolsas não abririam no dia seguinte.

O mercado de petróleo desabou, não ficando pedra sobre pedra. O preço do petróleo saiu dos 80 dólares de criptonet para 8 centavos de dólares. Nenhum robô comprava nada, nenhuma rede de conexão fazia negócios.

O mercado futuro se paralisou, com cifras difíceis de pronunciar. Em apenas 20 minutos, os títulos americanos perderam 90% do valor de face. A América Latina teve suas finanças praticamente desaparecidas. Brasil e México viram suas bolsas praticamente zerarem.

O Ibovespa do Brasil, que estava por volta de 930 mil pontos, caíra para 1.200 pontos em apenas 25 minutos. Os *circuit break* de nenhum país funcionaram.

A diretoria do ACI estava em silêncio. Agora as telas estavam todas apagadas. Não que o pregão tivesse terminado. Não havia negociação, todos os nodos de ações estavam desconectados. Todos os robôs estavam silenciados. Apenas era possível ver uma luz marcando os pontos dos nodos das ações, piscando em cor azul à espera de negócios.

Mas nada. Apenas um ensurdecedor silêncio digital. Um diretor foi até a janela e comentou:

— A população está em frente da bolsa de valores. Parece que querem invadir.

Keller até então estava em silêncio, mas se levantou e bradou:

— Burros! Criamos um monte de mortos-vivos que não pensam! Quem vai explicar para esses idiotas que não existe nada naquele prédio. Será que não sabem que tudo é virtual, que tudo está no computador central da Suíça?

— Keller, calma.

— Como calma? Pensamos no dinheiro, mas não usamos de forma inteligente para conversarmos com esse bando de atrasados.

Olhem lá. Estão arremessando barras de ferro na direção da bolsa de Nova York. Pensam que estão em 1929. Atrasados filhos de uma...

Alguém o interrompeu:

— Quieto, Keller. Não adianta se exaltar. Se eu não estivesse desse lado, eu também faria a mesma coisa. Então, pare!

— Tome esse uísque. — Ofereceu um dos diretores.

Keller, num ímpeto de fúria, pegou o copo e arremessou na parece, espalhando estilhaços de vidro, bebida e gelo para todo lado.

Todos gritaram com Keller. Um dos diretores o censurou:

— Pare com isso! Você quer nos matar?

— Já estamos mortos, seu idiota! — Respondeu Keller.

Sentando-se, vermelho e desforme na sua fúria, Keller falou:

— Foi ele.

— Ele, quem? — Perguntou um diretor ao seu lado.

— Aquele moleque brasileiro, o Ker.

— Agora, você está me preocupando. Devo chamar uma ambulância para você? Achar que um programador brasileiro, desconhecido, só porque é ótimo programador, derrubou o sistema financeiro global? Vou mandar trazer uma camisa de força para te amarrar.

Mas Keller começou a refletir, ainda nervoso.

— Foi ele. Onde ele está? Achem aquele moleque. Ponham a CIA atrás dele. Eu quero ele morto, decapitado, sem vida, imediatamente.

— Tá certo, vamos fazer isso. Mas acalme-se. Vamos medir sua pressão. Chamem a equipe de saúde do ACI.

Todos estavam com dores de cabeça, nervosos, pálidos. Alguns tiraram os sapatos, outros arregaçaram as mangas. Keller voltou a falar.

— Passamos por coisa pior e mesmo assim vencemos. Tivemos aquele período negro quando o idiota do John Perkins tentou contar ao mundo sobre os "assassinos econômicos". Aquele seu livro sobre sua confissão de trabalho sujo para derrubar governos e nos ajudar quase nos colocou à falência. Suas conexões com os golpes nos governos por causa do petróleo balançaram nossas corporações, mas vencemos.

— Sim, mas isso é passado. Já foi. — Comentou outro diretor.

— Não é passado. É presente. John Perkins foi taxado de louco e conseguimos reverter as coisas, mas ele influenciou muitos jovens contra nossas corporações. Os jovens gostam de combater as "causas contra o bem", como eles falam. Ao derrubar todos os governos que não ficam ao nosso lado, de uma forma ou de outra, ajudamos os povos deles. Os corruptos são doentes, mas, com suas compras pessoais, acabam fazendo circular mais dinheiro nesses "paisecos".

— Pare com isso, Keller. Sua pressão está em 19 por 11.

Mas Keller continuou:

— Perkins fez escola ao alertar todo mundo para nos combater. Nós não devíamos ter deixado seu livro sair. Ao publicar aquela droga, ele fez a cabeça de moleques como Ker. Tenho certeza de que isso foi coisa de Ker.

Então, um diretor falou:

— Senhores, chegaram os relatórios das perdas. Só o ACI perdeu 8 trilhões de dólares nesses 20 minutos. O FED enviou um comunicado que, ao contrário de 2008, não terá como bancar essas perdas.

— O quê? Gritou um dos diretores.

— Sim, liguem a televisão.

Na televisão, o presidente do Federal Reserve anunciava, junto ao secretário de tesouro e do presidente da República:

— Estamos aqui reunidos para avisar que todas as contas dos cidadãos estão garantidas, até o limite de 10 mil dólares de criptonet. Todas as contas serão transferidas para o Bank Of America, que agora se chamará Bank of United States.

E continuou:

— Bank of America perdeu 20 trilhões de dólares em criptonet, hoje, na bolsa de Nova York; J.P Morgan perdeu 15 trilhões; CitiBank, 13 trilhões; e Goldman Sachs, 11 trilhões. As criptonet impuseram perdas ainda maiores ao governo e diversas empresas deixaram de existir. Amanhã, as contas já estarão fora dos celulares dos usuários e de posse do governo dos Estados Unidos, centralizadas nesse novo banco. Um fundo garantidor será criado hoje à noite para os desempregados, pelo menos para eles poderem se alimentar. Hipotecas não serão cobradas imediatamente e um plano maior será estudado nos próximos dias. Todos os bancos, com exceção do Bank of America que agora pertence ao governo dos Estados Unidos, estão extintos no país.

A gritaria dos jornalistas começou; eles levantavam as mãos, empurrando-se, fazendo perguntas ao mesmo tempo:

— De quanto foi a perda total?

— Quem foi o responsável?

— Como vão ficar as empresas falidas?

— E o ouro? Não servirá para rodar a economia?

— O poder do dólar foi a quanto, vocês têm um relatório?

O presidente da República, então, começou a falar:

— Senhores, sabemos que todos estão ansiosos por respostas. A velocidade dessa tragédia não exige rapidez de investigação. Tudo será verificado em minúcias e o causador exemplarmente punido. Temos apenas um dado. Deixaram de existir hoje, apenas nos Estados Unidos, 170 trilhões de dólares em criptonet. E esse dinheiro nem existe para pagar as contas.

Assim, a comitiva saiu da sala de imprensa.

No núcleo de programação do ACI, imperava um silêncio sepulcral. Alguns funcionários estavam chorando; outros colocando suas coisas em caixas; outros ainda formavam grupos e conversavam, fumavam ali dentro, mesmo sendo proibido. As regras já não existiam mais.

Na frente da Bolsa, a guarda nacional tentava controlar a população que ainda tentava jogar pedras, barras de metal e invadir o prédio. O touro de bronze de Wall Street, símbolo do mercado financeiro americano, fora destruído por barras de ferro e martelos. Não aguentou a primeira fúria e ficou aos pedaços.

A estação Wall Street não ficou inteira, fora depredada, obrigando a companhia de metrô a interromper a circulação para aquela estação.

Yun estava completamente perdido. Parecia andar a esmo, parecia um sonho que acabaria logo. Sem saber por que, imprimiu os relatórios referentes às atividades nas redes entre 16h00 e 18h00. Parecia uma atitude mórbida ficar olhando aqueles dados.

Bilhões para cá, bilhões para lá, de um lado para o outro os números dos nodos ligados e desligados. O café estava gelado, a sala cheia de papéis espalhados, canetas, celulares e Yun se sentou e começou a ler. Pausadamente, folha por folha.

O café estava horrível mas, Yun não queria ir lá fora. Tudo estava um caos e já circulavam boatos de gente matando pessoas que usavam paletós e gravatas, achando que elas eram responsáveis por esse fim de mundo financeiro.

Mas, então, Yun começou a observar alguns números. Resolveu como passatempo observar o número dos primeiros nodos desligados. As primeiras empresas falidas. Talvez ali indicasse se algum robô falhara, como em 2010. Anotou os primeiros nodos, mais como uma brincadeira de quem não tem mais nada a fazer. "Afinal de contas", pensou ele, "o mundo acabou".

Nodos: 67, 71, 73, 79, 83, 89, 97, 101, 103

Procurou as siglas, mas não viu relação nenhuma. Eram todas empresas de setores diferentes, tamanhos diferentes, algumas muito boas, outras muito pequenas sem conexões. Yun, então, pegou outra parte da rede:

Nodos: 733, 739, 743, 751, 757, 761, 769

Yun tentou ver se os números dos nodos mudavam sendo somados de dois em dois, de três em três e assim por diante. Não, não tinha nada a ver com isso. Reclinou a cabeça para trás na cadeira, olhando para o teto e observando o grande lustre que iluminava o setor de programação.

Lembrou que, tão logo chegou, alguém lhe falara que as lâmpadas foram escolhidas de forma que a intensidade da luminosidade respeitava uma sequência de números primos. Observando o lustre, constatava que realmente era interessante esta sequência de iluminação de lâmpadas mais fortes e outras mais fracas com os números primos.

E, então, um arrepio tomou Yun, que correu novamente para a lista e novamente olhou os primeiros nodos que se desligaram. Números primos! Seria só coincidência?

Pegou os outros nodos. Primos. "Não pode ser", pensou ele, "isso só podia ser coincidência". Teve a ideia de imprimir o relatório dos primeiros desligamentos do início do dia. Viu então que os nodos começavam pelo nodo 2 e todos os desligamentos causados por fortes vendas tinham os nodos:

Nodos: 2, 3, 5, 7, 11, 13, 17, 19, 23, 29, 31, 37, 41.

Todos eram primos e tinham fornecidos um lucro absurdo ao ACI. Continuou olhando os nodos dos últimos instantes ao redor de outras bolsas:

Nodos: 10103, 10111, 10133, 10139, 10141, 10151, 10159, 10163.

Yun não tinha certeza, mas foi até um *software* para verificar se eram primos. E eram primos! Yun não sabia o que fazer. Imediatamente subiu até a diretoria, atitude que, é claro, jamais tomaria até um dia antes. Mas como o ACI não existia mais, ninguém mais mandava em nada, esse negócio de hierarquia tinha terminado.

Quando bateu à porta, todos os diretores ainda estavam lá. Procurou pelo doutor Keller, que estava sentado no sofá branco de couro, ainda com pressão alta, mas, desolado, insistentemente tomava uísque.

Aproximou-se de Keller e explicou-lhe a situação, mostrando os números de todos os momentos das compras e vendas:

— O senhor poderá ver esse, depois esse grupo. Em todos os grupos, a lei de repetição é a mesma.

— Yun, você tem certeza disso?

— Sim, senhor, corri os principais negócios, as principais perdas, tudo está mais relacionado com a sequência de números primos do que com o tamanho ou a importância das empresas.

Keller explodiu outra vez e andava em círculos pela sala falando alto:

— Eu sabia, eu sabia, eu sabia! Foi ele! Achem esse moleque. Matem-no já.

— Quem? — Perguntou Yun.

— Seu amiguinho brasileiro. Eu quero a cabeça de Ker.

— Não pode ser. Ker não tinha todo esse aparato de interferência.

E Keller parou ainda mais nervoso e perguntou para Yun:

— Ontem, a que horas os nodos começaram a cair com nosso modelo incompleto?

— Às 17h09.

— E hoje? A que horas o *software* começou a agir sozinho?

— Meu Deus, às 17:09. — Respondeu Yun colocando as mãos na cabeça. Sua camisa azul estava toda suada, parecia ter corrido uma maratona. E Yun completou:

— E é também um número primo. O número 1709 é primo.

— É mais do que isso! É o número do *taxcab* de Hardy e Ramanujan!

— O que? — Perguntava Yun sem entender nada, como os diretores.

Keller, desesperado, começou a contar a história. Todos perceberam que Keller estava muito ofegante, apresentava dificuldade de respirar.

— Ramanujan foi o matemático indiano mais brilhante de todos os tempos. Aprendeu Matemática sozinho, sem escolas nem professores. Demonstrou, ao seu jeito, teoremas que estavam há centenas de anos, parados sem soluções. Ele dizia que recebia informação da deusa indiana Namagiri. Quando enviou uma carta para o renomado matemático inglês G.H. Hardy, demonstrara um teorema importante da Matemática com sua própria teoria.

Keller continuou:

— Ramanujan ganhou uma bolsa de estudos da academia de Ciências do Reino Unido para morar em Londres e continuar suas pesquisas. Mas ele não se adaptou ao clima inglês e ao tipo das refeições. Adoeceu pouco tempo depois, deixando um legado teórico com enigmas que até hoje estão sendo estudados. Seus cadernos de anotações são recheados de demonstrações, todas de forma particular inventada por ele.

— Mas o que isso tem a ver com 1709, além dele ser primo? — Perguntou Yun.

— Certa vez, ao visitar Ramanujan doente no hospital, este perguntou ao amigo e professor Hardy o número do taxi. Hardy respondeu que "era um número sem graça". Era o número 1709. Ao que Ramanujan respondeu: "Não Hardy, esse número é especial". É dos poucos que têm duas formas cúbicas de se obter.

Pegando uma caneta, Keller escreveu:

— Podemos escrever $1709 = 1^3 + 12^3$, mas também podemos escrever $1709 = 9^3 + 10^3$.

— É um número realmente especial! — Disse Keller ainda ofegante.

— O que isso tem a ver com Ker? — Perguntou Yun.

— Quando criança, morando na minha casa, Ker era fascinado por séries matemáticas. Quando lhe mostrei esse número, sentou-se comigo e me fez elaborar um programa para calcular qual o maior número com o qual que isso aconteceria. Eu disse que era perda de tempo. Mas ele insistiu tanto que acabei fazendo e Ker ficou um mês brincando com o programa até achar um segundo número. Depois foi para outro e mais outro. Ele sempre fora fascinado por essa história.

— Mas isso não prova que foi ele.

Ainda ofegante Keller continuou:

— Sim, a culpa é minha! Eu criei esse monstro. Deixei-o escapar e agora acabou com a gente. Quando chegou a um número da ordem de seistilhão, me disse o que ele poderia fazer com aquilo. Falei que poderia acabar com o mundo financeiro se aquilo virasse dívida ou dinheiro.

Então Yun, ressabiado, perguntou se poderia mostrar mais um fato. Ele estava preocupado com a tosse e a falta de ar de Keller.

— Observei outro fenômeno, que não tem a ver com números primos, mas com o padrão de conexão entre as redes circulares do mundo. O senhor quer ver isso outra hora? Agora não vai fazer diferença mesmo e amanhã tudo estará no lixo.

— Pode falar.... o que mais... você descobriu...

— Bem, separei no meu *tablet* várias imagens em GIF animado sobre uma pequena parte da confusão de hoje.

— Sim, muito bom, filho. E o que... você... separou...?

Então Yun continuou:

— Interessante observar que, quando as quedas estavam na velocidade máxima, elas paravam e parece que os *robôs-traders* estacionavam. Não sei se encontraram algum obstáculo do guardião da Suíça ou se paravam por outro erro. O fato é que quando estavam a ponto de derrubar todo o mercado, parece que os nodos retrocediam, mas ligavam apenas nodos centrais com nodos mais fracos da periferia. Me pareceu algo como querendo atrair todos para a queda, como se fosse uma...

Keller arregalou os olhos, e sussurrou:

— Borda... o efeito de borda.... eu sabia... a socialização da desgraça... Foi ele...

Não era bem isso que Yun queria dizer, mas ficou olhando Keller levando a mão ao peito, depois à garganta, querendo tossir, mas não conseguia.

A falta de ar que acometia Keller foi incontrolável. A televisão ligada, os jornais repercutindo o que acontecera nos Estados Unidos e o que esperar do mercado asiático, além dos outros diretores se perguntando como fazer agora, tudo foi criando uma imagem de catástrofe em Keller.

As pessoas perceberam que era hora de chamar um médico. Keller foi ficando mais e mais vermelho. A enfermeira já lhe ministrara um remédio na tentativa de baixar a pressão, mas não estava fazendo efeito. A pressão de Keller estava ainda mais alta, ao redor de 20 por 12, pois além do remédio ele misturava com doses de uísque.

A ambulância chamada pelo ACI não conseguia chegar, pois as ruas estavam lotadas, o vandalismo corria solto, as pessoas invadiam e depredavam estabelecimentos comerciais e estações de metrô, havia princípios de saques em lojas de celulares e de computadores, enfim, um caos.

Yun estava ainda ao lado de Keller, quando o ouviu suspirar com falta de ar:

— Foi ele, foi Ker.

Sôfrego, buscando ar, Keller ainda percebia as pessoas ao redor tentavam abaná-lo e desabotoar sua camisa numa tentativa de ajuda-lo. Depois de tossir desesperadamente e pôr a mão no peito, tudo se apagara para ele. Era o fim. A cena foi terrível para Yun, vendo a morte de um homem que há poucos minutos era uma figura elegante tomando uísque e, agora, jazia ali. Semidespido, com olhos arregalados e virados para cima, saliva espumando pelos cantos da boca.

Para Yun foi a prova de que a vida financeira não vale como substituta da vida biológica. Ele sabia que agora, pobre ou não, tinha de seguir outro rumo.

26. A leveza da consciência

O mundo entrou em total paranoia no dia seguinte, com os mercados asiáticos tendo que fechar. Ninguém abriu no dia seguinte, o mundo todo parou. Nenhuma bolsa estava autorizada a funcionar dentro do anel financeiro, agora sem nenhuma conexão entre os diversos países.

O mundo inteiro, mesmo sem negócios, sucumbiu, com os contratos entre as *commodities* não valendo nada. Os fazendeiros, na tentativa de fazer os preços dos grãos subir, fizeram como em 1929. Colocaram fogo em todas as plantações de milho, trigo e soja, produzindo um efeito de poluição global.

Os governos insistiam para que os agricultores não fizessem isso, pois poderiam faltar alimentos na crise. Na escalada dos preços, a situação, ao invés de melhorar, piorou. Ninguém tinha dinheiro para comprar comida, e quem tinha sementes não tinha como replantá-los ou vendê-los.

O preço do petróleo caiu para menos de um dólar em criptonet, fazendo os árabes entrarem em colapso. Todos os países árabes se reuniram e expulsaram os americanos de suas terras. Críticos árabes culpavam a influência deixada pelos americanos na cultura da ganância ocidental pelo fracasso de tudo o que eles tinham construído, com seus prédios luxuosos modernos e com ostentação, com sua economia regada a ouro e prazeres. Mesmo os palácios antigos árabes construídos antes da era do domínio dos mercados foram relacionados, como sendo de influência do ocidente, onde ora eram acusados americanos, ora eram acusados os britânicos ou mesmo os franceses. A confusão de ideias racionais era tanta que as acusações do lado do ocidente era também contra os árabes e seus mercados de petróleo. Ninguém se entendia diante de tamanha crise mundial.

A China sentiu uma enorme pressão e suas indústrias demitiram em massa, apesar de o líder chinês ameaçar decapitar qualquer empresário que demitisse mais de 30% da força de trabalho.

Isso não adiantou e, mesmo com medo, o número de desempregados na China atingiu a cifra inimaginável de 800 milhões de pessoas. A fuga do país foi proibida e a fome começou a assolar o lugar que mais crescera no mundo do século XXI.

A Europa nunca se recuperara das crises do início do século XXI e, desde a invasão dos imigrantes fugindo da Síria, Turquia e Egito, a situação financeira conheceu o caos. Agora que as criptonet não valiam nada, que o dinheiro virtual não existia, a alimentação era praticamente na base do escambo.

Mas, claro, como em todas as crises, sempre existem aqueles que aproveitam e tornam-se milionários. Foi assim na crise dos bancos de Nova York, em 1907, quando J.P. Morgan comprou muitos bancos menores e, quando a crise terminou, ele era o homem mais rico do mundo.

Em todos os países, os ricos mais conservadores que detinham boa parte da prata e do ouro se derem bem com o *crash* financeiro.

Mas não somente esses. Também quem tinha criptonet e, antes do decreto presidencial dos Estados Unidos, conseguiu transformar o virtual em ouro, comprando contratos ou as próprias barras de ouro, tornaram-se os novos donos do mundo. Difícil imaginar que alguém tenha conseguido, mas, sim, alguns conseguiram.

Passados seis meses daquela hecatombe, muita gente vivia nas ruas em várias cidades do mundo , muito além do que a já conhecida população de rua habitualmente discriminada pelas diferenças sociais. Em alguns lugares, o inverno castigava e quem não tinha abrigo queimava papéis, quadros de artistas famosos jogados nas ruas após a invasão da população enraivecida aos museus, computadores antigos nos lixos das lojas depredadas, enfim, tudo o que pegasse fogo para produzir calor.

A telefonia voltara a ser estatal nos governos de todos os países, com baixos investimentos, apenas o necessário para a comunicação se estabelecer, limitando o número de celulares por bairro. O que menos os governos queriam eram linhas congestionadas e novos conflitos com usuários de redes sociais.

Yun deu sorte no sorteio do número e conseguiu um celular, com linha do governo, uma espécie de empréstimo em dólar, novamente assumido como moeda corrente nos Estados Unidos em que se pagava algo em torno de centavos de dólares pelo empréstimo mensal. Mas os usuários poderiam gastar apenas 400 caracteres o dia inteiro em seus aplicativos.

Em andanças por Nova York, observando a tristeza das pessoas nas ruas para conseguirem um prato de sopa no meio do frio intenso, Yun recebeu uma mensagem. Talvez fosse uma entrevista para o emprego que ele estava tentando.

Mas viu que era um número bloqueado, de fora dos Estados Unidos com apenas uma mensagem curta:

A borda é minha alma.

Yun sentou-se na calçada. Não conseguia pensar em nada enquanto olhava, lá na distante ilha, a Estátua da Liberdade. Um vento frio batia em suas costas, carregando papéis e lixo das ruas.

— É ele.

Yun sabia que era Ker. Tentou estabelecer contato, ligar, mandar diversas mensagens, mas nada tinha resposta. Na realidade, essa foi a última mensagem do tipo que recebera no resto da sua vida após o *crash*.

Muito longe dali e ainda mais longe do Brasil, Ker estava com irmãos e sobrinhos morando numa ilha. Dissera à família que jogara na loteria americana e ela era ainda melhor do que a brasileira. Ganhara o suficiente para nunca mais precisar trabalhar e ajudar todo mundo.

Ker e a família se estabeleceram nessa ilha no meio do Oceano Índico. Eles se deram bem, pois a ilha tinha comida para todos, a preços na moeda local e sem preocupações com internet. Essa moda, depois do grande *crash*, assustara todos os jovens que contavam histórias e aumentavam lendas sobre o que a internet fizera na economia mundial.

No seu íntimo, Ker ria sozinho das besteiras que as pessoas e a imprensa tentavam contar.

Sentado embaixo de um coqueiro, olhando o pôr-do-sol, tomando um suco de frutas locais, ele olhou para cima com ar de agradecimento e pensou:

— Isso foi tudo por você, mãe!

Ficou lembrando como até que foi fácil fazer tudo o que fizera sem chamar a atenção. No início de seu plano, achou que estaria errado roubar os bilhões do ACI durante a crise. Mas, ao final, depois do plano rascunhado, sentiu que a justiça para com os mortos e vivos que sofreram com o ACI estaria feita e o preço era aquele.

O juiz final do caso seria ele, Ker.

Seu plano começou quando estava estudando com Yun o entrelaçamento quântico e os teletransportadores. Ker imaginou que uma encriptação de informação nesse formato permitiria esconder informações de um tempo anterior de negociação entre os robôs. Era como se eles, após comprarem e venderem, fossem teletransportados e perdessem-se do ponto em que estavam.

Sem Yun saber, Ker criou uma linha de compra e venda de ações bem simples, com apenas alguns criptonets de negociação. Inventou que um computador do ACI estaria negociando, com um computador da Ásia, uma Opção de pequena empresa chinesa. Com essa linha criada, a cada minuto, dentro de um *loop*, o computador quântico criava uma conexão distante entre os fótons.

Então, quando Ker emitia ordem de compra nos Estados Unidos, ela aparecia como ordem de venda na China. Esse era o fenômeno do emaranhamento quântico, agora replicado por Ker em ordens de compra e venda por intermédio de fótons.

Ker sabia disso porque, ao estudar o emaranhamento quântico, descobriu que, quando se divide e separa-se uma partícula, sua correspondente sempre terá o movimento oposto da partícula original. Ele pensou, então, em fazer a mesma coisa com a informação.

Então, como inicialização, Ker colocou outra ordem em fótons com uma senha para atuar não nos Estados Unidos, mas na China. De lá, aproveitando que saberia de forma antecipada o que os robôs quânticos estavam fazendo com alguns nodos, antes de o resto do mundo sair comprando, as operações quânticas montadas por Ker compravam antes.

E claro, vendiam antes também.

Uma vez em superposição, um fenômeno quântico conhecido pelos físicos, mas não pelo ACI na época, era impossível qualquer pessoa identificar quando ou de onde partiram as compras e vendas ordenadas de dentro do ACI.

Ker deixou um programa para medir a posição da operação montada em superposição nos Estados Unidos. Para o fenômeno quântico, quando uma onda de probabilidade de posição de um fóton é medida no emaranhado, todas as outras colapsam, desaparecem.

Então, para cada ordem programada, um outro programa de Ker sabia se era para vender e comprar. Com isso, do outro lado do mundo, usando as conhecidas matrizes de Pauli, o programa das ordens lá na China executava o que deveria fazer para lucrar.

Como tudo era colapsado em milésimo de segundos, nem mesmo Ker sabia qual a ordem fora dada. Apenas sabia o lucro aferido no processo. E sempre ganhava.

O lado mais fácil para Ker foi usar sua ideia de borda. Aproveitando a história da própria infância, realmente ordenou um programa quântico para desestabilizar loucamente apenas os nodos com números primos, aumentando a cada quebra de nó o parâmetro de socialização do algoritmo.

Isso realmente trazia nodos de pequenas empresas, longe das negociações, para dentro do inferno digital. Além disso, Ker usou um programa comum de *hacker* para bloquear as senhas de qualquer tipo de acesso. E novamente, como estava no computador quântico, com emaranhamento de ordens, ao colapsar após a execução, era impossível para qualquer ser humano saber o que estava acontecendo, e muito menos quem foi o responsável.

A cifra de Ker nunca foi revelada. Todos apenas sabiam que ele era rico. Ninguém sabia que, na verdade, Ker era bilionário e lucrara muito mais e de maneira mais rápida do que J.P. Morgan na crise de 1907 com os bancos.

Após muitos anos na ilha, levando uma vida modesta, mas sempre feliz, com casa, barco e amigos pescadores, Ker viu seus irmãos mais velhos morrerem. Os sobrinhos todos foram estudar na Europa, custeados pelo tio.

Era chegada a hora de voltar para os Estados Unidos. E assim o fez, de maneira calma, sem chamar a atenção, comprando um apartamento na cobertura de um edifício residencial em Manhattan. E lá viveu, ao seu modo, feliz por punir os responsáveis pela morte de seus familiares no Brasil.

No seu modo de ver, a vingança nunca era boa, mas a justiça, uma vez estabelecida mesmo que por meios tortuosos, dava um alívio à sua alma e à da sua mãe, que sempre aparecia em seus sonhos.

Quanto ao doutor Keller, quando soube de sua morte, ficou indiferente, como se aquele episódio fosse apenas um obstáculo removido. Pensou muito se deveria contar para Yun, ou procurá-lo de alguma maneira. Após refletir, achou que a maneira mais simples de dar satisfação ao colega de trabalho era com uma frase. E foi o que fez.

O efeito de borda nunca foi reconhecido, apesar de muitos anos de estudos sobre o episódio, quando um grupo de estudo do Instituto Santa Fé, nos Estados Unidos, descobriu no fenômeno algo de sociologia muito parecido com humanos.

Escreveram livros, publicaram artigos científicos, deram entrevistas em emissoras de televisão, fizeram documentários, todos acompanhados e lidos por Ker, que, de forma pitoresca, sempre sorria. Era interessante e estranho ser o personagem central, mesmo ninguém sabendo que ele era esse personagem.

Afinal de contas, todos que nascem e vivem nas bordas da sociedade têm o direito de ser o nodo central. Muitos, quando são esse nodo, sofrem ataques para serem desligados da sociedade. É inadmissível, para os nodos de um poder central, a mudança pela qual ligações importantes saem do centro e passam para a borda.

Por isso, somente ele, Ker, sabia que em sua borda ele foi o nodo central. Até o fim dos seus dias.